CAFÉ ! UN GARÇON S'IL VOUS PLAÎT

Agnès Abécassis est née en 1972. Elle a été successivement journaliste, illustratrice, scénariste, avant de se consacrer à son métier d'écrivain. Elle a publié une douzaine d'ouvrages à ce jour, tous des succès. Ses livres sont traduits dans plusieurs langues. Parmi ses titres les plus connus figurent notamment *Les Tribulations d'une jeune divorcée* et *Le Tendre Baiser du tyrannosaure,* Prix du public 2016 de Saint-Maur en Poche.

Retrouvez Agnès Abécassis sur :
www.agnesabecassis.com

AGNÈS ABÉCASSIS

Café ! Un garçon s'il vous plaît

ROMAN

LE LIVRE DE POCHE

Ce roman est une œuvre de fiction. Les personnages, les lieux et les situations sont purement imaginaires. Toute ressemblance avec des personnes existant ou ayant existé serait fortuite ou involontaire.

© Librairie Générale Française, 2017.
ISBN : 978-2-253-07057-3

Chapitre 1

Ava

— Ah, Ulysse, je suis tellement heureuse que nous ayons pu trouver un peu de temps aujourd'hui, dis-je en lui attrapant les mains.

— Moi aussi, ma douce ! Tu m'as manqué, tu sais. Ça fait quoi, six, sept jours qu'on ne s'est pas vus ?

— Quinze.

— Tant que ça ?

— Eh oui, tant que ça, soupirai-je.

Un garçon s'approcha pour prendre notre commande. Nous étions attablés dans un café chic et rétro, près du quartier de Montparnasse, où j'avais mes habitudes. Une ambiance joliment Art déco, des faïences, des lampes rondes d'époque, une débauche de boiseries, quelques miroirs et, cerise sur la gâtée : des serveurs en uniforme traditionnel.

J'adorais ça, être servie par un type en tablier, cheveux gominés et le cou décoré d'un nœud papillon. En fait, j'adorais surtout être servie. Et que l'homme soit tenu de porter une tenue guindée et rétro, signant l'établissement de qualité depuis 1920, ajoutait secrètement à mon bonheur.

— Je prendrai un mojito, s'il vous plaît, annonçai-je.

— Pour moi, ce sera un verre de Lillet blanc, dit Ulysse.

Le serveur le fixa un instant, sourcils froncés, haussa les épaules en notant sa commande, et s'éloigna.

— Ben quoi, qu'est-ce qu'il a, ce type ?

— Ulysse…

Je secouai la tête, dépitée.

Mes cheveux noirs cascadaient sur mes épaules, et ma robe maxi-longue était sans doute trop décolletée pour l'occasion, mais elle était conçue ainsi, et j'étais conçue avec du monde au balcon. Maquillage minimum pour ces retrouvailles : un trait d'eye-liner pour renforcer mon regard brun, du blush pour creuser mes joues trop rondes, et un rouge à lèvres soutenu sans être flamboyant, car il n'aimait pas que je le couvre de marques de baisers.

Pauvre de lui. Il ignorait encore que cela n'arriverait plus.

— Écoute, Ulysse, attaquai-je, dès que le serveur se fut éloigné. Voilà. J'adore avoir un magicien dans ma vie, je t'assure. Tu me fais rire, tu me surprends et on ne s'ennuie jamais, avec toi.

— Je sais, ma Reine. Mon métier, c'est mon Joker. Ça Valet la peine d'être ton Roi. La cl'As, hein ? déclara-t-il fier de lui, en se passant la main dans ses cheveux blonds, coupés court et grisonnants sur les côtés.

— Sauf qu'on a un problème. Tu voyages beaucoup à cause de ton métier, tu es sans arrêt en tournée, tu bosses non-stop. C'est pas une vie. On ne se voit jamais.

Voilà. Hop ! L'excuse idéale pour m'extraire de cette relation, sans le blesser. Bien sûr qu'on se voyait suffisamment pour nous tricoter des moments heureux. Mais je n'allais pas lui dire que je n'en pouvais plus de ses blagues lourdingues, de son humour puéril, de son tempérament immature ? Le cirque, c'est sympa une heure ou deux sous un chapiteau. Le pratiquer des journées entières dans sa vie quotidienne, ça virait à la monstrueuse parade d'emmerdements. Je le connais, il n'aurait pas compris.

C'était un gentil garçon, Ulysse. Ce n'était tout simplement pas un garçon pour moi.

Quelle idiote j'avais été de ressortir avec mon petit ami de lycée. Après tout, il y a des années de cela, je l'avais déjà plaqué pour les mêmes raisons. Sauf que de trouver un adolescent pénible et fatigant, c'était normal. Le trouver exaspérant pour des raisons similaires une fois la quarantaine entamée, ça l'était moins.

— Ulysse… Je crois qu'il faut qu'on arrête.

— Qu'on arrête quoi ? me demanda-t-il avec candeur.

— De se voir.

— Mais je croyais qu'on ne se voyait pas ?

— Eh bien, justement, qu'on arrête de ne pas se voir.

— Mais si on arrête de ne pas se voir, alors on se voit ?

— Non !

Je levai les yeux au ciel. Il esquissa un sourire.

— Tu veux qu'on se voie, sans se voir, reprit-il. Tu veux qu'on se téléphone, alors ?

— Voilà. Heu… non… Mais arrête ! le suppliai-je.

— De quoi ?

— De faire semblant de ne pas voir ce qui est en train de se passer !

— C'est tout vu !

— Tu vois, tu recommences !

— À faire quoi ?

— Ulysse. Tu m'épuises, mon chéri, je t'assure.

— Regarde, tu m'as appelé « mon chéri », et ensuite tu prétends que je te sors par les yeux. À moins que… Tu veux voir quelqu'un d'autre ?

— Non, mais…

— Alors, voyons-nous !

— Tu t'es vu, deux minutes ? Je suis en train de tenter d'avoir une discussion sérieuse avec un mec qui porte un nez de clown !

— QUOI ?! MOI, je porte un nez de clown ?! s'écria Ulysse, feignant la surprise. Mais où ?

Comment ? Depuis quand ? Tu ne pouvais pas me le dire ? Bordel, Ava, la prochaine fois que tu as un bout de salade collé sur une dent, moi non plus, je ne te préviendrai pas !

Il retira le nez rouge qu'il portait depuis que nous nous étions assis à cette table, et le rangea tranquillement dans sa poche. Je croisai les bras, excédée.

— T'auras du mal à me prévenir, puisqu'on arrête.

— Ava… Tu me fais de la peine, tu sais.

— Je suis désolée. Mais c'est la seule solution.

— Non, il y en a une autre.

Je soupirai.

— Laquelle ?

Il ressortit son nez rouge, et me le tendit.

— Si tu portais ça pour m'annoncer que tu me quittes, ça me rendrait un peu moins malheureux, je crois.

— T'es pas sérieux, là ?

Il s'attrapa le front comme un enfant, et me lança le regard le plus triste du monde, tête penchée sur le côté, moue pincée comme s'il allait fondre en larmes.

Consternée (mais gentille), je saisis alors le nez rouge qu'il me tendait, et le plaçai sur mon appendice.

— Voilà. Et maintenant, je vais donc te dire que tout est fini entre nous, avec une voix nasillarde de canard.

— Fais juste « coin-coin », je prétendrai que je n'ai rien compris, et on pourrait tabler sur un malentendu ?

Je retirai son nez, agacée. Cela fit « plop ! » et il ricana.

— Ulysse !

— Oh oui, dis mon nom, dis mon nom…

Le serveur apparut avec nos boissons, qu'il déposa devant nous, mettant un terme provisoire au débit rythmé de cette conversation.

Soudain, je me sentis très lasse. Ulysse fixait son verre, le pouce et l'index se pinçotant la lèvre, pensif, tandis que je coinçais la paille entre mes dents et avalais une gorgée de mon cocktail. Je me demandais s'il prenait conscience des raisons pour lesquelles j'arrêtais notre histoire, s'il y réfléchissait. S'il se remettait en question. Sans doute, compte tenu de son regard fixé sur un coin de la table. Oh, mon bel Ulysse. Ça ne devait pas être la première fois qu'il se faisait lourder pour un motif pareil. J'en avais le cœur serré, de le voir aussi ému.

Ma main s'était levée pour aller se poser sur la sienne, lorsqu'il me stoppa net.

— Surtout, ne fais plus un geste.

— Quoi ? Quoi ? Qu'est-ce qu'il y a ?

— Reste calme, ne crie pas.

D'un léger mouvement de tête, je suivis son regard jusqu'à poser le mien sur l'araignée velue qui se trouvait en bout de table. Mon sang se glaça et je sentis monter l'imminence d'une crise de panique. Mais Ulysse m'ayant enjointe de rester calme, j'émis seulement un bruit comparable à l'émission d'ultrasons diffusés sous l'eau : un couinement bloqué à l'intérieur de ma bouche fermée, composé de *i* très aigus.

Mû par un courage fabuleux, Ulysse fondit sur la bête avec une serviette en papier, l'écrasa tandis que je m'étreignais dans mes propres bras, l'emprisonna dans le kleenex géant et, triomphant, se leva pour remettre la boule de papier entre les mains d'un serveur qui se tenait là, un peu à l'écart.

Peu à peu, ma respiration se fit plus calme. Lorsqu'il revint s'asseoir à notre table, je lui tendis mes mains qu'il saisit, en lui murmurant :

— Merci, merci, oh merci…

— Je t'en prie, ma douce. C'est normal. Tu as besoin que quelqu'un prenne soin de toi. Et ce quelqu'un, tu sais, j'espérais que ce serait moi.

— Ulysse…

Je voulus retirer mes mains, mais il ne les lâcha pas.

— Réfléchis encore, je t'en prie…

Le serveur s'approcha de notre table. D'un air suffisant, il tendit la serviette en papier ouverte à mon héros congédié. Sachant ce qu'elle contenait et écœurée à cette perspective, je me reculai et me collai le plus possible contre le dossier de mon siège.

— Vous me voyez désolé, monsieur, de ne pouvoir accéder à votre demande en jetant ceci dans les toilettes. Il s'agit d'un objet en plastique, cela risquerait de les boucher.

Ulysse, décomposé, tourna la tête vers moi juste à temps pour croiser mon regard stupéfait. Rageusement, je saisis mon sac et me levai.

— Prendre soin de moi, hein ? crachai-je, au comble de l'exaspération.

— Ava, écoute-moi, c'est une erreur ! Le mec a menti, dit-il en accusant le garçon de café qui s'était éloigné. T'imagines, si son troquet était envahi de bestioles ?

— Je te laisse à tes joujoux. Moi, j'ai fini de jouer.

— Ava, reste ! On n'a pas fini de parler !

Bras écartés, il tentait de me barrer le passage. Résolue, je fis un pas à droite, mais il fit un pas à droite aussi. J'esquivai par la gauche, il me bloqua par la gauche. Et pendant tout le temps de ce ballet, il ne cessait de débiter :

— Ava, mon amour, promis, j'arrête ! Je deviens sage, je mets ma vie en ordre, je rentre dans les ordres, je suis à tes ordres ! Ava, je t'aime, s'il te plaît bébé, ne me quitte pas, la dernière fois que tu m'as quitté, tu l'as regretté, la preuve, on s'est remis ensemble !

— Oui, vingt-cinq ans plus tard ! J'aurais dû observer plus attentivement notre photo de classe, j'ai dû te confondre avec un type sérieux ! Laisse-moi passer s'il te plaît, coupai-je en tentant de le contourner, lui et ses bras écartés.

Mais il m'en empêcha à nouveau.

— Tu vas t'en vouloir ! Je te connais, dans vingt-cinq ans tu vas réaliser que j'étais l'homme de ta vie, et on va se re-re-remettre ensemble ! Gagnons du temps ! Faisons-le tout de suite !

— Non. Il va juste me falloir vingt-cinq ans de plus pour oublier que tu ne l'étais pas.

— Ava, crois-moi, j'arrête ! jura-t-il, éperdu.

— Tu arrêtes quoi ? demandai-je en stoppant net mon mouvement de fuite.

Ce qui le décontenança l'espace d'une seconde. Juste assez pour que je tente de me faufiler, mais il rouvrit les bras et bondit en arrière, me bloquant à nouveau l'accès à la sortie du café.

— J'arrête les tournées ! J'arrête de bouger, j'arrête les déplacements, j'arrête tout.

— Et tu te produis où, pour vivre, avec tes spectacles de magie ?

— Exclusivement dans ton immeuble. Plus précisément dans ta chambre. Tous les jours, toutes les nuits. On vivra d'amour et d'eau fraîche. C'est bon, l'eau fraîche, tu verras. J'y mettrai des glaçons. Pour te faire frissonner, et te donner l'envie de te réchauffer entre mes bras.

Sa logorrhée me toucha. Je soupirai, puis le contemplai, attendrie malgré moi. Mon pot de colle Cléopâtre d'amant à l'odeur d'amande. Ma super glu d'adolescent attardé, m'invitant à une réalité sans trucage. Alors, je l'attrapai par le col et lui plaquai un baiser appuyé, tendre et ultime sur la joue, parce que c'était la seule chose à faire.

— C'est fini, Ulysse. Je suis désolée.

J'ajustai le sac sur mon épaule, et le laissai derrière moi, penaud et déconfit.

Au fond, j'avais le cœur lourd. Ulysse et moi avions partagé de magnifiques moments, ces derniers mois, quand il parvenait à modérer ses accès de gaminerie et ses tendances aux blagues potaches. Parfois, je me demandais comment un type aussi gentil pouvait en même temps être aussi dingue. Sans doute son caractère ingérable s'expliquait-il par sa mère, qui l'avait trop protégé et empêché de grandir. Par son père, qui ne l'avait pas assez regardé, déclenchant chez lui le besoin d'attirer l'attention. Chaque fois, mille excuses se bousculaient dans ma tête pour justifier toutes ses folies. Comme la fois où nous avions passé un week-end romantique dans un charmant hôtel près d'un lac suisse, et qu'il m'avait réveillée (et failli me tuer de peur) au son d'une corne de brume. Ou la fois où nous étions au cinéma, et qu'il avait fait semblant d'avoir un truc qui lui démangeait dans le dos, jusqu'à ce que j'y trouve plantée une hache en plastique. Mon bond de championne du monde de saut en hauteur l'avait beaucoup fait rire, et que le type de la sécurité le menace d'appeler les flics devant son arme pourtant factice n'avait pas modéré son hilarité. Par contre, ça avait augmenté ma honte. Je passe sur l'épisode du liquide vaisselle dans mon flacon de shampoing, du tabasco dans mon ketchup, ou du yaourt dans mon pot de crème de jour. Je me demande bien qui ça peut faire rire à part lui ou un gamin de huit ans, mais soit. J'ai dit que je passais.

Non, la goutte d'eau qui a fait rompre la cruche a été quand il a insisté afin que je lui prête ma montre pour un tour de magie garanti inratable. L'idée était de la faire disparaître d'une petite bourse en velours dans laquelle il venait de la glisser, avant de jeter la bourse au sol et de mettre un grand coup de talon dessus. Je ne voulais pas lui prêter ma montre. J'ai refusé catégoriquement. C'était mon seul bijou précieux, je me l'étais offerte quand j'avais quinze ans, avec le salaire de mes premiers jobs d'été. Il m'avait suppliée de lui faire confiance, il en faisait une question d'honneur : jamais il n'avait raté ce tour de sa vie. La leçon du jour fut qu'il y avait un début à tout, et ce premier ratage signa la destruction irrémédiable de ma montre adorée. J'en avais pleuré, tellement j'aurais dû m'écouter.

Juste au moment de pousser la porte pour sortir de ce café, je remarquai qu'un couple se retournait pour mieux voir d'où provenaient un chahut et des éclats de voix.

Je me retournai à mon tour et découvris Ulysse, debout sur la table. Il apostrophait les clients de cet endroit huppé, tandis que trois serveurs tentaient de le faire descendre de son estrade improvisée. Mais lui, déterminé, déclamait en tirant divers objets de la manche de sa veste :

— Approchez, approchez ! Venez rencontrer Ulysse, l'illustre magicien, plus fort que Houdini, puisqu'il a libéré à distance sa petite amie de ses chaînes ! Venez voir comment, tel un Mandrake d'opérette, il s'est fait disparaître de sa vie en un claquement de doigts !

Que faire ? Devais-je revenir, et intervenir ? Ou bien fuir et le laisser m'oublier ? Un garçon de café, qui me servait parfois et que je trouvais hautain et antipathique, fondit sur moi et me lança :

— Je vous prie de bien vouloir exiger de votre ami qu'il descende de cette table ! Et sachez qu'après un tel esclandre, vous n'êtes plus la bienvenue dans notre établissement !

— Quoi ? Mais ça fait des années que je viens chez vous. Vous ne pouvez pas…

— Intervenez, je vous prie ! m'ordonna-t-il.

Tout le monde assistait au spectacle qui se déroulait sur cette table : un grand bonhomme pâle avec des taches de rousseur sur le visage, sortant de sa manche une ribambelle de mouchoirs pour se sécher les yeux, sauf que plus il tirait, plus il y avait de mouchoirs. Il les faisait apparaître à un tel rythme qu'il devait bien en avoir une cinquantaine, déjà, à ses pieds. Et le propriétaire des lieux qui menaçait d'appeler la police…

Une dame âgée, solitaire devant sa théière et son mille-feuille marbré, applaudit en criant « encore ! encore ! », ravie de l'aubaine. Mazette, une représentation gratuite !

Quant à moi, l'estomac noué par un mélange de tristesse et d'agacement, je décidai de jeter l'éponge, tournai les talons, sortis et accélérai le pas, m'éclipsant dans la foule de cette fin d'après-midi parisienne.

Chapitre 2

Tom

Dans la boîte de nuit, la musique techno pulsait si fort qu'elle en faisait battre les cœurs des danseurs à contretemps. Impression troublante de ne plus savoir dans quel sens exister. Sur les visages en sueur, des lyres dessinaient des mouvements fous et colorés.

Il faisait sombre, mais pas obscur. Il y avait du monde, sans que la foule soit compacte. Dans l'atmosphère régnait une odeur indéfinissable, piquante et entêtante, constituée d'un bouquet de senteurs antagonistes. Le manque d'air frais et d'oxygène participait au voilage des esprits, aux têtes qui tournaient, aux souffles qui s'accéléraient. Les phéromones exhalées des peaux nues transpirantes faisaient le reste.

Tom, le flic à la taille immense et au corps de statue grecque, errait, un verre à la main, à l'affût des plus belles filles qui se déhanchaient. Sur son tee-shirt trop serré, qui le moulait à son avantage, une chemise bûcheron portée ouverte. Son jean brut était un peu lâche, et ses work boots montantes. En l'apercevant, les plus jolies filles accentuaient leurs tortillements sensuels dans l'espoir d'attirer son attention. Mais lui continuait son chemin, lentement, tel un fauve guettant une proie plus appétissante encore. Pour le moment, il dévorait du regard tout ce qui s'offrait à lui, mais ne fondait sur personne.

Jusqu'à ce qu'il repère le gibier qu'il consommerait ce soir.

Elle dansait seule, au milieu de la piste, perchée sur des talons aiguilles machiavéliques, secouant ses cheveux châtains qui lui retombaient sans cesse sur le visage. Ses bras levés comme si elle se défendait mollement de l'assaut d'un homme invisible, elle roulait ses hanches parfaitement gainées dans sa robe courte en cuir noir, aux épaules dénudées. À son poignet, une manchette en métal doré. De larges boucles pendaient à ses oreilles. Ses yeux étaient fardés de noir, et sa bouche, rouge sang.

Pourtant, Tom détestait les discothèques. Il avait en horreur ces endroits où parler équivalait à hurler dans l'oreille de l'autre des mots qui se perdaient en chemin. Où les gens finissaient bourrés ou défoncés, lamentables, pathétiques, fragiles. Où le *vulgum pecus* s'exposait dans ses habits de beau, qui s'avéraient être souvent des tenues de plouc. Où le DJ était le roi du monde, imposant une musique répétitive à une foule en transe qui dansait sur ce qu'on lui donnait à se mettre sous l'oreille. Quant aux filles qu'on pouvait y lever, il fallait d'office éliminer toute idée de sélection par affinités culturelles ou complicité intellectuelle. C'était juste du brut de décoiffage, de l'immédiate pochette-surprise, de l'envie sur l'instant, de la pulsion réciproque. Tout ce qu'il détestait d'habitude.

Sauf ce soir. À cet instant précis, il venait de passer en mode binaire. Son désir et celui d'une autre, il n'avait besoin de rien de plus.

Tom s'arrêta, et contempla sa cible un long moment en sirotant son verre, le front crispé et le regard aimanté. Voilà. Ce soir, c'était elle qu'il voulait. Elle, qu'il lui fallait. L'élue, non pas de son cœur, mais de son envie impérieuse.

Il finit son verre, le posa sur la table d'un couple qui se roulait des pelles sans se soucier du monde extérieur, et entreprit, avec habileté et délicatesse, une approche en douceur.

Mais un type le doubla.

Moyen de taille, plus jeune que lui d'une dizaine d'années, fier comme un paon avec ses baskets fluo aux pattes, et dansant divinement bien.

Le gars commença à se trémousser en rythme aux côtés de la fille, petits mouvements saccadés de la hanche, lancers de coudes frénétiques, bougeant juste comme il fallait pour qu'elle relève la tête et que leurs regards se parlent. Il sembla lui convenir, car elle reprit ses mouvements lascifs et solitaires, toujours effectués avec désinvolture mais cette fois sans le quitter des yeux, lui permettant implicitement de continuer sa parade nuptiale.

Le sang de Tom ne fit qu'un tour.

Un rival ?

Son tempérament ombrageux s'enclencha, ses muscles se bandèrent, et sa possessivité fit rissoler ses nerfs tendus.

Stupéfait, il les observa un instant, ne sachant pas encore de quelle manière intervenir.

Quoi, ce pignouf, ce mouflet, ce puceau venait de lui piquer sa place pour se la donner avec… sa meuf ? *What the fuck ?* Tranquille, sans se poser de questions, le slip rempli de culot, ce merdeux infligeait à celle que Tom aimait ses gigotements de vermisseau épileptique. Et peu importait que ces soubresauts soient effectués sur un rythme parfait. C'était juste pas la bonne personne à approcher, si on envisageait de découvrir un jour l'effet merveilleux de l'âge de la retraite.

Régine et ses idées débiles, aussi !

C'était quoi, ce jeu à la con qu'elle lui avait proposé ? L'accoster comme si elle était une inconnue à séduire, et non la femme qu'il honorait de sa passion presque toutes les nuits ? N'importe quoi. Elle n'aurait pas pu simplement se déguiser en infirmière lubrique, avec porte-jarretelles sous une blouse courte et soutien-gorge pigeonnant ? Là, juré, il aurait fait semblant d'être un malade soumis qui ne la connaissait pas, avant de guérir d'un coup et de lui faire sa fête. Et au moins, personne n'aurait été humilié.

Parce que la regarder danser avec un autre... Il n'aimait pas ça, Tom. Ça ne l'amusait pas d'avoir une boule dans le ventre qu'il ne pouvait même pas dissoudre en allant expliquer la vie à cette contrefaçon de Travolta du bassin. Car, s'il était honnête avec lui-même, il devait admettre que le type avait raison de tenter sa chance. N'importe quel mec doté d'un minimum de jugeote l'aurait tentée : Régine, ce soir, moulée dans sa tenue affolante et sexy, était particulièrement attirante.

Il allait devoir la jouer fair-play. Il n'avait pas d'autre choix s'il souhaitait, comme elle le lui avait demandé, échapper à la routine douillette dans laquelle ils commençaient à se prélasser dangereusement. En amour, lui assenait-elle avec une régularité de métronome, rien n'est jamais acquis. Elle pouvait encore s'envoler loin de lui. Il risquait un jour de s'échapper d'elle. Alors, ce soir, pour l'anniversaire de leur rencontre, elle avait eu envie d'une seconde première fois. Soit.

Cas de force majeure, Tom n'eut pas d'autre choix que de baisser le volume de son orgueil, d'éteindre sa contrariété, et de dégainer son arme. Celle dont il ne se séparait jamais et qu'il était parvenu à faire entrer dans cet établissement malgré la fouille à l'entrée : des pas de break dance sortis tout droit de son adolescence (et qu'il n'avait pas dépoussiérés depuis).

Le flic et son mètre quatre-vingt-dix-huit fendirent la foule, et se plantèrent devant Régine. Le regard fixe, sérieux, concentré. Puis, sans piper mot, Tom étira les bras, et fit passer une onde d'électricité depuis le bout des doigts de sa main gauche jusqu'à son coude, son épaule, puis son autre épaule, son coude et le bout des doigts de sa main droite. Et vice versa. Et encore une fois. Et vice versa.

Il était prêt. Il avait allumé le jus. Problème : la musique qui passait était un bon vieux disco des familles. Pas exactement le bon beat pour déclencher l'androïde.

Mais qu'à cela ne tienne. Son ennemi juré, le minus drapé dans sa chemise violette et son jean slim, entreprit lui aussi, ironique et goguenard, de se mettre en mode Robby le robot. Mais avec plus de talent. Il faut dire que la jolie Régine avait éclaté de rire devant cette manière insolite de danser.

S'ensuivit alors un déferlement de vagues composées de quatre bras qui flatulaient de concert, genre tsunami de la guinche ou ondulations de la trémousse. Les fiers-à-bras étaient dans la plage, yo ! Et les touristes à ces extravagances, qui dansaient moins, du coup, contemplaient le ballet répétitif de ces poulpes électrisés. Car sortis de quelques réminiscences vétustes de moonwalk, les deux guignols avaient un peu surestimé la variété des pas de leur carmagnole.

Le DJ, du haut de sa cabine, avait repéré le géant et son acolyte qui rivalisaient de tressautements électroniques. Flairant le show, il baissa la musique et lança : « Et maintenant… ça vous dirait une rap battle ? »

La foule cria « Oui ! » et, avant que Tom n'ait eu le temps de comprendre ce qui lui arrivait, un cercle de danseurs se referma autour de lui, de Régine, et de son soupirant. Lequel, ravi de se voir promu centre du monde, vint cordialement lui serrer la main.

— Moi, c'est Zébulon, annonça-t-il.

— Tom, répondit le flic en regardant autour de lui, médusé et inquiet.

Un rythme saccadé de beat box emplit les lieux, tandis qu'un assistant vint leur apporter des micros. Quoi, se demanda Tom, cette boîte était trop pauvre pour se payer sa propre équipe de danseuses nues, alors elle embauchait de force deux gogos amateurs ?

Régine semblait excitée par le tour que prenaient les choses. Elle frappait dans ses mains, écroulée de rire. Son amoureux, coincé, ne pouvait plus reculer sans risquer de perdre la face. Il tenta une ultime esquive en s'adressant à la femme qu'il aimait et protégeait, espérant, l'espace d'un fugace instant, qu'elle lui rendrait la pareille :

— Ils sont pas sérieux, là ?

— Si, si !

— Viens vite, on se casse !

— Qui êtes-vous, monsieur ?

Tom laissa retomber son menton en avant, dans un mouvement de désespoir absolu, avant de se tourner lentement vers son concurrent. Lequel chauffait la foule face à lui par de grands gestes encourageants. Formidable. Puis le type se dirigea vers Tom, micro à la main, avec ses vingt centimètres manquants pour pouvoir le regarder dans les yeux, et il attaqua :

— Yooo ? J'suis Zébulon, comme le néon qui t'illumine jusqu'au trognon. T'as trop dansé ? T'es essoufflé ? Vas-y papy, va t'reposer ! Avec ton smurf préhistorique, t'as réjoui nos zygomatiques. Maintenant faudrait pas abuser, le ridicule risqu'rait d'te tuer. Il y a ici de jolies filles, elles n'ont pas mérité d'voir ça. Sérieux, mon pote, tu t'venges de qui ? De toutes celles qu'ont pas voulu d'toi ? Désolé si tu pleures, mais mec je vais te l'dire quand même : ton groove c'est une horreur, te voir danser me fait d'la peine !

Et pour faire bonne mesure, il conclut modestement par un « Bouum ! », tâchant de l'impressionner avec un provocant pas en avant. Le p'tit malin dans ses baskets fluo se rengorgea, tandis que pleuvait sur lui un tonnerre d'applaudissements.

Tom chercha le regard de Régine, mais elle faisait souffrir ses mains en direction du gugusse satisfait. Ah oui ? Cette traîtresse le prenait comme ça ? Très bien. Elle l'aura voulu.

Le géant s'avança lui aussi, bon enfant, un grand sourire aux lèvres, et lorsque la musique redémarra, il cracha dans son micro :

— T'es Zébulon, comme comédon, prénom parfait pour un p'tit con. Et moi c'est Tom, mon *flow* t'assomme, te pulvérise et te dégomme. Tu crois qu'tu danses ? J't'arrête tout de suite ! On dirait juste qu't'as pris une cuite. Casse-toi retourne chez ta mère, ou elle va te priver d'dessert. J'suis grand, j'suis beau, t'es l'opposé. Tu sais, j'suis flic, mon p'tit bébé. Il suffit juste que j'apparaisse, pour pouvoir te botter les fesses. Toi dès qu'tu pénètres dans une pièce, la dignité crie SOS ! Tu m'défies en battle ? Mais mon gars t'as cru quoi ? T'es juste un amuse-gueule, des comme toi j'les bouffe par trois ! Si m'voir danser te fait d'la peine, prépare-toi à être chagriné. J'vais bouger jusqu'à c'qu'ton cœur saigne, et maintenant pire, j'suis motivé !

Frondeur, il mima une danse où il sautillait en lui claquant le postérieur en rythme. Puis il lui tourna le dos, bras levés, se repaissant des cris de la foule, comme s'il avait gagné un round. Les yeux de Régine brillaient tandis qu'elle l'applaudissait à tout rompre. Ah, tout de même. Il avait failli attendre.

Mais aussitôt, l'autre, vexé, répliqua :

— T'es motivé ? C'est vrai ? Houuu ? (Il fit un geste des mains pour encourager son public à le soutenir.) T'es motivé à quoi, avec ta chemise de bûcheron ? T'es au courant qu'la mode, ça sert pas à faire laideron ? Je crois que t'as inversé le concept de relooking. Toi t'es l'king des relous, qui porte peut-être même des strings ! Enfin, je

parle, je parle, pas sûr que t'entendes c'que j'dise !
Le son s'perd en écho, en haut de ta tour de Pise ?
Non ? Youhou ? Le géant vert ? C'est ouvert,
là-haut ? Il fait froid ou chaud ?

Tom l'interrompit, hilare :

— Oh non, on avait dit pas le physique... Tu
veux parler physique, viens moustique que je
t'explique. Attends j'protège mes yeux, la teinte
de ta chemise me pique ! Avec ta face d'oursin,
pas une fille veut t'approcher. Mec t'es comme
le Boursin, tu vas juste t'faire étaler ! J'suis plus
grand qu'toi ? C'est pas très dur, vu ta taille de
nabot. La météo prévoit d'la pluie, viens là qu'j'te
crache dans l'dos !

— Ah, ouais ?

— OUAIIIS.

Les deux hommes, micro à la main, se défiaient
l'un face à l'autre, quasi collés comme si le premier qui reculait avait perdu.

C'est Zébulon qui reprit le son :

— Tu m'prends de haut ? Pour qui tu
t'prends ? J'te rappelle que t'as pas d'copine !
Tu erres tout seul, tu fais pitié, on dirait qu't'as la
scarlatine. Mate mon doigt, et regarde le chemin
qu'il t'indique. C'est la sortie, vas-y, prends tes
claques et tes cliques ! Rentre chez toi, commande
une pizza, la seule bonne pâte qui voudra d'toi.
Et fais pas l'fier, sois pas vénère, tu pouvais rien
y faire. Zébulon t'a mis la misère, va pas t'faire un
ulcère... Yooo !

Tom le rabroua aussitôt :

29

— J'te prends pas de haut, nigaud, j'te prends pas du tout ! Un peu comme les filles ici, qui ont toutes du goût ! Personne n'veut d'toi, c'est désolant, tu sais donc c'qu'il t'reste à faire. Gâche pas tes doigts, à faire l'indic, retourne dans ta tanière. Te soulager, comme un puceau, d'vant une écho mammaire ! J't'ai détruit, t'es par terre, loser, j'arrête ton calvaire. Ce soir, tu restes célibataire et moi… Je rentre avec la plus belle des panthères.

Tom leva son micro à l'horizontale, et le laissa tomber sous les applaudissements déchaînés signant sa victoire. Régine, en quelques bonds, fondit sur lui. Il la souleva de terre tandis qu'elle jetait les bras autour de son cou et lui dévorait le visage de baisers. Et le DJ annonça : « On applaudit nos deux brillants concurrents qui chacun repartent avec un canon ! Le tien, Zébulon, t'attend au bar : un verre offert à Zébulon, qui n'a pas démérité ! »

Chapitre 3

Lutèce

— Ah ! Ethel, tu es en avance aujourd'hui. Entre, entre. Surtout, fais bien attention à la pagaille…

Lutèce échangea deux bises avec la jeune fille échevelée qui venait de franchir le seuil de son petit appartement situé dans le Marais, un quartier historique du centre de la capitale.

— … puisque c'est toi qui vas la ranger !

Elle émit un gloussement haut perché et mélodieux, fière de son trait d'esprit, tandis que l'employée de ménage retirait soigneusement son sweat à capuche trempé de pluie, et le suspendait à la paterne dans l'entrée.

Secouant la tête, un pli de « on la connaît, ta blague » imprimé au coin des lèvres, elle s'enquit poliment de la santé de sa cliente, tout en ouvrant son sac pour en extraire une paire de chaussons qu'elle posa sur le parquet. Elle retira ses baskets mouillées en s'aidant des orteils, et enfila les pantoufles. Du même sac, Ethel sortit une blouse-tablier qu'elle déplia, puis boutonna par-dessus son tee-shirt et le jean qui moulait ses fesses plates, ainsi qu'un élastique pour rassembler les mèches de son carré blond mi-long en une queue-de-cheval basse et proprette.

Tout au long de ces opérations, les deux femmes avaient commenté la météo : cette pluie qui n'en finissait pas, la Seine qui risquait de déborder, ce début d'été copie conforme d'un mois de novembre, ce ciel qui était tout cassé…

Le visage d'Ethel était entaillé de sillons d'inquiétude creusés par les révisions de ses examens, et ses mains, abîmées par les détergents, auraient mérité d'être massées par une crème adoucissant les traces de leur labeur.

Lutèce, poings sur les hanches et air réjoui, la regardait faire. Elle était accoutrée d'une robe du soir complètement improbable couleur orange insolation, longue, à sequins et rehaussée de pampilles noires le long d'un décolleté bateau. Un tantinet inappropriée pour un milieu d'après-midi. Sauf si on s'appelait Lutèce, qu'on avait un âge indéterminé (oscillant entre les soixante-treize, les cinquante-deux, les trente-six ou même les quatorze ans, suivant son humeur ou la bobine de son interlocuteur) et que l'on s'ingéniait à élaborer les prétextes les plus loufoques à ses lubies du moment. La liberté n'était pas un vain mot, pour celle qui en avait tant manqué tout le temps qu'avait duré son mariage avec un homme rigide, austère et nettement plus âgé qu'elle, disparu depuis fort longtemps déjà.

Ethel se demanda quelle était cette fois la raison de ces folies vestimentaires. Une surprise-partie dans sa cuisine ? Un essayage de la collection de Noël d'un grand couturier à prix hard-discount ? Une robe offerte par un ami drag-queen ayant dû y renoncer depuis qu'il avait pris du poids ? Tout était possible avec cette sacrée bonne femme, plus rien ne l'étonnait.

— Par quoi voulez-vous que je commence, madame Lutèce ? demanda la jeune fille avec un sourire résigné. J'espère que vous m'avez gardé quelques corvées à faire ?

— Commence déjà par me dire ce que tu penses de cette robe, demanda la vieille dame en tournant lentement sur elle-même, façon mannequin cabine filmé pour l'ORTF. J'envisageais de la porter avec un bandeau à plumetis sur le front. Tu comprends, Giuseppe m'emmène dîner demain dans un restaurant chic !

— C'est qui, Giuseppe ? demanda Ethel en évoluant dans l'appartement immaculé de sa cliente.

Dans ce petit deux-pièces méticuleusement rangé, les cadres brillaient comme des sous neufs, la poussière était retournée à la poussière, et le seul fouillis qui pût se distinguer était des épluchures d'orange dans une coupelle posée sur la table. C'était plus fort qu'elle, Lutèce ne concevait pas d'exposer un intérieur en pagaille à quiconque, fût-ce à sa propre dame de ménage.

— Giuseppe, c'est mon correspondant napolitain. Nous avons fait connaissance sur un chat (elle disait « chat » au lieu de « tchat »), sur Internet. Il est membre d'un club de pétanque, qui vient faire un tournoi à Paris. Nous allons enfin pouvoir nous rencontrer !

Ethel soupira en allant porter la coupelle dans la cuisine pour la vider dans la poubelle. Elle savait qu'elle n'aurait probablement rien d'autre à faire, pendant les deux heures de travail qu'elle devait passer chez cette exubérante septuagénaire.

— Vraiment, madame Lutèce, parfois je me demande pourquoi vous avez besoin de quelqu'un pour vous faire le ménage, grogna-t-elle en revenant vers le salon. Ça me fait mal au cœur de vous prendre votre argent pour si p…

Lutèce se tenait au centre de la pièce, jupe relevée jusqu'au menton, exhibant fièrement ses jambes maigrelettes striées de varices bleues, les genoux plissés comme le cou d'un shar-peï, dans une sorte de french cancan aussi statique qu'inattendu.

— Alors, Ethel ? Qu'est-ce que tu dis de ça ?

— Hum, faites-moi voir, fit Ethel en s'avançant, tête penchée. Pas mal, j'en avais jamais vu avant. Sauf dans les films.

— Impressionnant, hein ?

— Ah ça, oui. Il faut un diplôme, pour savoir le mettre ?

La mamie à l'habit retroussé se rengorgea, fiérote.

— Presque ! C'est un huit bretelles. Une excellente qualité de porte-jarretelles. J'ai investi ! La culotte est haute et me gaine bien le bidou, et les bas sont en soie véritable, je te prie.

Tout en parlant, elle fit claquer une lanière contre sa cuisse, et passa son index le long de la couture d'un de ses bas, pour en apprécier la finesse.

— Trop classe… Tout ça pour le monsieur italien ?

— S'il a de la veine demain soir, oui !

La perspective d'un nouvel amant ravissait Lutèce, qui en frétillait avec l'impatience d'une donzelle. Les coquineries de la vieille dame subjuguaient Ethel, dont le regard laissait transparaître l'envie qu'elle aurait eue de s'autoriser pareille aventure.

— Madame Lutèce, vous êtes impayable.

— Tu ne te paies pas ma tête, Ethel ?

— Voyons, je ne me permettrais pas ! rigola la gamine. D'ailleurs, puisque vous parlez de payer, j'aimerais bien justifier les sous que vous me donnez, pour une fois. Vous m'avez laissé un peu de lessive ?

— Eh non, je l'ai déjà faite, désolée.

Ethel, embarrassée, laissa courir son regard autour d'elle.

— Des vitres ? Du repassage ? Un peu d'aspirateur, au moins ?

— Rien du tout, je ne veux pas que tu te déranges.

— Mais enfin, je suis là pour ça ! s'indigna la jeune fille.

Lutèce haussa les épaules.

— Bon, alors dans ce cas, je veux bien que tu fasses une petite chose. Oh, ça ne paye pas de mine, mais si tu voulais aller nous préparer un thé au jasmin et le déguster en ma compagnie, je serais ravie de prendre des nouvelles des gens de l'immeuble.

La blondinette hésita.

— Entendons-nous bien. On parle de nouvelles, ou on parle de ragots ?

— À ton avis ? fit Lutèce en activant ses sourcils dessinés, l'air canaille.

Ethel sourit. C'était leur rituel. Elle résistait un instant pour la forme, et aussi par dignité, car ce n'était pas une profiteuse. Mais elle finissait toujours par céder. Si Lutèce préférait se payer les services d'une concierge, plutôt que d'une aide-ménagère, c'était son affaire après tout.

Les traits perpétuellement crispés de la jeune fille se détendirent, et son visage fatigué s'en trouva aussitôt illuminé. Elle claqua ses mains l'une contre l'autre.

— Bougez pas. C'est comme si c'était fait !

D'un pas alerte, elle fonça dans la cuisine s'affairer à préparer un tea-time délicieux.

Lutèce s'installa tranquillement sur son canapé. Elle aimait bien Ethel, la petite-fille de Rivka, sa copine de poker. Ethel était étudiante, et venait faire le ménage chez les habitants de cet immeuble depuis plusieurs mois. Ses parents habitant en province, elle vivait en colocation avec trois autres jeunes, afin de poursuivre à Paris des études d'économie. Cette activité de nettoyage, elle la pratiquait en plus de son job de caissière à mi-temps dans une supérette. Le revenu généré par ses heures de ménage était soigneusement mis de côté, somme providentielle servant à constituer une cagnotte en vue d'un tour de l'Amérique du Sud avec sac à dos, une fois son diplôme obtenu.

La jeune fille revint en portant un large plateau chargé d'une théière fumante, de deux tasses en porcelaine fine, et d'une coupelle remplie de morceaux de sucre. Dans sa hâte, elle manqua se prendre les pieds dans le tapis et se rétablit de justesse, avant de déposer bruyamment le plateau sur la table basse. Toute à son arrivée tonitruante, elle ne put s'empêcher de remarquer que Lutèce se frottait le bras gauche en grimaçant.

— Tout va bien, madame Lutèce ?

— Mais oui, mon petit, pourquoi ça n'irait pas ?

— Votre bras. On dirait qu'il vous fait souffrir…

— Ah ! s'écria la vieille dame en se redressant vivement, lui coupant la parole. N'oublie pas le cake aux fruits recouvert d'un torchon, qui est posé sur le plan de travail. Je l'ai fait ce matin. En réalité, j'en ai même fait deux, apporte-nous donc le plus petit. L'autre, tu le glisseras dans ton sac, pour chez toi. Et il doit rester des biscuits au chocolat et à la cerise, amène-les aussi, je sais que tu en raffoles.

Ethel repartit en cuisine, tandis que Lutèce finissait de se frictionner le bras en pestant contre la courbature qu'elle s'était créée en faisant ses courses avec un sac à commissions qui s'était révélé trop lourd, plutôt qu'avec son Caddie habituel.

La jeune fille de retour et les gourmandises disposées sur la table, l'interrogatoire put commencer, en toute convivialité.

— André m'a demandé de vos nouvelles, attaqua Ethel avec un demi-sourire.

— Ah bon ? Qu'est-ce qu'il me veut, ce vieux grigou ? fit Lutèce en levant sa tasse de thé brûlant jusqu'à ses lèvres fines.

— Il voulait savoir si vous vous portiez bien, et si vous aviez quelqu'un dans votre vie, en ce moment.

— Mais bien sûr ! Sa Marie-Paule a déménagé auprès de ses enfants dans le sud de la France. Elle l'a laissé seul, avec sa grille de mots croisés. Et le bougre s'imagine que la Lutèce a changé d'avis après l'avoir largué. Il est mignon. Il a cru qu'il y avait marqué Armée du Salut sur mon front ?

Ethel croqua dans un biscuit.

— Il ne perd rien à essayer, le pauvre…

— Mais enfin ! Tu savais que le coupe-ongles de ce type avait déposé le bilan ? Crois-moi, Ethel. Si tu avais dû subir le contact de ses orteils aux griffes longues, moelleuses comme des cuillères en inox et striées de moisi, toi aussi, tu aurais déménagé dans le sud de n'importe quel endroit loin de lui.

Ethel fit une grimace, et reposa son biscuit.

— Sinon, reprit-elle, Arlette, du rez-de-chaussée, va beaucoup mieux. Elle se rétablit doucement de son opération de la cataracte.

— Ah, fit Lutèce. Cette coquine n'aura plus d'excuse pour ne pas me saluer quand je la croiserai dans le hall de l'immeuble.

Ethel coupa une part de cake aux fruits, la déposa sur une coupelle qu'elle tendit à la dame à ses côtés. Puis elle s'en trancha une part pour elle.

— Hum… laissez-moi réfléchir… Monsieur Karim, du troisième étage… J'ai entendu dire qu'il avait touché une belle petite cagnotte, en héritage…

— Tant mieux. Fini pour lui de piller à l'œil le buffet lors des prochaines fêtes des voisins. Peut-être qu'il trouvera enfin assez de ressources pour apporter ne serait-ce qu'une salade ?

Elles rirent en sirotant une gorgée de thé.

— D'autres potins, ma chère Mata Hari ?

— Non, je crois que c'est tout, dit Ethel. Attendez… (Elle réfléchit en fronçant les sourcils.)

Ah si ! Encore un. Grosse crise chez Éliane et Eustache, le couple du dernier étage. Ils ont découvert que leur fils était... vous savez...

Elle roula des yeux comme si elle ne pouvait verbaliser autrement la suite de la phrase.

— Il est quoi, il est drogué ?

— Non ! Il est...

— Il est hors la loi ?

— Non, non... c'est autre chose, madame Lutèce, il est...

Elle se tortillait sur son siège, gênée.

— Il est moche ? Il est naturiste ? Il est allergique au gluten ? Mais dis-moi, Ethel ! Je brûle de savoir ! Ne me fais pas languir ainsi !

— Il est, vous savez... il est gay...

— Et il sort avec qui ? lança la vieille dame du tac au tac, sa curiosité piquée au vif.

— Je ne sais pas. Je sais juste que lorsque Bertin a dit à ses parents qu'il préférait les garçons, ça a bramé sévère.

Lutèce haussa les épaules.

— Oh, Eustache, son père, a toujours été un peu arriéré sur les bords. Rien d'étonnant, ça lui passera. C'est pour Éliane que je me fais du souci.

— Pour Éliane ? demanda Ethel.

— Oui. J'imagine que ce qui est le plus terrifiant pour une mère aimante, quand elle apprend que son fils est homo, ce n'est pas qu'il le soit, mais ce sont les risques qu'il prend à l'assumer dans un monde d'une si violente intolérance.

Ethel se racla la gorge.

— C'est cool que ça ne vous choque pas. Je pensais que pour les gens de votre génération, c'était un cataclysme.

— Et pourquoi est-ce que ça me choquerait ? Tu plaisantes ? Ce n'est même pas un ragot, ça. Il aime les garçons, ce brave Bertin, bon, et alors ? Moi aussi ! Et c'est pas un scoop.

La maîtresse des lieux mit quelques tapes délicates sur le genou de la jeune blonde, en poussant un soupir.

— Tu sais, ma cocotte, à mon âge, je peux exprimer les choses telles que je les pense. Et Dieu sait combien je ne m'en prive pas. Les gens m'épuisent à vouloir sans arrêt décréter ce qui est bien ou pas dans la vie des autres. Qu'ils s'occupent d'abord de la leur, bon sang de bonsoir ! On ne choisit pas la couleur de sa peau, on ne choisit pas non plus de préférer Georges ou Germaine. C'est ainsi. Et ce n'est pas grave. Ce que font deux adultes enthousiastes dans un lit ne devrait regarder qu'eux. Ils se donnent de l'amour ? La belle affaire ! On a tous besoin d'amour, Ethel, tous sans exception...

L'étudiante acquiesça en détournant le regard, soudain troublée par une pensée.

— Je suis bien d'accord avec ça...

— Mais parlons d'autre chose. Comment se porte ton psoriasis, ma douce ? Fais-moi voir...

— Oh ! fit Ethel en retroussant les manches de sa blouse. Je ne sais pas ce qui se passe, il régresse d'une manière spectaculaire depuis quelques semaines, je suis folle de joie !

Elle lui montra ses bras. Seules deux-trois taches, fines et à peine décolorées, subsistaient encore au niveau des coudes. Toutes les autres, les dizaines d'autres, avaient disparu. Lutèce, sans un mot, les effleura des doigts, comme pour en apprécier la texture rugueuse. Ethel ressentit sur sa peau une agréable chaleur, mais ne fit pas le rapprochement avec le geste de Lutèce.

Elle ignorait que les mains de cette mamie guérissaient, apaisaient sitôt qu'elles se posaient sur le cuir de quelqu'un. Une faculté dont elle usait en silence, avec bienveillance, pour ne pas attirer l'attention de plus de monde qu'elle ne pourrait en soulager. La grand-mère d'Ethel faisait partie des rares intimes à être au courant de ce don exceptionnel. C'est elle qui avait demandé à son amie de soigner sa petite fille, dont le corps était attaqué sur de larges zones par ces disgracieuses bien qu'inoffensives plaques de squames. En échange de ces soins, Rivka avait absolument tenu à la payer. Sauf que, pour Lutèce, foncièrement altruiste et généreuse, il n'était même pas envisageable d'accepter. Les deux femmes s'étaient pris le bec de nombreuses fois à ce sujet, jusqu'à ce que la guérisseuse rencontre Ethel à l'occasion d'un apéro chez son aïeule, et soit touchée par les complexes de cette jeune femme qui se mettait en retrait de toute vie amoureuse le temps que duraient ses poussées. Or la dernière était particulièrement invasive. C'est ce point qui la décida à accepter d'être rétribuée, puisque Rivka en faisait une affaire de principe. Mais l'argent que lui versait sa voisine, elle avait su habilement le recycler, en le redonnant à sa petite-fille en guise d'appointements pour des travaux ménagers fictifs. (Lutèce gagnait toujours, à la fin.)

La sonnerie stridente du portable de la gamine interrompit leur échange.

Ethel s'excusa, et décrocha. Lutèce en profita alors pour attraper une revue qu'elle n'avait pas encore lue, rangée dans le porte-magazines, et entreprit de la feuilleter. Contrairement aux apparences, Lutèce était tout sauf indiscrète. Elle s'appliqua donc à ne pas écouter la conversation qui se déroulait près d'elle, même si Ethel chuchotait fort, essentiellement pour dire qu'elle ne pouvait pas parler. Sans doute s'adressait-elle à sa mère, laquelle insistait pour comprendre pourquoi elle disait ça, puisqu'elle parlait quand même. Les banalités qu'elles échangèrent durèrent quelques minutes. Lorsque Ethel put enfin mettre un terme à son substitut de discussion et raccrocher, elle eut un choc en se tournant vers Lutèce.

La vieille dame, pâle comme un cachet d'aspirine, bouche ouverte, yeux écarquillés, se tenait le cœur, son journal glissant lentement de ses genoux jusqu'au sol.

Seul le bruit du tic-tac de l'horloge rythmait le silence qui venait de s'abattre sur la pièce.

Affolée, Ethel poussa un cri.

Chapitre 4

Ava

Quelle bêtise d'aller faire ses courses dans un supermarché en fin de journée.

Allez, courage, plus que trois personnes devant moi. C'était finalement encore pire pour la dizaine d'autres qui faisaient la queue derrière. Et ce monde, ce bruit, ces lumières… Je fermai les yeux, tâchant de me détendre. Peine perdue, dans un tel environnement. Lorsque je les rouvris, j'assistai alors à un curieux spectacle.

Une dame âgée, souriante et bien mise de sa personne, tendait un chèque à la caissière, pour régler son unique achat, un paquet de rouleaux de papier-toilette. Mais la caissière refusait de prendre son chèque, ne pouvant l'imprimer qu'à partir de sept euros. Or le paquet n'en coûtait que quatre. La dame insistait : elle n'avait pas emporté son porte-monnaie ni sa carte, elle n'avait que son chéquier sur elle.

La caissière, butée, refusait. La dame insistait encore, toujours affable, en lui tendant son chèque, mais la caissière ne voulait rien savoir. La dame était embêtée, et ne savait que faire. Alors, la caissière, pour lui être agréable, se mit à lui parler en anglais. L'accent était joli, mais cela n'arrangea pas les affaires de la vieille dame qui, sans se départir de sa bonne humeur, lui tendit à nouveau son bout de papier. Ça devait être une folle, en conclut l'employée. Elle fit donc appeler sa chef. Laquelle débarqua en roulant des mécaniques. Et expliqua à la dame que la machine ne pouvait techniquement pas imprimer de chèque au-dessous de sept euros, qu'il fallait qu'elle achète autre chose. L'éventualité de sortir un stylo et de remplir à la main le bordereau de l'aïeule ne sembla même pas l'effleurer. Mais la mamie ne voulait pas autre chose, elle voulait juste son paquet de papier-toilette.

Agacée par cette cliente qui lui faisait perdre son temps, la caissière haussa les épaules, lui confisqua son paquet des mains, et le déposa derrière elle.

Non mais.

La dame, têtue, le récupéra, et trottina jusqu'à la caisse d'à côté.

Où une autre caissière, appliquant elle aussi les consignes à la lettre, lui expliqua le coup du montant pour le chèque. Tout de même. Les règles étaient les règles. Fallait voir à ne pas trop jouer les clientes rebelles. On en avait maté des plus insoumises. Et ça parlait entre collègues, et ça polémiquait, et ça s'agitait. Et pendant ce temps, dans le brouhaha et la confusion, la dame reprit son paquet de papier-toilette à quatre euros, trottina, et s'en alla.

Réalisant cela, la caissière se leva d'un bond, appela la sécurité, et se mit à courir partout, laissant tous ses autres clients en plan. Avant de revenir, dix longues minutes plus tard, échevelée et la mine déconfite.

Damned. Elle venait de se faire semer par une retraitée.

Une douzaine de personnes faisaient la queue devant chacune des caisses, le supermarché était plein à craquer, et on courait après un dangereux malfaiteur de plus de quatre-vingts ans qui voulait juste s'essuyer les fesses, et payer pour cela.

L'humanité dans toute sa splendeur.

Un peu plus tard, j'allai m'installer à la terrasse d'un café.

Besoin de faire un break, ma journée n'était pas encore terminée, et je sentais poindre le mal de crâne. Un stop ne me ferait pas de mal, juste le temps de siroter un caoua.

De mon sac, je sortis un carnet à dessins, un stylo-pinceau à encre de Chine, et me mis à croquer absolument tout ce que je voyais. Pour moi, la meilleure façon au monde de me vider l'esprit.

Un serveur s'approcha, et s'enquit de ce que je voulais.

— Un café, s'il vous plaît.

Dans la foulée, il voulut prendre la commande du type assis à la table à côté de la mienne. Le gars, tenant grande ouverte la carte devant lui, questionna :

— C'est quoi, un Cuba Libre ? Et si je voulais, moi, d'abord, un Cuba Captif ?

Le serveur, interloqué, crut à une blague, et lui répondit en souriant :

— Je suppose que vous seriez comme le Cuba. Libre de choisir ce que vous désirez.

— Hum… et une Margarita ? Est-ce qu'on peut l'avoir sans citron vert ?

— Il faut que je demande au barman… Vous n'aimez pas le citron vert ?

— Je préfère le jus d'orange.

— Ce ne serait plus une Margarita, dans ce cas.

— C'est qui le client, ici ? C'est vous, ou c'est moi ?

Le garçon de café me lança un regard sidéré. Ayant suivi leur conversation, je lui retournai le même, en toute solidarité. Imperturbable, le client reprit :

— Bien. Un martini, avec des olives noires, vous avez ?

— Il me semble qu'il ne nous reste que des olives vertes…

— Hum. Je n'aime pas les olives vertes.

— Je vous laisse réfléchir, et je reviens ? proposa l'homme au tablier, cherchant à s'échapper.

— Pas du tout. Vous restez ici. Je n'ai pas fini de poser mes questions. C'est qui le client ici, c'est vous, ou c'est moi ?

— Allez-y, fit le pauvre garçon, résigné.

— C'est quoi, un Virgin Zombie ?

— C'est un cocktail Zombie sans alcool, composé de…

— Hum, c'est pour les fillettes, ça.

— Ou pour les gens qui ne boivent pas d'alcool, soupira le serveur.

— Vous faites les Mimosa ?

— Oui. Je vous en apporte un ?

— Non, non, c'était juste pour savoir si vous les faisiez. Et le… que lis-je ? Le Sex on the Beach ? Vous n'avez pas honte ?

— On peut vous le faire sans Sex. Juste avec la Beach. Ce sera un cocktail à base de sable, répondit le garçon, qui n'en pouvait plus.

— Trop exotique pour moi. Est-ce qu'on peut avoir un Irish Coffee avec du thé ?

— Oui. Mais ça n'aura pas le même goût.

— Et alors ? C'est qui le client, ici, c'est vous ou c'est moi ? De toute façon, ça m'a donné envie d'un café. Je vais prendre un café.

— Je note, dit le serveur, une petite veine palpitant sur le front.

— Et donc, au niveau des cafés, quelle différence y a-t-il entre un café au lait, et un café allongé ?

C'en fut trop pour moi. Je venais brusquement de me rappeler que j'avais dans ma cuisine une excellente machine à expresso. Je rangeai mes affaires, me levai, et quittai la table.

Chapitre 5

Tom

— C'était bon…

Tom, dans son lit, les yeux encore remplis de volupté et de luxure, contemplait la femme qui avait fait de lui un homme heureux. Régine, avocate de profession, amoureuse de condition, savourait sans complexe cette reddition.

— Ravie de l'entendre…

— Et pour toi ? lui demanda-t-il.

— C'est moi qui pose les questions, ici ! dit-elle en imitant sa grosse voix de flic, tout en descendant du lit.

Elle récupéra la petite clé sur la table de nuit, et alla s'envelopper dans la chemise de son amant, si longue qu'elle n'aurait eu besoin que d'une ceinture pour pouvoir s'en faire une robe. Mais elle la garda ouverte, avant de regrimper sur le lit depuis lequel Tom, toujours allongé, ne l'avait pas quittée des yeux.

Lentement, elle s'assit sur lui à califourchon, tête penchée, ses longs cheveux ramassés d'un seul côté. Elle le contempla un moment. Son homme à elle. Ce corps immense, aux jambes interminables et aux pieds robustes. Cette peau mêlée de cicatrices et de tatouages. Cette tignasse en pétard. Ces pectoraux joliment dessinés, ces épaules solides, ces mains avides, qui n'attendaient que d'être délivrées des menottes qu'elle lui avait empruntées.

— Allez, bébé, détache-moi, il faut que j'aille travailler.

Régine ne l'écoutait pas, elle prenait tout son temps, faisant sauter la clé dans sa paume, tout en se rinçant l'œil tranquillement.

— Une seconde, monsieur. Inspection du véhicule. Vos papiers, s'il vous plaît.

— Mes quoi ?

— Vous m'avez très bien entendue. À moins que… esgourdes non conformes ? Hum, voyons ça…

Elle se pencha sur lui en tirant chacune de ses oreilles, faisant mine de regarder à l'intérieur. Tom tenta au passage de gober le sein qui s'approchait de sa bouche, mais elle se décalait chaque fois juste à temps pour échapper à sa bouchée vorace.

— Il semblerait que vous ayez besoin d'un kit mains libres, monsieur, dommage que ce ne soit pas autorisé.

— Allez, c'est bon, princesse. Il faut vraiment que tu me laisses aller bosser.

— On se tutoie ?

— Régine, t'es au courant que c'est moi, le flic, ici ? Tu vas avoir des problèmes…

Elle se tortilla lentement sur son bassin, et lui souffla :

— Tiens ? Chevauchement d'une ligne continue… Tu comptes faire quoi, là ? M'arrêter, peut-être ?

Il ferma les yeux en se mordant les lèvres, cherchant à maîtriser l'envie irrésistible qui recommençait à le submerger.

— Si, si, avoue, continua-t-elle. Mon stationnement est gênant ?

— Non… Humpf… non, non…

— Oh, t'as flashé sur moi ? Mais je vais te coffrer pour conduite en état d'ivresse, si tu ne te ressaisis pas tout de suite… Voire pour excès de vitesse ! Ah non, hein ! Doucement… là, comme ça… fit-elle en maîtrisant la façon dont elle s'appuyait ou non contre lui.

— Avocate au barreau de Paris, hein ? Désormais, considère-toi comme rattachée au barreau de Tom !

— Ha, ha, ha ! Tu es d'un vulgaire, mon amour…

Elle se pencha sur lui et, d'un coup de clé, lui libéra les mains. Aussitôt, il reprit le contrôle de son véhicule et offrit un final en beauté à toutes leurs cascades.

Certes, Régine et Tom rejoignirent leur bureau avec une heure de retard.

Mais ce matin-là, ils s'y rendirent d'excellente humeur.

Chapitre 6

Lutèce

Une secousse douce. Elle était fragile, il s'agissait de ne pas la brusquer. Mais la pauvre Ethel ne parvenait pas à reprendre connaissance.

Lutèce la secoua donc un peu plus fort, en lui tapotant les joues. Elle s'apprêtait à aller en cuisine chercher du vinaigre, dont elle imaginait tamponner un torchon qu'elle lui aurait glissé sous le nez en guise de sels improvisés, gageant que la forte odeur ramènerait l'étudiante à elle. Mais elle n'en eut pas besoin, car les paupières d'Ethel se mirent à papillonner.

— Eh ben mon vieux… Qu'est-ce qui t'arrive, mon petit ? T'es zinzin, de me faire des frayeurs pareilles ?

Ethel, qui tremblait légèrement, se redressa, luttant contre sa confusion.

— Mais vous aviez l'air… Quand vous avez… J'ai cru que vous étiez…

— Finis tes phrases, nom d'un p'tit bonhomme !

— J'ai cru que vous aviez fait un malaise !

Lutèce remua la tête, interloquée.

— Un malaise ? Et pour me réanimer, t'as décidé de plonger avec moi dans les limbes du coma afin de m'en extraire, c'est ça ? (Elle grogna.) C'est pas Ethel, que ta mère aurait dû t'appeler, c'est Orphée…

— Je suis désolée… Ça doit être une chute de tension. J'ai sauté le déjeuner, à cause d'un cours à rattraper. Vous allez bien, madame Lutèce ?

Ethel se redressa du canapé où elle venait de s'affaler, réordonnant à la hâte les mèches de cheveux qui s'étaient échappées de sa queue-de-cheval.

— Oui, oui, tout va bien, répondit la vieille dame, en détournant le regard.

La fille se leva, se pencha et récupéra le magazine tombé à terre, aux pieds de Lutèce, toujours ouvert sur la page qu'elle était en train de lire. Avant de le lui rendre, elle ne put s'empêcher d'y jeter un coup d'œil.

Un article pleine page y annonçait le décès par crise cardiaque d'une cantatrice, et le sous-titre précisait qu'elle avait négligé des alertes de douleur au bras.

Les yeux d'Ethel s'écarquillèrent.

— Madame Lutèce ?

— Oui, mon petit ?

— Votre truc au bras ! C'était donc ça !

— Quel truc au bras ?

— Tout à l'heure. J'ai bien vu que vous aviez une douleur ! Ne faites pas semblant, hein ! Il faut tout de suite appeler un médecin !

Miss Robe du soir 1960 agita ses mains ridées.

— Mais non, mais non. C'est juste une petite crampe musculaire. Rien de grave. Je suis solide comme un roc. Comme un rock'n'roll, même.

Elle émit un petit rire nerveux, mais la jeune blonde, qui se tordait les doigts fébrilement, n'était pas convaincue.

— Je m'inquiète pour vous, fit-elle en posant la main sur l'épaule de la retraitée. On ne doit pas négliger ces choses-là.

C'en était assez. Lutèce se sentit lasse, et eut brusquement besoin d'être seule.

— Écoute, Ethel… Tu es complètement épuisée, avec le rythme que tu mènes. Rentre chez toi, va. Et n'oublie pas de prendre en partant le cake aux fruits que je t'ai réservé, ainsi que la petite enveloppe qui est posée à côté.

L'étudiante s'insurgea vivement.

— Non ! Je vous en prie, je n'ai rien fait pour mériter d'être payée. Ça suffit, je ne peux plus accepter.

— Tut-tut, ne fais pas de chichis, mon petit. Prends cette enveloppe et n'en parlons plus. De toi à moi… c'est une façon de te donner l'argent de ta grand-mère, que je plume régulièrement au poker. Mais motus ! Ne le dis pas à Rivka, surtout ! Elle serait trop contente de le savoir.

Ethel, honteuse de s'être sentie mal au lieu de secourir Lutèce – qui heureusement n'en avait pas eu besoin –, finit par faire ce qu'on lui demandait. Elle ôta à regret son tablier, glissa dans son sac la pâtisserie emballée dans du papier alu, ainsi que l'enveloppe qui lui était destinée. Elle remit ses chaussures, en réitérant son injonction d'aller voir un médecin. Lutèce acquiesça en plaisantant : elle irait, d'autant qu'il y en avait un mignon qui venait de s'installer dans le quartier. Alors, Ethel prit congé, refermant la porte derrière elle.

Aussitôt, le visage de Lutèce se rembrunit, perdant son expression chaleureuse.

Elle retourna s'asseoir sur son canapé, saisit le magazine qu'elle avait parcouru tantôt, le feuilleta frénétiquement jusqu'à trouver la page qu'elle convoitait, et s'arrêta net lorsqu'elle tomba dessus.

Il s'agissait bien de l'annonce de la disparition de la chanteuse lyrique Gisèle Galanis-Buxbaum, à un âge avancé. Mais ce n'était pas pour les raisons qu'avait soupçonnées Ethel qu'elle avait failli tourner de l'œil. C'était à cause d'une partie de ce nom de famille. Juste au moment où elle avait récupéré la cassette enterrée entre les racines de son pommier, dans le jardin de cette maison où elle n'allait presque plus jamais. Juste maintenant qu'elle avait ressenti le besoin de s'immerger dans ces souvenirs-là. Quelle coïncidence troublante.

Quel prodige de synchronicité. La vie offrait parfois des concordances inouïes…

Buxbaum… Lorsque Lutèce avait lu ce nom, il lui avait pincé les entrailles, et l'avait instantanément replongée dans les souvenirs de son adolescence. C'est quand elle avait aperçu une photo du veuf de la cantatrice, dans le long article qui lui était consacré, qu'elle avait eu le souffle coupé.

Le doute n'était pas envisageable. Elle l'avait cru disparu, l'avait imaginé effacé de la surface de la Terre. Mais non, il était là. Réminiscence brûlante imprimée sur ces pages de papier glacé. Mieux encore, après toutes ces années, il n'avait pas changé.

Bien sûr, comme elle, il avait vieilli. Ses cheveux avaient blanchi et s'étaient clairsemés, son visage s'était buriné de plis profonds, réorganisant la géométrie des expressions dont elle avait gardé le souvenir, et il semblait un peu moins grand qu'avant. Mais il était toujours aussi séduisant, grâce à ce petit quelque chose de charmeur dans le regard.

Saül Buxbaum.

Elle n'avait eu aucune défaillance cardiaque, tout à l'heure, contrairement à ce qu'Ethel avait pu croire. Non, son cœur était solide, robuste. Par le passé, elle en avait déjà ô combien éprouvé la résistance. Puisqu'il avait été brisé. Par lui. Son grand amour.

Elle se leva avec difficulté, les raideurs dues à son âge lui enserrant les articulations comme jamais auparavant, le poids de l'émotion lui ayant soudain ôté toute trace de légèreté.

À petits pas dans sa robe de bal qui désormais l'incommodait, elle se dirigea vers le buffet du salon, et déverrouilla l'un des tiroirs. Précautionneusement, elle en sortit une cassette sur laquelle demeuraient des traces de poussière incrustée. Pourtant, elle l'avait soigneusement nettoyée. Pilar, sa copine retraitée qui habitait toujours au village et gérait la location saisonnière de sa maison de campagne en son absence, avait été la récupérer sur les indications de Lutèce. Il avait fallu creuser profondément au pied d'un des arbres du jardin de sa résidence secondaire. Pilar, qui pesait dans les quarante-cinq kilos toute mouillée, avait dû se faire aider par son costaud de mari pour manier la pelle efficacement. Ensemble, ils étaient parvenus à exhumer le coffret convoité.

C'était pourtant Félix, le petit-fils paléontologue de Lutèce, qui aurait dû s'en charger. Lui qui possédait des mains si sensibles qu'elles captaient à merveille l'écho des objets, des lieux ou des éléments qu'il palpait. Très utile, dans son métier de chercheur d'os.

C'était un don de famille, les mains miraculeuses. Des mains à double emploi, qui savaient toucher l'extérieur et l'intérieur des êtres et des choses. Et voilà que celles de Lutèce s'affairaient à présent, impatientes d'ouvrir la cassette qu'elle avait posée sur ses genoux.

Dedans s'y trouvaient des lettres au papier jauni, une cinquantaine, encore dans leurs enveloppes, timbrées en anciens francs. Il y avait aussi des objets, qui avaient dû lui sembler précieux sans doute, mais elle ne se rappelait plus pourquoi elle les avait conservés. Un ruban, un bout de ficelle, un bouchon de champagne, orné d'une date qui ne lui évoquait plus rien. Et puis des photos en noir et blanc dont les bords étaient rongés par l'humidité, représentant un jeune couple amoureux, souvenirs palpables d'une époque qui n'existait plus.

Tant de temps avait passé.

Saül Buxbaum était toujours vivant. Plus seulement dans ses rêveries nostalgiques, mais concrètement, à portée de main, de signe ou de téléphone. Il existait, et elle aussi. Et il était, comme elle, désormais amputé de sa moitié.

À cette pensée, la mémoire des instants de joie profonde, de bonheur et d'exaltation qu'ils avaient partagés la submergea. Leurs baisers enfiévrés lorsqu'il faisait le mur de son pensionnat pour venir la rejoindre, et qu'ils se retrouvaient dans le petit bois près de chez elle, où ils s'allongeaient dans l'herbe pour compter les étoiles. Leurs confidences éperdues de tous ces secrets, immenses ou dérisoires, qu'ils n'avaient jamais livrés à personne d'autre. Lorsque Lutèce lui demandait de cracher par terre, pour sceller les révélations qu'ils venaient de se faire, et qu'il ne savait pas cracher, alors il lui proposait à la place de rédiger un acte circonstancié, et elle se jetait dans ses bras en lui roulant une pelle après l'avoir traité de gros bêta. Leurs étreintes affamées, souvent maladroites, et les déclarations enflammées qui leur succédaient. Leurs serments de ne jamais se quitter, de s'aimer pour toujours, en se regardant droit au fond des yeux. Les prénoms qu'ils donneraient à leurs futurs enfants. Les endroits où ils voyageraient ensemble. L'excitante vie quotidienne, quand ils auraient fini leurs études. Tous ces instants heureux, fondateurs, inaltérables et purs, que Saül avait impitoyablement piétinés lorsqu'il l'avait quittée.

Lutèce cessa de parcourir la lettre qu'elle tenait. Il s'agissait de vœux pour le nouvel an. Il lui avait écrit :

Ma mie adorée, je te souhaite de cueillir des brassées de bonheur, de respirer la santé, de décorer ta vie d'éclats de rire, de faire chanter ta réussite et de contempler les astres en dansant sous une pluie d'amour... le mien ! Tendres baisers.

Ton Saül, à jamais tien.

Perdue dans ses songes, elle replia soigneusement cette lettre et la glissa dans son enveloppe, qu'elle remit dans la cassette, avant de la refermer.

Elle plaça le coffret dans le tiroir, et le repoussa dans un chuintement sourd.

Puis, de son index courbé, elle souleva ses lunettes et sécha une larme qui avait roulé sur sa joue.

Chapitre 7

Ava

— Ah, quel kif…

Vêtue d'un pantalon ample et d'un large gilet, je m'agrippais aux poignées de mon fauteuil en étirant les jambes, un coton glissé entre chaque orteil. Dans le fauteuil à côté de moi, ma copine Régine prenait elle aussi son pied dans un uniforme similaire, prêté par l'institut dévolu à notre plaisir plus qu'à notre beauté.

Ainsi s'achevait l'après-midi que nous avions passé à nous faire malaxer tout ce qui possédait un muscle à l'intérieur de nous. On nous avait triturées divinement à quatre mains, papouillées intensément aux pierres chaudes. Nous avions siroté des verres de thé dans un immense jacuzzi, illuminé de couleurs douces et changeantes, qui nous avait pétri les cuisses et les reins à coups de jets bouillonnants. Avant de nous faire épiler le moindre début de poil, parce qu'il faut souffrir pour être encore plus belles. Et de nous faire appliquer des soins sur le visage (qui soignaient quoi ? peu importait, nous faisions bonne figure) au son de musiques zen, planantes, et de parfums discrets mais agréables. Une « beauté des pieds » (en rouge pour moi, violet pour Régine) ainsi qu'une manucure avaient signé la fin des festivités.

Ce soir-là, le parc d'attractions de mon bien-être s'apprêtait à fermer ses portes. Plus détendue que moi, ça frôlait l'évanouissement.

Régine, dans son fauteuil, était dans un tel état d'abandon, paupières closes et lèvres humides, qu'elle aurait pu donner des cours de lâcher-prise à un chiot sur le dos qui se fait gratouiller le ventre.

— Dis, t'as vu mes yeux ?

— Qu'est-ce qu'ils ont, tes yeux ? me répondit Régine, les siens toujours fermés sur la volupté qu'elle assimilait lentement.

— Je ne sais pas. La peau tout autour est beaucoup trop douce. Ce n'est pas normal. Je me demande si cette crème n'a pas changé mon regard. Mate, j'ai pas les paupières tirées ?

— Ah oui, c'est fou, on te reconnaît à peine.

— Quoi ?

— C'est un masque antirides, pas des injections de Botox. Relax, Zorro, le placebo n'aura pas ta peau.

— Oui, oui… je le savais, je déconnais, fis-je en pressant du bout des doigts mon épiderme repulpé, gorgé de crème hydratante, et de ce thé vert que nous avions siroté toute la journée.

Les deux esthéticiennes qui nous faisaient les ongles des pieds finirent leur ouvrage, nous saluèrent et s'éloignèrent. Nous pouvions reprendre tranquillement nos esprits.

— Alors, heureuse ? demanda Régine en émergeant complètement de sa léthargie.

— Mais tellement, ma biche… Si j'avais su que tu m'offrirais un aussi bon moment pour me remonter le moral, j'aurais plaqué Ulysse plus tôt.

— L'amitié, moi je dis, y a que ça de vrai.

— Oui, enfin l'amitié, ça réchauffe pas un lit non plus…

— C'est pour ça qu'on a inventé les bouillottes.

Régine quitta lentement son fauteuil en cuir, et se mit debout, observant la laque de ses ongles parfaitement vernis.

— Tu me files la tienne, maintenant que tu ne l'utilises plus ?

Péniblement, je commençai moi aussi à m'extraire de ce fauteuil inouï, qui semblait avoir été spécialement conçu pour accueillir mes fesses.

— Dans la minute. Maintenant que j'ai un Tom en peluche pour m'endormir tout contre, plus besoin d'accessoires.

— J'imagine bien.

Son Tom, je le connaissais, c'était le meilleur ami de mon cousin Félix. Un brave type légèrement dépressif, qui avait mis un siècle à se remettre de sa rupture avec son ex-femme.

Niveau joie de vivre, avec lui on a longtemps frisé l'ambiance folâtre d'une soirée sur le *Titanic*. Et Régine, c'était ma copine préférée. Elle avait longtemps galéré sentimentalement. Ça me rassurait qu'elle ait enfin trouvé un homme gentil, attentionné, et qui lui convienne. Après tout, il y avait une justice. Les filles bien finissaient donc, un jour ou l'autre, par être repérées par des mecs valables.

Devant un miroir, ma copine avocate arrangea ses cheveux à coups de doigts nerveux, faisant bouffer ses boucles libérées de sa charlotte en papier tissé.

— Sans déconner, au lit, c'est le coup du siècle. Aussi insatiable qu'inépuisable.

— C'est toujours comme ça, au début. Profite.

— Et hors du lit, jamais un type n'avait autant pris soin de moi. C'est simple, je n'ai rien à faire, il s'occupe de tout ! Avec lui, je n'ai qu'à apparaître et me laisser adorer.

— Alors, laisse-toi adorer.

— Finalement, quand on y réfléchit, c'est exactement le genre de relation que je mérite.

— Formidable, ma chérie. Je vous souhaite beaucoup de bonheur, continuai-je, avec dans la voix le début d'un souffle de blizzard.

— Pas besoin de nous le souhaiter, on en a déjà trop pour un seul couple. Je suis heureuse avec lui, Ava, mais heureuse ! Tu n'imagines pas à quel point il me comble. Quand je pense à tous les losers auxquels j'échappe, maintenant que j'ai trouvé le bon !

— Petite veinarde, lâchai-je sur un ton de banquise qui se craquelle.

Elle percuta enfin, m'offrit une grimace désolée, et commença à pédaler lentement mais sûrement dans la choucroute d'égoïsme qu'elle venait d'étaler sur le sol glissant de notre complicité :

— Ceci étant… tous les losers ne sont pas en liberté… hum… Il reste sûrement encore des hommes, comment dirais-je… Bon, ben, je vais payer ?

— Bonne idée.

Un peu plus tard, Régine et moi nous retrouvâmes devant la devanture chic de l'établissement qui venait de célébrer chaque centimètre carré de notre corps.

En réalité, ça ne lui avait rien coûté du tout. Elle avait simplement remercié d'un coup de fil l'attachée de presse de la marque, qui lui avait offert cette journée au paradis pour deux personnes. Un témoignage de sa reconnaissance pour le procès que l'avocate lui avait permis de gagner contre son ex-mari. Tom étant réfractaire à l'épilation de son propre maillot, et modérément emballé à l'idée de se faire gommer la figure, Régine m'avait proposé de venir avec elle nous faire exulter l'épiderme.

Sur le trottoir grisâtre, elle et moi étions si molles que nous n'avions plus assez d'énergie pour aller écluser un dernier verre. Fatiguées de nous être fait tripoter la cellulite. À sec de ces

confidences que nous avions partagées et dissé-
quées tout au long de la journée. Un seul objectif
désormais : rentrer chez nous, se glisser dans un
pyjama confortable, et faire l'amour à nos oreillers.

Enfin, surtout moi. Elle, j'avais bien saisi qu'elle
n'avait plus besoin d'oreiller.

— Merci encore pour cette journée de pur
luxe !

— Ce fut un plaisir. J'espère que ça t'aura
consolée d'avoir plaqué Ulysse.

— Globalement, oui. Je vais quand même faire
un tour à la pâtisserie avant de rentrer. Besoin
de recharger mes batteries, ça fait des mois que
je passe devant en baissant la tête. Maintenant
que je suis redevenue célibataire, me lâcher sur
quelques éclairs me permettra de compenser. Vive
le sucre, l'orgasme chimique.

— Hum… de longs éclairs pleins de crème,
typiquement le genre de trucs dans lesquels on a
envie de mordre après une rupture, rigola Régine.

— Ou bien des religieuses, tiens. En l'honneur de cette joyeuse période de chasteté que je
m'apprête à traverser.

— Mollo sur les religieuses, alors, si tu ne veux
pas que cette période dure trop longtemps.

Nous étions sur le point de nous séparer, elle
de partir en direction d'une bouche de métro, moi
d'une station de bus à l'opposé, quand elle reprit :

— Au fait, que tu saches : tes toiles ont beaucoup de succès, au bureau.

— Vraiment ?

— Oui, oui. Bianca adore les trois, et moi je ne me lasse pas de les contempler. Pas impossible qu'on investisse dans une quatrième, pour habiller le mur blanc de l'entrée. J'ai toujours su que tu avais du talent, mais là j'avoue que tu as fait des progrès impressionnants.

— Tu veux que je te dise mon secret ? Entre deux toiles, je ne m'arrête jamais de travailler. Je peins, je photographie, je sculpte, je dessine, je grave, je modèle, et même parfois je tague, à la nuit tombée ! Niveau entraînement sur tous supports, je crois que je suis la Rocky Balboa du troisième art.

Régine croisa les bras, et s'appuya contre le mur.

— La Rambo, même ! C'est quand ta prochaine expo, que je fasse mon choix ?

— Bientôt. Il faut vite que je termine des toiles, car j'ai pris un retard de dingue en me consacrant au portrait d'Ornella Chevalier-Fields.

— Ah bon ? demanda Régine, curieuse. Elle te l'a commandé ?

— Yes, pour un festival de cinéma, dont elle est l'invitée d'honneur. On doit lui remettre un prix, et le président de ce festival voulait aussi l'honorer d'une œuvre unique : sa tronche du temps de sa splendeur. C'est elle qui a demandé à ce que ce soit moi, l'artiste qui se paye sa tête. Cette femme est géante, je t'assure.

70

Régine sortit un élastique de sa poche, ramassa sa longue chevelure bouclée et la noua en chignon.

— Formidable ! Mais dis-moi, ta cote va monter en flèche, avec toute la presse qui va relayer l'événement ?

— J'y compte bien !

— C'est bon à savoir. Je vais vite t'acheter ce quatrième tableau, avant que mon cabinet d'avocats ne puisse plus se le permettre. Et il a lieu où et quand, ce festival ?

Je sortis mon portable de ma poche, pour regarder l'heure.

— Dans le sud de la France, d'ici un mois. J'ai hâte d'y être, ça va être exceptionnel. D'autant qu'ils prennent tout en charge : chambre d'hôtel luxueuse, transports, dîners, et j'ai même le droit d'inviter quelqu'un.

— Tu as choisi qui ?

— Mes filles !

— Ça fait deux quelqu'un…

— Bah, ils sont pas à un quelqu'un près. Je suis une amie de l'invitée d'honneur. Si je viens un peu plus accompagnée que prévu, ça ne devrait pas poser de problème.

Régine réfléchit une seconde, puis me proposa :

— Tu sais quoi ? Et si on se faisait une descente dans le Sud entre nanas, pour célébrer Ornella ? Plage, soirées, cocktails, on passerait un week-end dément ! Je croule sous le boulot, je ne serai pas contre l'idée d'un break. Qu'est-ce que t'en penses ?

Sa proposition m'enchanta. Un week-end avec ma meilleure amie alias ma copine d'enfance, ça faisait des années qu'on ne s'en était pas fait un.

— J'en pense que je m'en veux de ne pas y avoir pensé la première !

— Super, je vois qui d'autre est disponible, et je te dis ! On cale tout ça très vite. Bye, ma cocotte !

Régine me planta deux bises sur les joues, et fila à la hâte s'engouffrer dans sa station de métro.

Quant à moi, je restai un instant sur le trottoir, le doigt levé, avec sur les lèvres la phrase que je n'avais pas eu le temps de formuler : « Ah, mais je croyais que tu parlais uniquement de toi ? »

Chapitre 8

Tom

Texto de TOM – *Le déjeuner de la lose. Je viens de bouffer le sandwich le plus répugnant que j'ai jamais mangé de ma vie.*

Texto de RÉGINE – *Pourquoi tu l'as fini, alors ?*

Texto de TOM – *Parce que j'avais faim.*

Texto de TOM – *Et parce que j'avais pas le temps d'aller m'acheter autre chose.*

Texto de TOM – *Et aussi parce que je suis fort. C'est pas des petites larves de ténia de gonzesse qui vont m'impressionner.*

Texto de RÉGINE – *On en reparlera quand tu te tordras de douleur sur les gogues, en voulant expulser l'animal.*

Texto de TOM – *On n'est pas dans Alien, là. Mais si c'était le cas, sache que l'Alien, je le saisis, je me l'extirpe du ventre à pleines mains et je lui noue la tête avec mes dents. Et après ça, je lui arrache les testicules et j'en fais de la confiture, que j'aurais préalablement fait revenir à la poêle dans son foie coupé en fines lamelles.*

Texto de RÉGINE – *D'accord, chéri. Faut que je te laisse. Coup de fil urgent à passer. N'oublie pas ton rendez-vous chez le dentiste ce soir.*

Texto de TOM – *Oh non. Je veux mourir.*

Tom posa son mobile sur sa table en souriant, se leva de sa chaise et alla jusqu'au distributeur de boissons chaudes dans le couloir du commissariat, se faire couler un café. Son gobelet à la main, il réintégra son bureau, avec l'envie pressante de titiller encore sa chérie.

Texto de TOM – *Elles étaient agréables, mes caresses dans ton dos, hier soir ?*

Régine venait de raccrocher, après avoir laissé un long message sur le portable d'une de ses clientes. Un peu agacée de n'avoir pu la joindre, elle s'apprêtait à reposer son téléphone sur son bureau lorsqu'elle sentit dans sa main la vibration du SMS de son amour.

Texto de RÉGINE – *Mais oui, dis donc ! C'est vrai que tu m'as longuement câliné la nuque et les épaules. Je m'en souviens, maintenant. Par contre, je ne me rappelle pas t'avoir souhaité bonne nuit. Ne me dis pas que…*

Texto de TOM – *Si, si. Tu t'es endormie. Comme une enclume.*

Texto de RÉGINE – *Oh ! Je suis désolée. Quel manque d'élégance de ne même pas t'avoir embrassé avant.*

Texto de TOM – *C'est-à-dire que si on veut parler de manque d'élégance, il faut le chercher ailleurs…*

Texto de RÉGINE – *Pourquoi tu dis ça ?*

Texto de TOM – *Je te massais tendrement le dos, quand soudain, j'ai entendu un léger vrombissement, bas et régulier. C'était toi qui t'étais mise à ronfler. Tranquillement. Je suis parti dans un fou rire sonore, mais ça ne t'a même pas réveillée. Tu as continué à racler du violon.*

Régine saisit un stylo sur son bureau et commença à s'entortiller la tignasse avec. Ses longs cheveux bouclés lui tombaient sur le visage, ce chignon d'appoint lui suffirait pour y voir plus clair. Elle saisit un dossier, l'ouvrit, attrapa un crayon et commença à libeller quelques notes sur un carnet pour constituer sa plaidoirie. En même temps, l'idée de résister à l'envie de répondre à Tom ne l'effleura pas un instant.

Texto de RÉGINE – *MOI ? Mais tu es FOU, je ne ronfle pas ! Je n'ai jamais ronflé de ma vie entière ! Ah oui, je sais. Tu confonds. C'est toi qui as des acouphènes.*

Texto de TOM – *Demande à tes coussins de te le confirmer, ils en tremblent encore. Tu scies du bois depuis que je te connais, mon amour. Certes, pas toutes les nuits. Certes aussi, parfois, je m'endors avant toi. Mais en même temps, c'est mignon ! On dirait un petit chat qui ronronne, assis sur une tondeuse à gazon.*

Texto de RÉGINE – *Tu dis ça rien que pour m'humilier.*

Texto de TOM – *Je ne te l'ai jamais dit avant, car je suis un gentleman.*

Texto de RÉGINE – *As-tu une seule preuve de ce que tu avances ?*

Texto de TOM – *Tu veux que ce soir, je t'enregistre ?*

Texto de RÉGINE – *Tu vas y arriver, depuis le canapé du salon ?*

Texto de TOM – *Je déconnais. Je t'aime. Ne me quitte pas, mon dadou.*

Texto de RÉGINE – *Ton doudou, tu veux dire ?*

Texto de TOM – *Non, non, mon dadou. Da dou ron ron ron… da dou ron ron…*

Texto de RÉGINE – *Sur le canapé ! À vie !*

Chapitre 9

Lutèce

Lutèce, en sueur, se pencha en avant pour saluer gracieusement le public, dans l'air encore vibrant des derniers coups frappés sur la batterie. Près d'elle, Violette, sa guitare basse en bandoulière, agitait la main façon reine d'Angleterre honorant ses sujets, tandis que Monique, derrière son clavier électronique, se contentait de sourire timidement à la foule qui applaudissait à tout rompre.

Laquelle était constituée des jeunes pensionnaires d'un internat. Le groupe de rock de Lutèce, les RTM (Respecte Ta Mère), venait de se produire devant eux ce soir.

L'atmosphère résonnait encore des derniers échos d'une bonne came de derrière les fagots qui avait déchaîné les pisseux jusqu'à ce qu'ils en crachent leur appareil dentaire d'épuisement. Programmation musicale réussie entrecoupée d'une pause roulage de pelles inévitable, comprenant du « Still loving you » des Scorpions, du « Slave to love » de Bryan Ferry ou du « I'll stand by you » de The Pretenders.

Pourtant, c'étaient les mêmes qui avaient râlé en découvrant la composition du groupe que la direction de l'établissement avait engagé pour animer leur boum de fin d'année.

Sapés comme des pingouins, du gel dans les cheveux pour les garçons et des kleenex dans le soutif pour les filles, ils étaient prêts à se la donner toute la nuit, et même plus s'ils trouvaient l'occasion de placer leurs affinités.

À l'apparition des musiciens, une vague bruyante de murmures, de rires et de désappointement s'était élevée. Quelques sifflets aussi.

D'où sortaient ces croulants ? Quoi, un bal musette ? C'était ça qu'on allait leur offrir pour célébrer la fin des cours ? Pourquoi pas un concert de Mozart aussi, tant qu'on y était, histoire d'éteindre le feu sur le dance floor ? OK, c'était un pensionnat, mais c'était pas un bagne non plus, si ?

Les artistes, qui s'étaient installés tranquillement sur la scène, n'avaient pas pris ombrage de cet accueil pour le moins glacial. Ils avaient l'habitude, depuis le temps.

À tel point que ça faisait désormais partie du jeu de débarquer en costume traditionnel de leur vie quotidienne. Casquette à carreaux, chemisettes à manches courtes, blouses-tabliers sans manches, chaussures orthopédiques, canne pour Eugène qui poussait le vice jusqu'à se déplacer courbé, voire bigoudis sous un filet lorsque Solange, la plus rebelle de tous, voulait monter d'un cran dans la provocation. Comme ce soir, par exemple.

Seuls, les yeux de Lutèce, derrière ses lunettes à monture en écaille, brillaient façon : « Hé, les lardons, je porte peut-être une robe à fleurs, mais ce soir c'est mémé qui va vous pousser dans les orties. Z'allez la sentir passer, la stature de mon liberty ! »

Et ce fut le cas.

Les morveux s'étaient fait cueillir quand Madeleine, qui s'était avancée l'air faussement craintif, avait commencé à chanter en anglais, d'une voix innocente, grattant de sa main nerveuse la guitare électrique qu'elle tenait serrée contre son ventre. Elle leur avait envoyé le premier couplet de « Basket Case » de Green Day, avant qu'Émile, pompier à la retraite, ne se déchaîne soudain derrière sa batterie, faisant exploser le niveau sonore de la pièce en démontrant clairement qui c'est l'patron.

L'idée n'était pas d'ouvrir le bal, mais de leur faire fermer leurs gueules. Et une fois cette mise au point effectuée et les gamins scotchés, les festivités avaient pu commencer.

Solange, soixante-cinq ans, avait secoué la tête violemment, faisant gicler ses bigoudis, et dévoilé la vitalité de sa grisonnante crinière de lionne en liberté. Eugène, soixante-dix-sept ans, s'était redressé de toute sa hauteur, jetant sa fausse canne dans le fond de la scène, et avait dégainé l'archet de son violon planqué sous sa veste. Dans un même mouvement, Lutèce et Violette avaient arraché leurs robes-tabliers de grands-mères (scratchées par des velcros cousus sur les côtés grâce aux doigts de fée de Monique), révélant d'un coup leur top noir en lycra, et leurs accortes minijupes à paillettes rouges. Monique, que sa silhouette replète complexait à l'idée de gigoter en jupe courte, avait opté pour une robe large taillée dans un tissu doré. Enfin, Madeleine, soixante-huit ans, la chanteuse, toujours la première pour se faire remarquer, portait, elle, une tunique décolletée sur sa volumineuse poitrine ménopausée, une paire de collants punk noirs opaques et déchirés, des bottines sexy à lacets et un minishort en cuir vert, dissimulant la ceinture élastique qui lui soulageait les lombaires.

Quoi, ces mioches avaient cru que la daube commerciale calibrée pour handicapés de la culture qui tournait dans leur iPod s'appelait de la « musique » ? Ces pauvres chéris avaient eu peur de se prendre une claque d'air ringard dans l'oreille, peut-être ?

Du Sia, du The Killers, de l'Adèle, même du Portishead leur avaient remis la tête à l'endroit.

Au micro, suivant les moments, s'étaient succédé les chanteuses, chacune alternativement lead singer ou officiante parmi les choristes.

Souvent Eugène s'était contenté de s'asseoir, un casque anti-acoustique sur les oreilles, le temps qu'un morceau plus lent nécessite d'être embelli par ses irrésistibles coups d'archet. De temps en temps, quelques mouvements chorégraphiés avaient été esquissés, si ce n'est avec technique, du moins avec beaucoup d'enthousiasme.

Tout ça, c'était la faute de Lutèce, qui avait catégoriquement refusé de s'encroûter en crochetant des napperons. Elle jouait de la clarinette depuis des années, gratouillait quelques instruments de-ci de-là et ne craignait pas de pousser la chansonnette ? Qu'à cela ne tienne, elle n'était sans doute pas la seule à réserver ses talents musicaux à l'accompagnement des génériques de sa télé.

Des annonces scotchées dans les boulangeries de son quartier, des messages postés sur des sites de seniors, une utilisation efficace des cancans échangés pendant ses courses au marché et, très vite, le bouche à oreille lancé lui avait apporté les doigts les plus agiles que l'on pût trouver chez des artistes munis de partitions gravées sur le visage. Profs de musique à la retraite, mélomanes amateurs doués mais isolés, anciens membres d'orchestres désormais dissous… elle avait ratissé large, et récolté les meilleurs.

Les connivences, les répétitions régulières, la sélection musicale pointue, moderne et inattendue, les plannings, les endroits où se produire, Lutèce avait tout supervisé, tout géré, et tout délégué quand et comme il le fallait.

Les gens avaient cru qu'elle montait une chorale ? Elle avait fait bien mieux. Elle avait créé un écho. De bonheur, d'amusement et d'énergie décuplée, de cette énergie bienfaisante qu'elle aimait plus que tout produire et partager.

Et depuis, avec sa bande de musicos, elle s'amusait comme une petite folle. Un concert tous les deux mois, c'était bien suffisant pour se perfuser de bonnes ondes, de jeunesse et de swing !

Des élèves s'étaient avancés pour discuter avec les membres de la formation qui venait de les divertir du sol au plafond. L'un d'entre eux demanda même timidement un autographe à Violette, laquelle veilla bien à ce que tout le monde le sache en réclamant haut et fort son besoin d'un stylo. Madeleine avait discrètement rejoint Émile derrière sa batterie, et s'entretenait avec lui en faisant preuve d'une telle complicité, qu'il n'était pas difficile de soupçonner l'idylle qui était en train de naître entre eux.

— Hé, les aminches ! J'vous quitte, y a la cavalerie qui a rappliqué ! lança Lutèce à la cantonade.

Elle posa sur ses mains des baisers qu'elle envoya à la volée, puis se précipita à petits pas excités vers le type un peu gauche et réservé qui venait d'arriver.

La trentaine, les cheveux couleur paille, un regard qui ne brillait pas par son assurance, il portait un jean et un tee-shirt trop large arborant le dessin d'un T-Rex la bouche en cul-de-poule. Dans un grognement amusé, il réceptionna la vieille dame qui venait de se jeter dans ses bras.

— Eh ben, mamie ! Quelle ambiance !

Elle se cramponna à lui en le serrant par la taille.

— Viens vite… on se barre. Je vais trépasser d'épuisement ! Mais hors de question que l'autre bourrique de Monique le voie. Je l'ai houspillée parce qu'elle râlait de ne pas avoir eu le temps de faire sa sieste.

— On est partis ! dit Félix, son petit-fils, les épaules rentrées pour mieux se mettre à sa hauteur.

— T'as apporté ta moto ?

— Quelle moto ? Je n'ai qu'une voiture, mamie !

— Dommage. Qu'un beau gars vienne me chercher quand les autres doivent se coltiner la camionnette d'Émile, c'était déjà la classe. Mais qu'un beau gars me raccompagne à moto, ça aurait eu encore plus de gueule !

Félix lui déposa un baiser sur la tempe, tandis qu'ils franchissaient le seuil de l'établissement, toujours affectueusement enlacés.

— Ma petite coquette à moi.

Il lui ouvrit la portière côté passager et, lorsqu'elle se fut installée, démarra le moteur.

La nuit était pleine, l'obscurité venait d'atteindre son paroxysme et entamait sa lente remontée vers le jour. Les rues de Paris défilaient à travers leurs vitres, ponctuées de moments de lumières multicolores. La grand-mère demanda à son petit-fils comment il allait. Félix lui raconta combien il se sentait serein dans son nouvel appartement, qu'il avait aménagé à son goût. Il lui parla de sa vie amoureuse si lumineuse depuis qu'il y avait fait entrer sa jolie rousse et ses trois enfants turbulents mais tellement attachants. Il partagea avec elle les dernières anecdotes de son boulot de paléontologue, ses découvertes récentes, l'emplacement de son chantier de fouilles en cours, une conversation animée avec un de ses collègues, au sujet de la localisation d'un site providentiel.

Ce n'est que lorsqu'ils arrivèrent en bas de chez Lutèce qu'il réalisa qu'elle s'était endormie.

Une fois garé, il coupa le contact, et sourit en la contemplant un moment, attendri. Félix n'eut pas le cœur de la réveiller. Alors, il glissa dans son autoradio un CD de Coldplay, mit le son au minimum, et attendit. Il se passa une bonne demi-heure avant que sa grand-mère n'émerge, ne se frotte les yeux, et ne se mette à râler en lui reprochant de ne pas l'avoir secouée.

Il la raccompagna alors dans l'immeuble où elle vivait, jusqu'à son étage, et, alors qu'il s'apprêtait à l'embrasser pour lui dire au revoir, elle en profita pour le kidnapper dans l'ascenseur.

Lutèce avait un bug dans son ordinateur. S'il pouvait y jeter un coup d'œil pendant qu'elle prenait une douche, elle lui en serait reconnaissante.

Ce qu'il accepta bien volontiers. Félix savait que le Mac de sa mamie était un de ses joujoux préférés, il n'était même pas envisageable de la laisser privée de son instrument fétiche ne serait-ce qu'une journée.

Lorsque sa grand-mère quitta la salle de bains, emmitouflée dans son peignoir en éponge, Félix avait terminé.

— Oh, tu me l'as réparé ? s'écria Lutèce, heureuse.

Elle alla pianoter sur le clavier pour vérifier que tout allait bien et, satisfaite, déposa un baiser enthousiaste sur le front de son petit-fils.

— Elle n'avait aucun souci, ta bécane, mamie. C'était seulement la prise, derrière, qui avait commencé à se débrancher. Ça t'a déconnecté l'écran. C'est pour ça qu'il ne s'allumait plus.

— Formidable ! Tu restes manger un bout, mon petit ? Et je te sers un soda ?

— Rien du tout, ne te dérange pas. Il est super tard, je vais te laisser te reposer… Juste, sans vouloir être indiscret…

— Oui, chéri ?

Félix se gratta la tête.

— J'ai voulu te faire un peu de ménage, te nettoyer les cookies, tout ça. Et je n'ai pas pu m'empêcher de remarquer, dans ton historique de navigation, des dizaines de requêtes concernant un certain Saül Buxbaum. C'est un ami à toi ?

85

Lutèce hocha la tête, et ordonna :

— Jus de fruits et biscuits dans le placard de la cuisine. Va nous préparer une collation. Laisse-moi dix minutes pour faire ma mise en plis, et je te rejoins autour de la table.

Chapitre 10

Ava

Je posai ma besace, et m'installai sur la confortable banquette rouge de ce joli bistrot situé près du quartier de République. Le soleil était couché depuis longtemps, et la salle désertée par ceux qui y avaient dîné. Quelques habitués esseulés avaient investi les tabourets du bar pour y consommer leur dernier ballon de rouge de la journée.

De mon sac, je sortis un large bloc à spirale de pages blanches, et une trousse, que je jetai devant moi sur la table.

Un serveur, tablier autour de la taille, s'approcha et me présenta sa hanche, résumant sa question par un coup de menton muet.

Guillerette, je lui lançai :

— Un verre de rosé bien frais, s'il vous plaît !

Il était déjà pressé de s'éloigner, mais je ralentis son mouvement en complétant ma commande :

— ... avec un bol de pistaches et une assiette de chips !

Trousse ouverte, j'en sortis un petit étui, duquel je fis glisser un fusain. Mon cahier sur les genoux, je soulevai la première page et, lentement, je laissai ma main libre de griffonner ce qu'elle voulait. Comme cet immense lustre baroque, à pampilles de cristal, qui illuminait la pièce d'une lueur jaune pâle.

Je l'avais esquissé à moitié quand le serveur, efficace, revint déposer ma commande sur la table. Il en profita pour noter celle de ma cousine Olive, qui venait d'arriver, et qui lui demanda une bière blonde, une planche de saumon fumé avec deux fourchettes, et une assiette de tomates cerises.

Nous nous fîmes la bise, avant qu'elle ne tire la chaise et ne s'assoie, face à moi. Ses joues étaient roses, ses yeux cernés par la fatigue d'une fin de journée épuisante, et sa tignasse blonde en pétard délicieusement décoiffée. Le temps qu'elle retire sa veste, accroche son sac, et pose son portable sur la table, et déjà, elle commençait avec ses questions bêtes.

— Tu dessines quoi ?

— Tes fesses en 3D, répondis-je nonchalamment.

— N'oublie pas le grain de beauté, sur celle de droite.

Elle remercia d'un signe de tête le garçon de café qui venait de la servir, s'envoya négligemment une petite tomate cerise entre les lèvres, ferma la bouche, et la fit exploser sous sa dent. Je tournai mon carnet vers elle, et lui montrai mon lustre.

Tête penchée sur le côté, elle le fixa un instant, avant de demander, sans cesser de mâcher :

— C'est quoi ? Un chapeau ?

— Attends. Cette fois, je prends une double page pour dessiner l'intégralité de ton postérieur.

Elle rit.

— Jamais tu t'arrêtes de créer ?

— Pas tant qu'il y aura des choses à sublimer dans ce monde.

— Faudrait que tu viennes un jour à l'école. Tu éblouirais mes petits, avec ton maniement du pinceau.

— Tu plaisantes ? Si je passe voir tes maternelles, ce sera pour qu'on repeigne la salle de classe avec de la peinture au doigt ! Je vais leur apprendre l'anarchie, moi, à tes microbes. Tu vas plus les reconnaître.

Délicatement, je saisis mon verre de rosé, le respirai un instant, et en but une gorgée.

Autour de nous, les habitués entamaient leur nuit, et un halo de conversations habillait l'air de cet endroit cosy, à la discrète touche d'excentricité.

Je repris, plus sérieuse :

— Ça me fait plaisir de te voir ! C'est une bonne idée, ce petit apéro, au lieu d'un dîner. Faut quand même que je sois prudente, j'ai pris des hanches, dis-je en grignotant une chips.

— Moi aussi, c'est la cata… soupira-t-elle en touchant son ventre plat. Et puis je voulais t'embrasser, avant de partir.

— Tu pars où ?

— Je me barre trois mois faire le tour de l'Asie, avec Yokin.

Je posai mon verre sur la table, mon cahier sur mon jean, mais conservai le fusain que je maintenais délicatement entre mon index et mon majeur, telle une cigarette intégralement calcinée.

— Ah bon ? Il a le droit de quitter son job de militaire aussi longtemps ?

— Non. Il a posé un congé sans solde. Il n'est pas bien, depuis qu'il a perdu un de ses collègues dont il était proche. Comme il se traînait un gros blues, je lui ai proposé une vraie coupure. Un dépaysement total.

— C'est gentil de ta part.

— C'est normal, tu veux dire. Il a toujours été pour moi un soutien sans faille. Souviens-toi de sa réaction, avec Brooke[1]. Cette fois, c'est à moi d'être là pour lui.

— Bravo, madame Etchegoyen. Cette décision vous honore.

— Mais non, elle ne m'honore pas. C'est juste qu'avec ses missions successives, on n'arrivait pas à caler notre voyage de noces. Alors, j'en profite moi aussi ! Que les sous qu'on a reçus en cadeaux

---

1. Voir *Le Tendre Baiser du tyrannosaure*, Le Livre de Poche, 2016.

de mariage servent enfin, au lieu de moisir sur un compte en banque.

— Et vous allez où ?

— Hanoï, Hong Kong, Séoul, et sans doute un saut à Tokyo et Sapporo…

— Oh, je t'en supplie, rapporte-moi un kimono !

— J'avais plutôt pensé à de beaux pinceaux traditionnels ?

— Oh oui, des pinceaux !

— Eh ben, tant pis pour ma surprise, alors… sourit-elle.

Près de nous, une quadra blonde paya et se leva de son siège. Je n'y aurais pas prêté garde, si je n'avais pas noté la différence flagrante entre son élégance, vêtements de marque et sac hors de prix, et le pourboire qu'elle avait laissé sur la note qu'elle venait de régler. Une pièce de deux centimes. J'en clignais des yeux d'étonnement. Olive suivit mon regard, et comprit.

— C'est drôle… j'ai souvent observé ça, à l'école.

— Quoi donc ?

— La différence entre certains parents d'élèves nantis, qui pinaillent dès qu'il s'agit de payer la coopérative ou une sortie scolaire, qui apportent un pauvre bout de cake tout sec quand on fait les goûters d'anniversaire, et d'autres parents qui, bien qu'ayant des fins de mois difficiles, je le sais, donnent avec générosité, qui ont honte de réclamer…

Tandis qu'elle parlait, j'avais repris mon bloc de feuilles et m'étais remise à dessiner.

— Oui. Bah, tout n'est pas toujours logique, dans la vie, dis-je. Tiens, en parlant de donner, ça me rappelle une anecdote, avec Lotte... Un jour qu'elle marchait dans la rue, elle trouve une pièce au fond de la poche de sa veste. Devant elle, un type est adossé contre un mur, gobelet à la main. Elle passe devant lui, et glisse gentiment la pièce dans son gobelet. Sauf qu'elle entend « ploc ». « Ploc ? » Elle se retourne et, à la tête stupéfaite du mec, elle comprend que le gobelet contenait du café !

— Ha, ha, ha !

— Le gag en moins, Mona aussi est capable d'acheter un petit hamburger au SDF qui fait la manche assis devant l'enseigne où elle est entrée chercher le sien.

— Mais elles font souvent ça, tes gamines ?

— Aucune idée. Elles ne s'en vantent pas, donc je l'apprends parfois par hasard, des semaines après. Tiens, une autre... Un jour de déluge, Lotte croise dans la rue une passante qui s'était fait surprendre par l'averse et tentait de protéger son bébé en l'abritant sous sa petite veste fine. Ma fille s'approche, lui offre son parapluie, et s'éloigne, sans dire un mot. Pour elle, c'était juste un comportement normal.

— Tes gosses ont un cœur d'or. Tu les as bien éduquées, ma vieille.

— Ne dis pas de bêtises, ma grosse. Arrive un âge où les parents aussi peuvent prendre des leçons de leurs propres enfants. Crois-moi, je n'en tire aucune gloire personnelle. Je suis juste admirative de ces deux belles personnes qui sont sorties de mon ventre.

Nous parlions tout en picorant le saumon fumé. Il n'en restait presque déjà plus. J'attaquai quelques chips, m'essuyai les doigts sur une serviette, puis repris ma page, et mis de larges coups de fusain dessus. Olive s'empara d'une poignée de pistaches, qu'elle se mit à dépiauter, avant de les savourer une par une.

— Fais voir ? me demanda-t-elle.

— Nan.

— C'est quoi, toutes ces ratures ?

— C'est…

— … mes fesses en 3D, je sais. Mais à part ça ? C'est quoi d'autre ?

— C'est un 3D de tes fesses.

— T'as vraiment le même humour que mes petits de matern… OOH !!

Je retournai brusquement mon carnet, sur lequel figuraient sa silhouette élancée, son profil harmonieux, sa coupe courte ébouriffée et ses mains fines. En quelques traits précis et légers, je l'avais croquée sans qu'elle s'en rende compte. J'avais également peaufiné le décor du bistrot tout autour, ciselé les éléments du chandelier, donné de la profondeur de champ, et ombré ce qu'il fallait. Au final, le résultat était plutôt pas mal.

— Oh ! Tu me le files ?

— Attends, attends ! J'ai pas encore dessiné tes moustaches !

Olive éclata de rire et essaya de m'attraper le poignet pour ne pas que je repose mon fusain sur le croquis, quand retentirent des éclats de voix.

Une dame en apostrophait une autre, assise à la table à côté d'elle, mais je ne compris pas immédiatement à quel sujet.

— Mais enfin, mêlez-vous de vos affaires ! s'écriait la plus jeune.

Des têtes se tournèrent. Il s'agissait d'une gamine, qui ne devait pas avoir plus de vingt-cinq ans. Plantureuse, elle portait un pull à fines rayures, les cheveux relevés, la mèche de devant retenue par une barrette. Devant elle se trouvaient une tasse de thé fumante et une part de tarte aux fraises. Je remarquai aussi une petite valise à roulettes, à côté de son siège. Sans doute rentrait-elle de voyage. Son interlocutrice, plus âgée qu'elle, était très belle dans sa robe jaune chasuble, très maigre aussi, les bras osseux et un peu flasques croisés contre sa poitrine. Un magazine était posé devant elle, et un cappuccino intact juste à côté.

— Mais ce sont mes affaires ! Vous n'avez pas à m'infliger votre impudeur, mademoiselle ! Ce ne sont pas des choses qui se font en public ! Allez donc vous cacher dans les toilettes !

Olive se tordait le cou en tâchant de comprendre de quoi il s'agissait. C'est le sac à langer, posé à côté de la fille à la barrette, qui me fit percuter. Un petit poing fermé dépassa du bord de la table, cogna contre sa poitrine, avant de disparaître à nouveau, et j'avisai un troisième sein sous son pull, qui était en réalité la petite tête du bébé qu'elle était en train d'allaiter, dans la plus parfaite discrétion. J'ignorais ce qui avait pu tant scandaliser la dame au cappuccino, puisque, précisément, la fille à la barrette ne dévoilait rien. Piquée au vif par cette intrusion qui confisquait à son bébé la sérénité de sa mère, la gamine ne se laissa pas faire. Elle répondit en serrant entre ses bras son nouveau-né, qui devait avoir trois-quatre mois tout au plus.

— Je ne vous inflige rien du tout, madame. Je ne montre rien à personne, mon bébé tète mon sein, le visage caché sous mon pull. Je vous rappelle que vous aussi, vous avez des mamelles. Et que la nature ne vous les a pas octroyées uniquement pour les faire pigeonner dans un soutien-gorge ! Libre à vous d'en faire l'usage que vous voudrez, libre à moi d'en faire de même.

La dame au cappuccino s'en étouffa de rage.

— Quelle indécence ! Vous êtes irrespectueuse, mademoiselle. Vous pourriez lui donner le biberon, quand vous êtes en public. Au moins, ça ne gênerait personne !

Les clients masculins embarrassés, assistant malgré eux à un affrontement qui ne les concernait pas, ne savaient plus où poser les yeux. Ni sur la jeune maman, au risque d'apercevoir l'objet du délit, ni sur son adversaire, craignant qu'elle ne les prenne à partie. Jamais on n'avait vu autant de nez plongés sur des portables ou des consommations.

C'est Olive, la première, qui décida d'intervenir. Calmement, elle se retourna et assena :

— Pardonnez-moi, madame, mais si la vision de cette jeune maman vous incommode, peut-être devriez-vous simplement détourner votre regard ?

Pendant tout cet épisode, je dessinais à tout-va, mon carnet tenu droit, mon fusain survolté. Je traçais, j'esquissais, j'estompais de la pulpe du doigt, j'y mettais toute ma fougue. L'œil acéré, le coup de main précis, je ne cessais pas mes gestes, même lorsque j'ouvris la bouche pour ajouter mon grain de sel et abonder dans le sens de ma cousine. Mais un crissement de chaise coupa court à tout échange. La dame au cappuccino venait de jeter quelques pièces sur la table et de réunir sèchement ses affaires. Elle marmonnait pour elle-même, le front, les joues et le cou rougeoyants de colère :

— C'est bon. Ça suffit. Je ne resterai pas ici une minute de plus.

Lorsqu'elle eut franchi le seuil du bistrot et se fut éloignée, la tension dans la salle retomba d'un coup. À tel point que les épaules de la fille à la barrette s'affaissèrent, et qu'elle laissa affleurer les larmes qu'elle avait retenues. Ça avait été violent pour elle de se faire agresser pendant ce moment nécessaire à son bébé, qui aurait dû être chargé de calme et de douceur. Alpaguée comme une délinquante, devant tout le monde. Et par une femme, en plus, une inconnue qui s'était arrogé le droit de lui expliquer ce qu'il était convenable de dévoiler ou non de son propre corps, dans un espace public. Qui l'avait sans doute houspillée pour avoir été capable d'agir comme elle n'aurait jamais osé le faire, elle.

En attendant, un serveur, agacé par la sortie mécontente de sa cliente, secoua la tête en se postant quelques secondes devant la jeune mère, une culpabilisante expression de reproche sur le visage. Affectée par son attitude sans compassion, celle-ci murmura :

— Mon bébé avait faim… Que vouliez-vous que je fasse ?

Mais il lui tourna le dos sans répondre, et continua son service en maugréant.

Je n'eus plus envie de demeurer dans ce fauteuil. Je fouillai dans mon porte-monnaie, déposai deux billets sur le ticket de caisse, et me levai. Olive, qui bombardait d'un regard sévère le serveur insensible, en fit de même. Apéro terminé, et bien parti pour nous rester sur l'estomac.

En passant près de la jeune femme dont je ne savais rien, ni pour quelle raison elle était encombrée de cette valise, ni ce qu'elle faisait ici si tard, seule avec son petit, je m'arrêtai un instant, et déchirai une page de mon bloc.

Parfois, il suffisait juste d'un élément agréable pour atténuer l'impact de ce qui pouvait se figer longtemps en souvenir douloureux.

Alors, je lui adressai un sourire, telle une parole d'encouragement muette. Puis je glissai ma feuille de papier sur sa table et, sans attendre, je sortis et me pressai pour rejoindre Olive.

Sur la page, j'avais donné à une madone allaitante les traits de son visage.

Chapitre 11

Tom

Régine et Tom n'habitaient pas encore ensemble. Ils avaient comme projet de chercher un appartement commun pour y emménager, mais cette décision traînait, essentiellement à cause de la mauvaise volonté de Régine. Cette fille était aussi prudente que Tom était impatient. Renoncer à son indépendance n'était pas une priorité pour la jeune femme, quand son amoureux, en revanche, la voulait pour lui tout entière. Alors, en attendant, ils se retrouvaient chaque soir dans l'appartement de Tom, plus cosy, accueillant et mieux rangé que celui de Régine, en bordel perpétuel.

Ce soir, en fond sonore, la télé diffusait les infos. Ils les ignoraient en picorant, sur la table basse, dans les reliefs d'un bon repas mitonné par Tom. La présentatrice annonçait des échauffourées, au sujet d'une loi qui ne passait pas, et les manifestations qui se déclenchaient un peu partout dans le pays prenaient de l'ampleur.

Tom et sa compagne bavardaient vautrés sur le canapé, le bras du flic étendu sur le dossier, et Régine pelotonnée contre lui, ses pieds déchaussés ramenés sur le coussin.

Elle finit par se redresser et entreprendre de se lever pour débarrasser, mais Tom la retint par le coude. Il n'était pas question qu'elle se charge des corvées, il s'en occuperait plus tard. Qu'elle reste se reposer dans ses bras, décompresser, au calme, car elle avait eu une dure journée. Mais Régine se leva quand même, ça ne prendrait que trente secondes. Elle commença par emporter les verres et la bouteille de vin.

Tout en se disant que c'était une vraie tête de mule, le flic, énamouré, eut envie de la taquiner.

— Tu m'aimes ? lui demanda-t-il, en la regardant faire.

— Ben oui, je t'aime, qu'est-ce que tu crois !

— Mais genre, tu m'aimes plus que le chocolat ?

— Ça dépend. Noir ou au lait ?

— Au lait.

— Hum… ça dépend. Avec des noisettes ?

— Avec des noisettes caramélisées.

— Je t'aime plus, alors.

Elle revint dans le salon, cette fois pour prendre leurs assiettes et leurs couverts, avant de repartir vers l'évier. Tom ne la quittait pas des yeux. Il s'alluma une cigarette piquée dans le paquet posé sur la table, et en tira une bouffée. Puis il reprit ses asticotages.

— Et tu m'aimes plus ou moins que les vieux films ?

— Ceux en noir et blanc ?

— Ouais.

— Ça dépend. Y a Spencer Tracy dedans ?

— Non…

— Humphrey Bogart ? James Stewart ?

— Cary Grant.

— Cary Grant ?

— Non, non ! Disons… Gene Kelly.

— Je t'aime plus, alors.

Elle avait posé la vaisselle, et était revenue avec une petite éponge humide, qu'elle passa sur la table pour en retirer les dernières miettes. Tom, qui ne la laissait jamais lever un verre et s'occupait de tout à la maison, dut prendre sur lui pour ne pas lui retirer l'éponge des mains. Il savait que chacun engagerait alors un combat sans merci pour la récupérer. À la place, il tira sur sa cigarette, exhala une longue bouffée, et lui lança sans réfléchir :

— Et tu m'aimes plus ou moins que ton ex ?

— Que mon ex ? Quelle drôle de question… Tu parles duquel ? d'Amandio, cette grosse andouille ? d'Isaac, beau dehors, moche dedans ? de Valentin, qui sert à rien ?

— Non. De Jimmy. Celui qui t'a brisé le cœur.

Régine, qui filait à nouveau vers l'évier, ralentit le pas. Elle eut un bref moment d'hésitation, qui ne passa pas inaperçu auprès de Tom. Lequel la fixait désormais avec grand intérêt.

— Ne sois pas bête, lâcha-t-elle d'une voix mal assurée. Jimmy, c'était il y a des années.

— Ça ne répond pas à ma question…

— Tu sais, dit-elle en faisant volte-face, c'est une drôle de coïncidence, que tu m'en parles. Parce qu'il se trouve qu'il m'a contactée, justement. Sa sœur se marie. Il voudrait récupérer la bague qu'il m'avait donnée. C'est un bijou de famille, qui appartenait à sa grand-mère. J'aurais dû la lui rendre il y a longtemps, mais comme…

— Tu comptais me le dire quand ? l'interrompit Tom, oreille dressée.

— Mais là, maintenant, peu importe, il m'a envoyé un e-mail ce matin. Ça m'était sorti de l'esprit, vu que ça n'a aucune sorte d'importance.

— Je vois, dit Tom, d'un air sombre.

— Tu noteras que je ne l'ai jamais portée, sa bague merdique. Je vais la lui renvoyer par colis postal. Ce mec n'existe plus pour moi.

Régine posa l'éponge, essuya ses mains humides sur un torchon, et revint s'installer à côté du grand irrité sur le canapé. Elle attira le visage du flic vers le sien, et l'embrassa avec ferveur.

— Ce n'est pas toi que j'aime le plus, mon Tom. C'est toi que j'aime tout court.

Il la prit dans ses bras, posa ses lèvres sur sa pommette, sur son front, dans ses cheveux, et conserva un long moment sa main dans la sienne, leurs doigts entrecroisés.

Quelques heures plus tard, ils s'étaient assoupis devant un film de deuxième partie de soirée. Tom émergea le premier. Sans faire de bruit, il saisit la télécommande, éteignit la télé, se leva et, pour ne pas la réveiller, la souleva dans ses bras et la porta jusqu'au lit où il la déposa délicatement. Il la couvrit, la borda avec soin, puis s'allongea près d'elle, et la contempla en silence.

Régine dormait à poings fermés.

À aucun moment elle n'avait remarqué l'humeur de Tom, devenue soucieuse.

Chapitre 12

Lutèce

— J'avais dix-huit ans, et lui dix-neuf. Il était vierge, et moi j'avais déjà vu le loup.

— Ah… gargouilla Félix, en piquant un fard.

— Je le sais, car c'est avec moi qu'il l'a perdu, son pucelage.

— Oh ! Intéressant…

Félix ne savait plus où se mettre, et regrettait déjà d'avoir touché à ces cookies qu'il aurait dû se contenter de grignoter avec elle.

Lutèce baissa les yeux, envahie par une émotion sourde. Elle posa la main sur son verre de jus d'ananas. Mais ne le souleva pas pour le porter à ses lèvres, se contentant de la sensation du jus glacé à travers le verre.

— Tu sais, à l'époque, niveau liberté, ce n'était pas comme aujourd'hui. Surtout pour les filles. Fallait assumer de dévier du rang, ne serait-ce que de quelques pas. Scolarité non mixte, tablier sur nos vêtements, sorties chaperonnées, tu vois le genre. Sans compter mon père, qui nous élevait à la dure.

— C'est vrai ?

— Qu'est-ce que tu crois, je me suis pris quelques coups de ceinture sur les fesses. Surtout moi, la moins sage de mes frères et sœurs, qui n'en faisais qu'à ma tête et défiais son autorité. Et plus mon père était sévère, plus je le provoquais. D'accord, je n'étais pas une enfant facile. Mais je voulais qu'il m'aime, pas qu'il me bride. Sauf qu'à cette époque, aimer un enfant consistait juste à le nourrir, le vêtir et lui apprendre le respect et l'obéissance.

Félix hocha la tête en l'écoutant. Il avait posé le coude sur la table, et se tenait le menton d'une main, l'index recouvrant sa bouche. Elle s'interrompit un instant, fixant un point invisible, au loin, avant de reprendre.

— Saül, je l'ai rencontré dans un bal populaire, où mes parents ne m'avaient pas permis d'aller. Évidemment, j'en ai fait qu'à ma tête, j'ai attendu qu'ils s'endorment, et hop ! j'ai fait le mur. Lui n'était pas du coin. Il rendait visite à ses vieux, et s'était laissé entraîner par le fils des voisins.

— Entre vous, ça a été le coup de foudre ?

— Pire. Ça a été une évidence. Lorsque nos regards se sont croisés, moi, la coquine, l'effrontée, j'ai été incapable de faire un geste, encore moins de prononcer un mot. Tétanisée, la Lutèce. Une empotée totale. Ça a duré comme ça un long moment. J'étais si aimantée par le regard de ce beau jeune homme timide, que je demeurais assise, refusant toutes les invitations des garçons qui me tournaient autour. Moi, rester sur le banc de touche, tu te rends compte ? C'est finalement lui, les joues rouges d'appréhension, qui a fait le premier pas. En venant me faire remarquer que j'avais un morceau de tarte aux cerises collé sur le bas de ma robe. Mon Dieu ! Quelle honte ! J'ai cherché le morceau pour le décoller, j'avais certainement dû m'asseoir dessus. Il a fini par m'avouer qu'il n'y en avait pas, mais qu'il n'avait rien trouvé de mieux comme excuse pour oser m'aborder.

Félix éclata de rire.

— Pas dégourdi, le Saül.

Lutèce rit elle aussi de bon cœur, en hochant la tête.

— Je confirme. J'ai trouvé ça nul, mais nul… à tel point que nous avons passé tout le reste du bal à en plaisanter. Nous n'avons pas dansé, ce soir-là. Nous avons juste parlé, assis dans un coin, au fond, à l'écart de tous. Un drôle de sentiment s'installait entre nous, indéfinissable. Le regard que ce garçon posait sur moi me magnifiait. De mon côté, je sentais bien qu'avec moi il se détendait, il s'apaisait, il s'ouvrait.

— Et vous vous êtes revus ?

— Oh ! que oui, mon p'tit bonhomme. Et apprivoisés, aussi. J'étais délurée, fantasque, et folle amoureuse de lui. Il était taiseux, profond, et prétendait qu'il n'aimerait jamais personne d'autre que moi. Nous nous sommes fréquentés, pendant longtemps, aussi souvent que possible…

— C'est beau.

— Tu parles… J'ai été naïve. Je pensais faire ma vie avec cet homme, mais je n'ai jamais compris ce qui s'était passé. Je n'ai jamais compris pourquoi il m'avait quittée aussi brutalement.

— Ma pauvre mamie.

Lutèce hésita, avant d'ajouter :

— Tu sais, le deuxième prénom que j'ai donné à ton père, Saül, j'ai prétendu que c'était celui d'un ancêtre, mais en réalité…

— C'était le sien ?

Elle acquiesça, les larmes au bord des paupières, puis pinça les lèvres dans une grimace qui ne parvenait pas à ressembler à un sourire. Félix en eut le cœur serré. Sa petite grand-mère, qui était la joie de vivre incarnée, saisie d'un trouble qu'elle ne parvenait pas à masquer. Jamais il ne l'avait vue ainsi. Il eut immédiatement envie de l'aider.

— Tu as retrouvé sa trace ? Il est toujours en vie ?

— Lui, oui. Sa femme, moins.

— Eh ben, alors… fonce !

Lutèce se redressa contre le dossier de sa chaise, les yeux écarquillés. Elle agita les mains, épouvantée.

— Quoi ? Hein ? Non ! Non, non, non… hors de question ! Toutes ces bêtises, c'est du passé. Ça y est. C'est loin, tout ça. Il a dû m'oublier depuis longtemps.

— On oublie rarement sa première fois, tu sais, mamie…

Tandis qu'ils échangeaient, Félix pianotait rapidement sur le clavier de son ordinateur.

— Il a un compte Facebook. Il te suffit juste de lui envoyer un message, et le tour est joué.

— Je sais bien, punaise, qu'il a un compte Facebook ! Il vient juste de se le créer. Pendant des années, je n'ai trouvé aucune trace de lui sur le Net.

— Eh bien, écris-lui, alors !

— Mais pour lui dire quoi ? « Salut, tu te rappelles de moi ? Lutèce ! On s'est connus au XVIIIe siècle. Les grimaces de ton premier orgasme, ça te revient ? »

— Jusqu'à « Lutèce », ça me semblait parfait.

— Non, non, non… Regarde-moi ce carnage ! se désola-t-elle en se touchant le visage, soudain affreusement complexée. Mes rides. Mes racines blanches. Mes varices.

— Qu'est-ce que tu racontes ? Tu es plus séduisante que jamais ! T'as plus de soupirants qu'une trentenaire ! Et lui alors, il n'a pas morflé, en cinquante ans d'oxydation, peut-être ? Fais-moi confiance, mamie, on va lui envoyer un petit mot et…

— Non, non, non, oh, mon Dieu non ! paniqua Lutèce en secouant la tête, affolée.

— On va lui envoyer un petit mot, répéta Félix calmement, en posant une main apaisante sur la sienne. Et tout va bien se passer. Au pire, qu'est-ce que tu risques ? Ça ne changera rien à ta vie s'il ne te répond pas, et ça pourrait donner lieu à de jolies retrouvailles s'il te répond. Tu vois, tu n'as pas à t'inquiéter.

Lutèce commença imperceptiblement à se détendre. Depuis quand ce petit con était-il devenu plus adulte que sa grand-mère ? Elle soupira. Puis elle esquissa un sourire, retint un gloussement, tritura un biscuit sur la table, baissa les yeux comme une jouvencelle, et rosit même un peu.

— Mais je ne saurais même pas comment l'aborder… abdiqua-t-elle d'une toute petite voix.

Félix, l'imagination enclenchée, se frotta le menton, puis le nez du plat des doigts, et suggéra :

— Tu es la mamie la plus connectée du monde, tu as des correspondants sur la planète entière. Pourquoi ne pas lui dire ce que tu leur dis d'habitude, pour rompre la glace ?

— Je ne suis pas certaine que « C'est à vous, ces beaux yeux verts ? » soit la formule adéquate.

— Cherche encore. Un truc simple.

Lutèce frissonna de timidité, et Félix s'émut de découvrir sa petite aïeule intrépide et exubérante sous un angle aussi vulnérable.

— Je pourrais commencer par « Bonsoir Saül… » ?

— Oui ? l'encouragea le jeune homme.

Elle rajusta ses lunettes sur son nez, se redressa, et continua en tapant directement son message dans la fenêtre de l'écran de la page de Saül.

… J'ai appris via la presse la disparition de ton épouse. Je voulais, par ce message, te présenter mes sincères condoléances. C'est une expérience que j'ai moi aussi traversée, tu peux compter sur mes sentiments les plus solidaires. J'espère que tu te portes bien. Les années ont passé, et nous nous sommes perdus de vue depuis bien long-temps. Mais si, par bonheur, tu te souvenais de moi, sache que je serais heureuse d'avoir de tes nouvelles.

En attendant, je t'embrasse bien affectueusement.

Lutèce.

Et sans se poser plus de questions, elle appuya sur « envoyer ».

— Allez, hop ! On va pas se casser la nénette non plus pendant des jours !

Félix la prit dans ses bras, et la serra fort contre lui. Il sentit, malgré son attitude goguenarde, que sa grand-mère adorée tremblait d'effervescence et de fébrilité.

Soudain, il tendit l'index et montra l'écran.

— Oh, regarde, la petite encoche… Le message est signalé comme « vu » !

Lutèce, surexcitée, tapa frénétiquement dans ses mains.

— Il l'a lu ! Réponse dans trois secondes ! Viens, viens, mon chéri, assieds-toi. Il a dû sauter en l'air en recevant mon message ! C'est sûr et certain. Tu sais, on a vécu beaucoup de choses ensemble, tout de même. Il me parlait de mariage, d'enfants, ce n'était pas une bluette. J'ai forcément dû lui rester dans un coin du crâne !

Lutèce, le rose aux joues, exaltée, ne tenait plus en place. Elle avait à nouveau dix-huit ans, le cœur qui palpitait et se préparait de toutes les fibres de son être à réceptionner la réponse de celui que, au fond, elle n'avait jamais oublié. Ce qu'elle avait effacé ce soir, en revanche, c'est la peine infinie qu'elle avait traversée lorsque leur histoire s'était terminée.

Une heure plus tard, Félix, épuisé, finissait par déclarer forfait et décidait de rentrer chez lui. Il tombait de sommeil. Attendre plus longtemps était illusoire. L'heure était beaucoup trop tardive, Saül avait dû s'endormir juste après avoir lu son message, il lui répondrait sans doute dans la journée. C'était bon signe, il voulait prendre le temps de digérer l'émotion, et de rédiger une missive à la hauteur de la surprise qu'il avait dû éprouver en ayant des nouvelles de son grand amour de jeunesse.

Lutèce finit par s'en convaincre, et alla également se coucher, sans toutefois pouvoir fermer l'œil de la nuit.

Les jours s'écoulèrent.

Saül ne répondit pas.

Chapitre 13

Ava

— Enzo, Kenzo et Renzo, arrêtez de vous battre.

Aucune réaction. Dans le hall de l'aéroport, les trois gosses continuaient à se mettre respectivement des claques sur le sommet de la tête, selon l'immuable principe de celui qui rit à l'humiliation de l'autre s'en mange une pour y goûter aussi, à l'humiliation en question. Mouvement perpétuel d'une fratrie d'excités. Cercle vicieux de morveux intenables, malgré toute la bonne volonté de notre copine Perla, leur mère, qui aurait donné volontiers un rein, à ce moment précis, pour qu'on la laisse barboter dans le premier jacuzzi venu, du moment qu'il était dénué de toute trace de mioches.

— ENZO, KENZO ET RENZO, JE VOUS AI DEMANDÉ DE VOUS CALMER, HO ! s'époumona-t-elle en désespoir de cause.

Cela tout en en tirant un par le bras, permettant à l'autre de lui mettre un soufflet sur l'oreille sans être gêné par une éventuelle riposte. Laquelle arrivait tout de même, juste décalée de quelques secondes.

Avec appréhension, je m'approchai d'elle, mon tableau soigneusement emballé, posé sur le dessus de ma valise cabine. Elle avait besoin d'aide, c'était évident. Alors, je lui suggérai :

— Et les laisser chez leur père, ça n'était pas possible ?

Ma copine rousse fronça les sourcils. Aïe ! Je venais de prononcer le mot magique, celui qui transformait la délicate ex-danseuse classique en harpie déchaînée.

— Leur père, ce connard, exige que je le rétribue pour baby-sitter ses propres gosses, quand j'ose lui demander de les prendre en dehors de ses week-ends de garde. Alors, comment te dire ?

— Pigé. Mais... ils risquent d'être un petit peu compliqués à gérer, sans les assommer ou sans Félix pour te donner un coup de main, non ?

Le truc, dans l'appellation « week-end entre filles », c'était de pouvoir savourer un moment « entre filles ». Alors, il est vrai que j'avais emmené mes enfants à moi, mais c'étaient des filles, donc on restait dans le thème. Seulement mes deux copines s'étaient arrêtées au côté « enfants » de leur statut. Par conséquent, si je prenais les miens, embarquer les leurs ne serait qu'un détail. Sauf

114

que pas tout à fait. Mais bon, Perla avait juré de mener sa mauvaise troupe à la baguette et de la faire garder par une vraie baby-sitter durant nos escapades nocturnes, donc, au pire, ça allait surtout être enquiquinant pour elle.

— Oh, moi aussi, j'aurais aimé que Félix soit là, soupira-t-elle, amoureuse. Avec lui, les gosses sont d'un calme… Je ne sais pas comment il fait…

— C'est bien mon cousin, ça. Et le super pouvoir de ses fossiles de dinosaures, de son C-3PO en taille réelle, et de sa formidable collection de bandes dessinées !

— Il me manque déjà. Tiens, je vais lui envoyer un SMS…

Elle fouilla dans son sac pour y chercher son téléphone, le trouva, et se concentra sur le clavier. Pendant ce temps, son trio de gredins, qui avait fini d'imiter les Trois Stooges, galopa brusquement vers un objectif inconnu. Sans doute de la pagaille et du chahut en perspective, mais tant que ce n'était qu'à l'état de perspective, Perla se dit qu'elle avait quelques minutes de répit devant elle.

Régine, lunettes noires, capeline en paille et moue feignant l'indifférence, prenait des poses devant le miroir d'une boutique de cravates. L'idée de plonger tout habillée dans un bain de people et de se faire un shampoing de photographes semblait l'émoustiller plus que je ne l'aurais imaginé.

Mes descendantes remontées, Lotte et Mona (la vingtaine fringante pour Lotte et deux ans de moins pour Mona), faisaient la gueule pour s'être levées si tôt (avant midi, pour un ado, la vie ne vaut pas la peine d'être vécue). Orion et Tobias, les fils de Tom, un poil plus jeunes que mes nioutes, s'étaient affalés sur des sièges à leurs côtés. Tout ce beau monde, écouteurs enfoncés dans les oreilles et écran de téléphone devant le nez, semblait évoluer dans une dimension dont les adultes étaient impitoyablement bannis.

C'est Régine qui avait choisi d'emmener les garçons avec nous, soi-disant pour respecter la parité de ce week-end entre filles, risquant sans cela d'être saturé d'œstrogènes. Tom serait bien venu, mais il n'avait pas réussi à se rendre disponible.

Bizarre, d'ailleurs. Elle n'avait pu s'empêcher de noter que son comportement avait changé, tout récemment. Régine et lui s'engueulaient pour des broutilles. Tom paraissait triste, déprimé, à vif et parfois même inaccessible. Impossible d'en discuter, il éludait ses questions, les rares fois où il répondait au téléphone. De son côté, elle avait été très occupée, notamment par une succession d'affaires qui avaient nécessité qu'elle aille plaider en province. Quand elle y pensait… Ces derniers jours, elle tombait un peu trop souvent sur son répondeur… Il avait dû se passer quelque chose au commissariat. Une opération qui avait mal tourné, une intervention particulièrement éprouvante. Cela arrivait, parfois. Mais d'habitude, il venait se réfugier entre ses bras, s'oublier dans l'amour qu'elle lui donnait. Ses baisers étaient ses pansements, ses caresses ses bandages. Peut-être lui en voulait-il de ne pas avoir été là pour lui ? S'il s'agissait de cela, alors c'était injuste. Qu'y pouvait-elle ? Elle n'allait tout de même pas éluder les nécessités de son métier d'avocate pour se mettre à sa disposition...

Alors, en attendant qu'il s'apaise, elle avait lancé une opération séduction : les fils de son grand amour la connaissaient peu, il était temps d'y remédier. Son objectif était simple : les éblouir pour les conquérir, au point qu'ils l'adoptent, telle une grande sœur. Attention, on a dit « grande sœur » et pas « belle-mère ». Régine, qui avait mon âge (la quarantaine entamée, mais la trentaine dans sa tête *for ever*) trouvant à ce terme une sonorité trop proche de celle de « grand-mère ».

Perla, son portable toujours à la main relié à Félix, me demanda, avec un mouvement de menton vers mon cadre momifié de plastique et de protections :

— Donc, ça y est, tu es prête à exposer ton œuvre ? Tu nous la montreras avant, quand même ?

— Bien sûr. Dès qu'on arrive à l'hôtel, je déballerai le tableau et vous pourrez le découvrir en avant-première.

— Il a intérêt à être beau, dit Régine, venue nous rejoindre. T'as passé combien de jours, dessus ?

— Compte en semaines, c'est plus réaliste.

— On pourra le prendre en photo ? demanda Perla. Que je le montre à Félix.

— Moi aussi, je le shooterai pour le partager avec Tom, ajouta Régine. Même si ce couillon me fait un peu la gueule en ce moment.

— Vous le mitraillerez tant que vous voudrez. À condition de ne pas le toucher. Il est hyperfragile, c'est une peinture à l'huile.

— Quelle différence avec une peinture à l'eau ? questionna Perla.

— Ben, c'est à l'huile, quoi.

Soudain, une brusque envolée de notes vint fougueusement nous fracasser les tympans.

Au fond de la salle d'embarquement, Enzo, Kenzo et Renzo, dont Perla n'aurait jamais dû laisser à son ex-mari le loisir de choisir les prénoms, s'acharnaient sur un piano mis à la disposition du public. Un pauvre piano tout seul, isolé dans un coin, qui voulait juste charmer les passagers, et qui se faisait tabasser le clavier, alors qu'il ne leur avait strictement rien fait.

C'était insupportable, c'était douloureux à entendre, ces gnards ennuyaient tout le monde, il fallait les stopper coûte que coûte, ils prenaient trop d'oreilles en otages, ils accablaient leur pauvre mère de honte.

Perla, en effet, les contempla un long moment, avant de marmonner :

— Et dire qu'ils sont tellement touchants, quand ils dorment…

Accablée, je fixais le spectacle de ces Chucky vivants, et proposai :

— Fais-toi plaisir. Je dois avoir des tisanes « Bon Dodo » dans mon sac. J'en prends parfois, quand j'ai des insomnies, et j'ai ouï dire que ça ne laissait pas de traces dans l'organisme…

Régine l'attrapa par les épaules et baissa d'un ton, pour lui conseiller :

— Une dose massive, au moins trois sachets par tasse. Je plaiderai pour toi la légitime défense.

Peu à peu, les têtes se tournaient vers les canailles, dans un halo de paroles chuchotées accompagnées de regards raisonnablement furibards. Les gens savaient bien que la torture serait temporaire, puisque d'une part, il s'agissait d'un instrument à destination du public (même le pire), et d'autre part, tous ceux qui s'apprêtaient à embarquer se sentaient, à cette perspective, des pousses de tolérance leur fleurir derrière les oreilles.

Une annonce sonore couvrit cette cacophonie. C'était celle de notre vol.

Perla alla récupérer ses trois œufs éclos, il y a un peu moins d'une dizaine d'années, sur un lit de piments piquants très irritants. Régine saisit son sac, pendant que je faisais signe aux ados de nous rejoindre.

Il était temps d'embarquer.

Chapitre 14

Tom

— Tu pues, le chat !

Félix, allongé par terre sur son tapis, observait Câlin, le chat de sa mère, en train de s'étirer de tout son long sur le canapé, à la place que lui aurait dû occuper. Mais il était hors de question qu'il partage le même siège que cet animal fourbe, qui le méprisait au moins autant que lui ne l'aimait pas. Non, Félix préférait encore jouer avec Beigel, la petite chienne d'Ava, surtout quand il lui lançait sa carotte en plastique qui couine. Elle, au moins, était rigolote, futée et affectueuse. Avec Beigel, il s'entendait comme chien et chien.

Si on lui avait dit un jour que, malgré tous ses diplômes, son prestigieux statut de paléontologue réputé, ses voyages, ses découvertes, il en serait réduit à jouer les pets-sitters pour dépanner sa mère et sa cousine…

Non pas que cela lui fût désagréable. Au contraire, toutes ces galopades bondissantes à travers l'appartement, ses courses-poursuites avec Beigel, la façon karatéka qu'avait cette chienne de lui sauter sur le ventre dès qu'il s'asseyait pour la réceptionner dans ses bras, tout cela le faisait rire et le changeait de ses moments trop calmes passés au-dessus d'un microscope.

C'est juste qu'il avait plus l'habitude d'animaux à l'état de fossiles, que de faux-culs.

Or, avec le chat, en revanche, il en tenait un bon.

Le sport favori du perfide ? Se planquer sous un meuble, et surgir brusquement en traversant la pièce ventre à terre, pile entre les jambes du garçon. Chaque fois, Félix vacillait et manquait de s'étaler. Ce chat aurait-il voulu le faire trébucher qu'il ne s'y serait pas pris autrement. Et se débarrasser de lui, aussi, peut-être ? Humm…

Allez. Ce n'était que pour trois jours.

Trois jours pour soulager sa mère, partie en week-end avec son nouveau compagnon, et qui ne lui avait pas vraiment laissé d'autre choix que de s'occuper de son frère, comme elle l'appelait pour le taquiner, avec une petite pointe de venin dans la voix.

Trois petits jours pour dépanner Ava, sa cousine chérie, qui s'apprêtait à vivre un intense moment professionnel.

Trois jours minuscules à tenir sans Perla, sa rousse incendiaire, la femme de sa vie. Celle qui ne le jugeait jamais, l'autorisant à être authentique. Même excentrique et farfelu. Même parfois un poil timoré. Même souvent distrait et un peu pataud. Perla qui le rendait heureux. D'elle, il adorait tout. Sa douceur, sa force, ses failles et sa beauté. Ses fils, aussi, qui l'amusaient et l'attendrissaient. Gamins espiègles avec lesquels il se régalait de passer du temps. Moutards hyperactifs qui s'extasiaient de tout ce qu'il partageait avec eux, dessins de dinosaures, films de science-fiction, jardinage d'herbes aromatiques, jeux de réflexion, leurs cœurs encore purs trouvant un écho à son inaltérable âme d'enfant.

Ce week-end, pour avoir accepté de rendre service, il avait dû rester à Paris. Ce n'était pas un sacrifice, bien au contraire. Il n'avait jamais été à l'aise avec les mondanités. La foule, il détestait cela. Pire, il en avait peur. Dans une demi-heure, tout au plus s'autoriserait-il à passer féliciter son collègue Romain, qui célébrait la majorité religieuse de son fils, autour d'un buffet de petit déjeuner. Et vers midi, il irait voir sa grand-mère Lutèce, pour manger avec elle. Il le lui avait promis.

Perla, elle, avait rêvé de cette escapade. Durant ces trois jours, elle espérait faire un break et se vider la tête avec ses amies, se lâcher, oublier ses trop lourdes responsabilités quotidiennes. Ses petits dans la valise, elle allait leur faire profiter des charmes d'un grand hôtel, eux qui n'avaient jamais connu que des vacances chez leurs grands-parents. Une baby-sitter avait été réservée pour s'occuper d'eux le soir, afin qu'elle puisse goûter à quelques moments privilégiés. Sa vie n'était pas toujours simple, Félix le savait et ne l'en aimait que davantage.

Mais dès qu'elle rentrerait, il avait prévu de l'embarquer, elle et sa marmaille, passer une semaine en Grèce. Vieilles pierres, plage et soleil. Tzatziki, farniente, jeux et culture. Elle l'ignorait encore, mais il avait déjà tout organisé, prévenu la clinique où elle travaillait, réservé un palace local et acheté les billets.

Tom, son meilleur ami, son complice, son (vrai) frangin, était lui aussi resté à Paris.

Félix avait pensé que c'était à cause de ses obligations professionnelles. En réalité, il n'en était rien. Le flic déprimait, et avait exprimé son besoin de lui confier ce qui le tracassait. Ça semblait sérieux. Alors, ce soir, Félix le rejoindrait dans leur bar favori. Et sans doute que dans la conversation, leurs meufs allaient prendre cher. Oh oui. Eux aussi allaient se lâcher, ils ne les épargneraient pas ! Ils se raconteraient combien elles étaient chiantes, à mettre autant de temps à répondre à leurs SMS, ou à ne jamais penser à relever la lunette des toilettes. Ils se révéleraient leurs petites manies au lit, Régine qui ne s'arrêtait jamais de parler pendant l'acte, Perla qui refusait de porter sa blouse de travail sexy. Ils râleraient de concert sur l'inaptitude de ces emmerdeuses peu sûres d'elles à accepter leurs compliments. Comme si c'était leur style à eux, de faire des compliments, alors qu'ils exprimaient simplement des faits, concrets et établis. Qu'elles fassent gaffe. Ils parleraient tant de leurs nanas, que leurs oreilles siffleraient, jusqu'à leur rayer les tympans.

Comme ça, au moins, elles penseraient à eux.

Au-dessus de sa tête, le chat ronronnait d'une drôle de manière.

— Tu veux me dire quelque chose, petite Catin ?

Pas de réponse. Normal, dans cette pièce, Félix était le seul animal des trois à pouvoir parler.

Il tendit machinalement les doigts pour le caresser, oubliant le sale caractère du félin, qui n'aimait que sa mère. Enfin, la mère de Félix.

Le chat posa délicatement sa patte sur la main du paléontologue, puis la retira vivement. Ça aurait pu ressembler à un geste de tendresse. En réalité, le minet criminel venait de lui faire la peau. C'est presque par hasard que Félix découvrit le dos de sa main lacéré par les griffes du carnivore. Il n'avait ressenti aucune douleur. C'était du beau boulot, du travail d'artiste exécuté proprement. Et la petite attitude d'innocence perfide de l'agresseur, se léchant les couilles l'air de dire « Qui, moi ? Ah non, j'ai rien fait. Je jouais à la baballe. La preuve, j'y joue encore » était de la plus efficace hypocrisie. Du grand chat-d'œuvre.

Résigné, Félix se leva de son tapis, et se rendit dans sa salle de bains, chercher de quoi se désinfecter.

— Mes squelettes d'animaux me manquent ! Plus je te fréquente, plus ils me manquent !

Il revint avec sa trousse à pharmacie, qu'il posa et ouvrit sur la table basse, tout en pourrissant le chat de mots sang-timentaux.

— Qu'est-ce que je suis bête, moi aussi, à t'appeler Catin au lieu de Câlin... Je comprends que tu l'aies mal pris, mon pote. Si, si. Un tel manque d'imagination, là où j'aurais pu te nommer, par exemple... Le chat Leur, parce que ça va chauffer entre nous ? Le chat Teigne, parce que je devrais t'en coller une après ce que tu viens de me faire ?

Il déchira l'emballage d'une pochette de compresses stériles, versa quelques gouttes de lotion antiseptique dessus, et en tamponna délicatement sa main blessée.

— Pas le chat Beauté, nous sommes d'accord. T'es trop moche, et ça ne serait pas crédible. Ni le chat Touille, parce que tu ne me fais pas rire, mec.

Heureusement, les plaies n'étaient pas trop profondes. Il espéra ne pas avoir contracté le tétanos. Ou la rage. Ou la félonie, si elle avait été transmissible.

Beigel s'approcha délicatement, faisant mine de vouloir lécher sa blessure. Cette chienne était vraiment la tendresse incarnée, avec son museau

125

humide et ses yeux si expressifs. Un trésor de petite femelle protectrice et poilue. Il lui caressa la tête, et continua à frotter doucement ses lésions avec le désinfectant.

— Le chat Rogne ? Vu que t'es une petite pourriture ? Ou le chat Pitre, qui mériterait un bonnet d'âne ? Non, je sais… le chat Pelure, qui croit pouvoir rouler tout le monde dans la farine. Sauf moi ! Moi, je sais qui tu es. Tu es le chat Maille ! Parce que tu me fais monter la moutarde au nez !

Félix, toujours assis sur le tapis, l'épaule contre le canapé, avait approché son visage de la petite tronche de Câlin. Ils se fixaient tous les deux sans ciller, façon rapport de fort sans contact. C'était à celui qui céderait le premier, et le jeune homme était bien déterminé à ce que ce ne soit pas lui. L'animal finit par baisser les yeux, se redressa, s'ébroua et, sans doute vexé, lui tourna le dos, se réinstallant au même endroit en lui présentant son cul, aussi imperturbable qu'un Sphinx.

Félix avait triomphé. Il en poussa un grognement de joie. Presque, il s'en tambourina le torse de contentement.

C'est alors que Câlin leva très légèrement la queue et émit, en silence, la plus abominable flatulence qu'un anus de chat agacé puisse exprimer. Et ce, directement dans les yeux de Félix qui, lui, n'avait pas changé de position.

Sa bombe pestilentielle reçue en pleine poire, Félix poussa un cri aigu, se leva d'un coup, et s'enfuit ouvrir la fenêtre, les sinus attaqués par des molécules qui fouettaient si fort, que l'ignominie le prenait à la gorge en le faisant suffoquer.

Le chat, satisfait, se remit à ronronner.

Chapitre 15

Lutèce

— Non mais dites donc !

— Hum ?

— Vous pourriez tenir votre animal ?

— Oh, ça va, hein…

Lutèce, agacée, admonesta la femme de son âge qui tenait son chien d'une laisse si lâche que la grand-mère de Félix avait failli se prendre les pieds dedans. Ce qui n'était pas une perspective réjouissante pour quelqu'un ayant, comme elle, quelques accointances avec la ligne inaltérée de son col du fémur.

Faisant fi de toute solidarité, voire de la plus élémentaire civilité, la réaction odieusement nonchalante, donc irresponsable, de la maîtresse du chien la piqua au vif. Non mais pour qui elle se prenait, cette pépée ?

D'autant que l'absence de réponse de Saül avait, depuis plusieurs jours, chauffé les nerfs de

Lutèce à blanc. Ainsi, non content de l'avoir déjà jetée cinquante ans plus tôt comme un vieux bout de zan mâchouillé, il se permettait aujourd'hui de l'humilier en mettant un vent magistral à la main amicale qu'elle lui avait tendue. Hé, ho ! vieux schnock ! On ne t'a pas appris la politesse ?

D'ailleurs, à celle-là aussi, à cette dindonnière, cette volaille, cette triple buse qui lui faisait face, on n'avait pas appris les bonnes manières. Qu'à cela ne tienne. Lutèce se sentit d'humeur à les lui inculquer en une seule et unique bonne leçon.

Elle s'approcha de la femme, qui fit mine de l'ignorer tout en reculant de quelques pas vers son yorkshire à houppette.

— Quand on ne sait pas gérer la laisse de son clebs, on s'en tient au maniement d'une canne à pêche ! lui lança Lutèce.

— Oh, ça va, hé ! J'vous ai pas sonnée ! répondit l'autre sans la regarder.

— Quel toupet ! Mais MOI je vous sonne, MOI ! Malpolie ! Culottée ! Grossier personnage !

La mémère à son toutou s'éloigna, non sans lâcher un perfide petit :

— Mais oui, c'est ça. Cause toujours, tu m'intéresses !

Elle n'aurait pas dû. Son interlocutrice se sentit pousser du Hulk en elle, version rouge dans les yeux et déchirage de sa bienséance.

— Ah bon, on se tutoie ? s'écria Lutèce, les poings sur les hanches. Ah, mais si j'avais su qu'on était aussi intimes, je t'aurais carrément donné du mot doux ! Charogne ! Vieille peau ! Gigolette ! Avec son… son… (Lutèce désigna son chien de sa main tendue.) Son foutriquet, là ! Son roquet qui pue !

— Ah non ! Il pue pas, mon chien !

Mais ça, c'était avant qu'il n'abaisse son train arrière, et ne produise une splendide glace italienne de la selle, une pêche kaki, mousseuse, odorante, et au moins presque aussi haute que lui. Étron que sa maîtresse mit un point d'honneur à faire semblant de ne pas avoir vu, continuant son chemin comme s'il n'avait émis qu'un gaz.

Lutèce, ulcérée, regarda autour d'elle pour prendre les gens à témoin de l'outrage qui venait de se produire. Dans sa rue, cet insignifiant, cet avorton, ce gringalet de substitut de clébard venait tout naturellement de poser une sentinelle. Et pas n'importe où dans sa rue : devant son immeuble, qui plus est ! Provocation inacceptable de la part de cette maîtresse un peu concon, qui abandonnait derrière elle le caca du cucul de son kéké.

C'en fut trop pour Lutèce, qui prit une grande inspiration pour l'agonir d'injures, rassembla les plus salées d'entre elles dans sa mémoire immédiate, ouvrit la bouche et… expira net en entendant le bruit d'une notification sur son mobile.

Vite, elle le sortit de sa poche, regarda l'écran, et dut cligner plusieurs fois des yeux pour focaliser sur le nom qui venait d'apparaître.

Un message l'attendait, et il était de Saül.

Sidérée, elle continuait de fixer l'écran sans le déverrouiller. À la place, elle entreprit de marcher comme un automate, posa sans le faire exprès sa chaussure dans la merde du chien, et lorsqu'elle le constata, au lieu de s'énerver, murmura simplement : « Le pied gauche... C'est bien, ça porte bonheur... »

Elle replaça son téléphone dans sa poche, alla nettoyer son soulier dans le petit ruisseau qui clapotait dans le caniveau, avant de repartir en direction de chez elle, si bouleversée qu'elle en oublia de répondre au salut cordial d'Arlette, sa voisine opérée de la cataracte, lorsqu'elle la croisa.

Une fois la porte de son logis refermée derrière elle, pourtant, nulle précipitation.

Le message de Saül, elle voulait le découvrir en grand, pas sur le tout petit écran de son téléphone portable. Alors elle enfila ses pantoufles, alla chausser ses lunettes, s'obligea à passer par la cuisine se confectionner un thé, remarqua que la peau de ses bras était parcourue de chair de poule, et se les frictionna un instant. Une fois sa tasse d'Earl Grey à la main, son autre main soutenant une soucoupe en porcelaine, elle revint vers le salon et s'assit sur sa chaise, placée devant son ordinateur portable ouvert sur sa page Facebook. Elle approcha la souris de l'onglet des messages, hésita un instant, prit une grande inspiration, et cliqua.

À côté du nom de Saül Buxbaum, il n'y avait qu'une seule ligne, unique et solitaire, rédigée à son intention. Mais c'était une ligne de trop. Comme un cheveu sur la langue, un poil dans la soupe ou un cil dans l'œil. C'était une ligne qu'on aurait voulu tout de suite retirer, tant elle était insupportable. Mieux aurait-il valu qu'il ne lui réponde pas. Parce que ça... Ça, c'était juste dégueulasse.

Merci Lutèce. Bonne continuation. S. B.

— Eh ben mon vieux... marmonna-t-elle, amère, dans le silence oppressant de son appartement vide. Toutes ces années perdues à en pincer pour un bourricot. Si j'avais su...

Elle contempla une dernière fois la photo de profil de celui qu'elle avait follement aimé autrefois, cherchant à déceler dans l'expression de son regard l'étincelle qui l'avait fait chavirer. Et si le poids des années avait accompli son œuvre, creusant, laissant pendre ou tachant les chairs de son beau visage, elle ne parvint pas à trouver dans son œil l'éclat de cette cruauté que son message avait laissé transparaître. Et Dieu sait pourtant qu'il l'avait été, cruel, par le passé. Mais avec le temps, les mauvais souvenirs s'étaient estompés, délavés, seuls les bons étaient restés incrustés, momifiés, dans un coin de sa mémoire. Quelle bêtise, d'avoir tout oublié.

— Allez, va... J'ai passé l'âge de ces fadaises.

Lutèce prit sa tasse de thé, la rapporta dans sa cuisine, et la vida d'un geste dépité dans l'évier. Elle n'avait plus envie de siroter quoi que ce soit. Elle n'avait plus envie de se détendre. Elle n'avait plus envie de grand-chose, tout compte fait. Juste d'aller s'asseoir dans son fauteuil, en tête à tête avec son passé, et de le ressasser pour y puiser d'ultimes gouttes de son âge d'or, jusqu'à ce qu'elle s'éreinte la mémoire et s'endorme d'épuisement.

Pourtant, ce n'était pas normal. C'était injuste.

Qu'avait-elle donc fait pour être virée telle une importune ? Elle ne méritait pas cela. Elle ne méritait pas d'être punie. Mais lui, oui ! Félix avait raison. Qu'avait-elle à perdre, puisque tout était déjà perdu ? Il ne se souvenait de rien, il était devenu quelqu'un d'autre. Pas la plus petite trace de nostalgie l'habitait. Sa vie auprès d'une star de la musique classique lui avait-elle fait tourner la tête, ou lui avait fait choper le melon ? Et c'était donc les lettres d'amour passionnées d'un spécimen de cucurbitacée, qu'elle avait conservées pieusement pendant près de cinquante ans ? Qu'à cela ne tienne. Puisqu'on lui avait toujours appris à ne pas gâcher la nourriture, elle allait en faire de la confiture, de ce melon faisandé.

Hochant la tête sur la décision qu'elle venait de prendre, Lutèce ouvrit un placard et en sortit une bouteille de kirsch. D'un autre placard, elle prit un petit verre. Il lui fallait quelque chose de plus fort qu'une tisane. Ainsi parée, elle retourna s'asseoir devant l'écran de son ordinateur et, déterminée, se mit à rédiger une missive à l'intention de ce salaud de Saül.

Cher Saül. Je ne te cacherai pas que la froideur de ton message m'a quelque peu surprise. Que le temps soit passé, je veux bien en convenir. Que ta vie se soit enrichie de mille autres bonheurs, j'en suis heureuse pour toi. Mais que tu aies oublié l'époque de notre douce jeunesse, c'est bien triste et c'est bien dommage. Je suis tout de même ta première fois, pardi ! Et je ne parle même pas de la première femme que tu aies prétendu vouloir épouser... Mais soit. Après tout, tu as peut-être renié celui que tu as été. Tant pis pour lui. Je lui souhaite bon vent, et m'abstiendrai désormais de le déranger davantage. Lutèce.

Sans se relire, Lutèce cliqua sur « envoyer ».

Le ventre un peu noué tout de même, elle saisit la bouteille d'eau-de-vie à la cerise, s'en versa dans le petit verre qu'elle avait apporté, et le but cul sec. Grimaçante, elle se racla la gorge et émit quelques quintes de toux. Ah, mais s'il croyait s'en être tiré avec sa petite phrase minable, il s'était fourré le doigt dans l'œil gauche jusqu'à l'intestin grêle. S'il voulait du lapidaire, il allait en avoir, le bougre. Il était tombé au bon endroit. Elle n'allait pas se laisser congédier comme une moins que rien, d'ailleurs elle lui avait bien rabattu son caquet ! Vlan, prends-toi ça dans le dentier, vieux clampin.

Elle était soulagée, Lutèce. Un peu triste, au fond, mais soulagée de ne pas avoir laissé passer cette seconde humiliation. Elle avait de la dignité, et elle le lui avait magistralement démontré. Elle avait de l'amour-propre, ça oui, qu'il se le tienne pour dit. Elle avait sa fierté, pour sûr, c'était même une question d'honneur. Elle avait... elle avait un nouveau message.

Saül lui avait répondu.

Elle reposa son verre, un peu trop nerveusement. Il claqua sur la table, et il s'en fut de peu qu'il ne se brise. Palpitante, elle saisit sa souris, et cliqua sur le message, qui s'afficha.

Chère Lutèce. Il se trouve que précisément, je n'ai rien oublié. Pour tout te dire, j'aurais préféré. Mais c'est ainsi, que veux-tu. La mémoire, ça ne se contrôle pas. Je ne saisis pas très bien la raison qui te fait venir fureter à mon endroit. Si tu cherches un riche veuf en goguette, je t'invite à aller le débusquer ailleurs. Cela fait bien longtemps que j'ai passé l'âge de me faire avoir par une intrigante. Adieu, donc. Saül.

Lutèce écarquilla les yeux si grand en découvrant sa prose, que ses lunettes lui en tombèrent sur le bout du nez. Quoi ? Pardon ? Comment ? Plaît-il ? Où suis-je ? figurèrent parmi les nombreuses interrogations qui jaillirent dans son esprit et s'y bousculèrent telles des boules de Loto désordonnées et furieuses.

Ce n'était pas possible. On nageait en plein délire, là. Son amour de jeunesse n'avait pas pu devenir un pareil imbécile ? Et butor, avec ça ! Comment l'avait-il appelée, déjà ? « Une intrigante » ? Elle ? Il croyait qu'elle en voulait à son argent ? Alors là, dire que Lutèce en tomba de haut fut un euphémisme. C'est son monde entier, qui s'écroula. On pouvait se tromper, dans la vie, mais là elle ne s'était pas trompée, non. À ce stade, elle s'était complètement fourvoyée. Elle avait confondu un pépin de pomme avec une pastèque. Elle avait halluciné la femme de son boucher en reine d'Angleterre. Elle avait ahuri un grand amour avec un grand roublard.

Elle se leva précipitamment, alla jusqu'au meuble dans lequel était entreposée la cassette contenant les lettres qu'il lui avait envoyées, sortit le coffret, l'ouvrit, et relut fébrilement quelques missives. Besoin nécessaire de toucher du tangible pour s'assurer qu'elle n'était pas devenue folle, qu'elle n'avait pas rêvé leur histoire. Munie de ces preuves, elle revint s'asseoir devant son ordinateur, le menton dans ses paumes, et réfléchit.

Quoi faire ? Scanner ses lettres, et en constituer une photo de profil, pour l'afficher publiquement ? Les déchirer devant sa webcam, et se jeter les confettis dessus, pour le mettre en pièces symboliquement ? Rouler une lettre et la tremper dans un verre d'eau, regarder l'encre s'y dissoudre, le papier ramollir, pour lui montrer que cette paille improvisée, ce n'était qu'une paille. Non, ça, elle ne pouvait s'y résoudre. Pas après les avoir préservées si longtemps. Il ne lui restait qu'une seule option : lui rendre sa vexation par écrit.

Elle s'y attela.

Saül. J'ai sous les yeux les lettres que tu m'avais adressées, il y a cinquante ans de cela. Oui, je les ai conservées, figure-toi. Il faut me comprendre : à l'époque, il m'avait semblé qu'elles étaient sincères. Tiens, si je les parcours, au hasard, je tombe sur « ... j'ignorais ce qu'était l'amour, avant de te rencontrer. Tu as fait de moi l'homme le plus heureux de la terre. Ton image est gravée dans mon âme à jamais... », pas mal, hein, pour un faux-derche ? Attends, une autre lettre, au pif : « ... ma mie adorée, j'aime tout de toi, ton nez, ta bouche, tes seins, ta folie, ton rire, tes élans, je mourrais si tu cessais de m'appartenir... », celle-là aussi était rigolote. Comme quoi, t'es pas mort, hein ? Une dernière ? Allez, une dernière : « ... si tu veux de moi, un jour, je t'épouserai, et ce jour-là sera le plus beau qu'aura vécu un homme sur cette terre... ». Je te le confirme. Mon pauvre Antoine, Dieu ait son âme, a été bien heureux à mes côtés. Tu vois Saül, j'ai beau chercher, je ne trouve nulle trace de ce terme dont tu viens de me gratifier. « Intrigante » ? Moi ? Moi qui ne voulais rien d'autre que te transmettre ma sympathie. C'est ton attitude qui est intrigante,

vois-tu. Qu'as-tu donc bien pu vivre pour devenir
aussi méchant ?

Lutèce, bouleversée, cliqua sur « envoyer » sans
même signer, son nez la picotant deux secondes
avant que ses yeux ne se brouillent de larmes. Elle
détesta cette vague d'émotion venue de très loin,
qui refluait en elle et menaçait de la submerger.

Car tout remontait à la surface. Cette douleur
lorsqu'il avait disparu, sans un mot, sans même
lui dire au revoir. Lorsqu'elle était allée frapper à
sa porte, n'ayant plus de ses nouvelles depuis un
long moment, et que sa vieille mère, qui lui avait
ouvert, l'avait chassée en lui disant qu'il ne voulait plus entendre parler d'elle, qu'il était retourné
avec sa fiancée véritable. Celle qu'il s'apprêtait à
épouser. Qu'elle lui foute la paix. Qu'il n'avait fait
que s'amuser avec elle. Qu'elle n'avait été qu'une
fille de joie pour lui. Une moins que rien. Une
traînée. Une Marie-couche-toi-là. Ouste ! Bon
débarras !

La femme lui aurait envoyé une flopée de gifles
à toute volée que Lutèce n'aurait pas ressenti une
douleur plus violente. Lorsque la porte lui fut
reclaquée au nez, elle était restée un moment sans
bouger sur le perron, assommée, humiliée, avant
de rebrousser chemin dans un état second, les
oreilles bourdonnantes et les mains tremblantes.

La mère de Saül habitait loin. La jeune fille
avait dû marcher longtemps pour venir la trouver.
En s'éloignant, désorientée, elle avait commencé

à s'égarer vers des endroits qu'elle ne connaissait pas, des rues qui se finissaient en cul-de-sac, des coins déserts, et elle se serait sans doute perdue, si elle n'était pas tombée sur Antoine, qui l'avait alpaguée. La voyant ainsi, bouleversée et chancelante, il avait exigé qu'elle le suive dans un café, pour lui offrir un remontant. Il ne pouvait décemment pas la laisser repartir dans cet état. Une fois installés, il avait voulu savoir ce qui avait provoqué chez elle un tel émoi, mais elle n'avait pas pu parler. Muette, elle l'avait laissé un long moment faire la conversation tout seul. Lui poser des questions, tenter des explications, s'inquiéter pour elle, ne pas savoir quoi faire. Et puis d'un coup, sans prévenir, ses digues avaient lâché, et elle avait fondu en larmes sur son verre.

Antoine, le gentil Antoine, l'ami de ses parents, qui l'aimait sans s'en cacher. Antoine le pot de colle. Le vieil Antoine, presque quadragénaire, avec ses épaules voûtées et ses dents qui se chevauchaient. Certes, il avait réussi dans les affaires, menait grand train et aurait pu les mettre à l'abri du besoin, elle et sa famille. D'autant que la petite entreprise des parents de Lutèce connaissait d'importantes difficultés financières. Son père se débattait dans les problèmes que lui avait laissés l'employé indélicat qui l'avait détroussé. Pour dire les choses autrement : il frôlait la ruine.

Mais à dix-huit ans, ce n'était pas un argument dont on se préoccupait. Lutèce, avec son tempérament insoumis, rebelle et frondeur, la belle

Lutèce, débordante de vie et de passion, n'avait d'yeux que pour son Saül. Et toutes les tentatives d'approche d'Antoine à son endroit étaient restées lettre morte.

D'accord, elle l'aimait bien. Il était aimable, la couvrait d'attentions, et ne se résignait pas lorsqu'elle lui faisait comprendre que cela ne servait à rien, qu'il ne l'intéressait pas sur un plan autre que cordial, voire amical. Certes, il lui arrivait bien de bavarder avec lui, quand il rendait visite à son père pour parler affaires. Il était cultivé, et sa conversation n'était pas désagréable. Parfois, elle acceptait même de se promener en sa compagnie. À elle, cela ne coûtait rien, et à lui, cela semblait faire tellement plaisir. Il était si grotesquement austère, dans son complet trois pièces, si délicieusement coincé, que la jeune fille s'amusait de ses tentatives d'approche maladroites qu'elle esquivait avec malice.

Le problème fut lorsqu'il évoqua auprès du père de Lutèce l'éventualité de demander sa main. Et que son père, qui trouvait qu'Antoine serait pour sa fille un parti intéressant, n'y vit pas d'inconvénient. Lutèce avait dû cette fois mettre les choses au clair, d'une façon qui ne souffrait pas la moindre interprétation : c'était non. Jamais. Hors de question. Elle aimait ailleurs, lui n'était qu'un ami.

Et ce jour-là, l'ami en question s'était révélé précieux.

140

Les jours qui avaient suivi l'altercation avec la mère de Saül, Lutèce était tombée en dépression. Fiévreuse, léthargique, elle avait cessé de se nourrir et ne quittait plus son lit, pleurant sans discontinuer. Sa déception était infinie, tant la trahison fut pour la jeune fille incompréhensible.

Elle se mit alors en tête de revoir Saül. Même une seule fois. Lui parler. Qu'il lui dise en face qu'il ne l'avait jamais aimée. Elle voulait l'entendre de sa propre bouche. Qu'il le lui assène en soutenant son regard. Pas comme un lâche. Pas comme ça.

Pendant ce temps, Antoine venait lui rendre visite tous les jours, et tous les jours, à son chevet, il lui apportait des douceurs pour la sustenter, l'inondait de paroles consolantes, rassurantes, apaisantes, et lui renouvelait les promesses d'amour et de protection qu'il nourrissait envers elle. Mais Lutèce ne voulait rien entendre. Elle avait pris la décision de retrouver Saül, et de lui faire cracher les mots qui la dévasteraient. La seule raison pour laquelle elle accepterait de quitter sa couche serait de partir à la recherche d'une confirmation.

C'est Antoine qui la lui apporta un soir, dans sa chambre. La preuve qu'elle attendait se trouvait dans une enveloppe qu'il posa délicatement sur sa table de chevet, l'air grave. Une enveloppe nacrée, couleur champagne. Il s'agissait d'un carton d'invitation, qu'il s'était débrouillé pour emprunter à un membre de la famille de la mariée, par l'intermédiaire d'une de ses nombreuses relations. Lutèce, en tremblant, sortit le carton de son enveloppe, le lut et étouffa un hoquet de larmes dans son poing serré.

Le carton annonçait le mariage de Saül. Leur rupture était ainsi irrémédiable, ce gage annihilait de façon concrète ses dernières illusions. Manquant de se noyer dans son chagrin, elle tendit les bras vers Antoine dans un geste désespéré, et l'homme ne se fit pas prier pour la saisir contre lui et la serrer avec ferveur.

Quelques mois plus tard, le mariage de Lutèce et d'Antoine fut célébré dans l'intimité.

Le beau-fils épongea généreusement les dettes de son beau-père et fut accueilli dans sa nouvelle famille comme un sauveur. Dans celle du marié, en revanche, on fut plus circonspect. L'engouement d'Antoine pour cette gamine n'était pas du goût de tous. Thérèse, en particulier, la sœur cadette de l'homme d'affaires, vouait à la jeune épousée une antipathie manifeste. Longtemps et sans raison, elle la lui exprima en toutes occasions.

Pourtant, Lutèce avait décidé de se jeter dans cette union à cœur perdu. Elle s'attela à être une aussi bonne épouse que possible, pour celui qui lui avait juré de prendre soin d'elle toute sa vie durant. Et qui tint parole.

Elle adopta son nom, entra dans le rang, éteignit la joie de vivre dont elle n'avait désormais plus l'usage, et s'employa par d'autres moyens à mériter l'amour que lui portait son mari, tant elle se savait incapable de lui rendre une passion similaire. Elle se crut obligée de renoncer à tout ce qui avait fait le sel de sa vie jusqu'alors : l'indépendance, l'exubérance, l'insouciance. Elle cessa d'être joyeuse et délurée, s'occupa de son immense maison, de son jardin, des invités de son mari en parfaite femme d'intérieur, et s'oublia dans son devoir. Jusqu'à sa libération, qui advint lorsque Antoine disparut, il y a deux décennies de cela.

Et durant toutes ces années, jamais elle n'avait oublié Saül.

Chapitre 16

Ava

— Notre rangée est là, annonçai-je à mes filles, en leur désignant nos trois sièges.

Aussitôt, elles balancèrent leurs sacs de voyage dans le coffre à bagages au-dessus de nos têtes, et s'installèrent, me laissant libre ma place préférée, celle près du couloir.

J'aurais pu glisser mon tableau en haut, mais il fut vite évident, compte tenu de sa fragilité et des risques qu'il courait à se faire bousculer par des valises tierces, qu'à moins de vouloir jouer son intégrité à la roulette russe, je le garderais avec moi.

Régine s'installa dans la rangée face à la nôtre, avec ses substituts de Tom, qui tiraient une tronche de trois mètres de long. L'humeur n'était pas au beau fixe, entre les deux frangins. Leur belle-grande-sœur, qui les connaissait à peine, espérait que leur météo impliquerait, à un moment donné, un quelconque réchauffement climatique.

Le plus jeune, Orion, arborait une coupe de cheveux figée par le gel, dont les pointes étaient teintes en violet, un jean noir skinny, tellement serré que rien que de le regarder j'avais mal à ses futurs enfants, un tee-shirt orné d'un motif manga, un bracelet en cuir clouté et une paire de Converse rouges. Il passa devant tout le monde, s'installa près du hublot, et se perdit dans la contemplation du tarmac.

L'aîné, Tobias, affichait une dégaine de hipster maîtrisée. Sa coupe de cheveux était rasée sur les côtés, un panama posé dessus, son jean cigarette était d'un beau bleu pastel, ses Docksides portées sans chaussettes, et sa chemise hawaïenne rouge avait des manches courtes. Il laissa Régine s'installer au centre, et investit la place près du couloir.

Pour l'instant, ce n'était pas non plus la grande complicité, entre mes nioutes et eux. Elles les snobaient, car ils étaient plus jeunes de quelques mois. Eux faisaient mine de les ignorer, parce que c'étaient des filles. J'étais convaincue qu'il faudrait un peu de temps à ces post-pubères pour s'apprivoiser. D'ici la fin du week-end, j'aurais pu parier mon plus beau pinceau qu'ils formeraient un gang inséparable. L'avenir me donnera raison.

Devant la rangée occupée par Régine et son boy's band se trouvait celle qu'avait assiégée l'armada de Perla. Ils étaient mignons, désormais tout sages, posés et ceinturés. Mais pendant un long moment, ils avaient bloqué le couloir et empêché les autres passagers d'avancer, tant ils chahutaient pour s'asseoir « Là ! », non, « Là, c'est moi ! », non, « Moi je veux ce siège ! Maman ? », et « Pourquoi lui il a le hublot et pas moi ?! MAMAN ? », « Je veux paaas être à côté du couloir ! Les hôtesses, elles puent des fesses ! », « Dégage-heu ! », « Non, toi tu dégages ! », quand ce n'était pas carrément des « Je veux me mettre sur les genoux de mamaaan !! » « Preum's !! » « D'où, preum's, sale cafard ?! ».

Le siège de Perla étant situé au rang devant le leur, elle se voyait déjà condamnée à passer toute la durée du voyage à genoux sur son fauteuil, pour dépasser le repose-tête et pouvoir les asperger de ses œillades courroucées. Dans une pulsion de survie, elle décida qu'il était hors de question qu'elle consacre ses deux heures de vol à jouer les citadelles. De son ton le plus fulminant, elle les menaça en agitant son index tendu comme une cravache :

— JE VOUS PRÉVIENS, tous les trois. Si vous ne restez pas tranquillement assis dans le silence le plus total pendant TOUTE la durée de ce vol, je vous JURE SUR MA TÊTE que je... que je...

Son visage cramoisi bouillonnait de chercher en temps réel toutes les promesses de châtiments impitoyables, de sanctions sévères, de corrections terribles qu'elle pourrait brandir pour les faire reculer. Comme elle tardait à les trouver, ils l'aidèrent :

— ... que tu te fâches ? demanda Renzo.

— Non, PIRE, bafouilla-t-elle, que je... que je... oh oui que je...

— ... que tu cries ? demanda Kenzo, en ouvrant de grands yeux apeurés.

— Oh, non, non, non, mon p'tit bonhomme, bien pire, je vous JURE que je... que je...

— Que tu nous abandonnes dans la forêt, en pleine nuit, sans jus de pomme ni sandwichs, et même qu'il y a des loups qui nous poursuivent et qui veulent nous manger, mais nous on a froid parce que tu nous as pas laissé d'écharpe, alors on court pour se protéger dans une cabane mais on n'en trouve pas, parce qu'on est dans un autre pays, et on parle pas la langue, et on pleure, on pleure parce que tu nous aimes plus ? demanda Enzo, les yeux humides à l'idée de ce supplice atroce qui surpassait tous les autres.

Devant sa petite bouille décomposée, Perla fut sur le point de craquer et de le prendre dans ses bras, mais elle se ressaisit de justesse, et trancha :

— Non, j'ai dit pire. Je vous confisque vos consoles de jeux vidéo pendant toute la durée du week-end.

— OH NON ! OOH NOON ! s'époumonèrent-ils en criant, pleurant, suppliant, s'arrachant la peau du visage avec la pulpe des doigts, ou tirant névrotiquement sur leurs propres cheveux.

— Alors vous m'avez comprise ? Le calme TOTAL, personne ne bouge, pas un bruit, assena Perla, sur un ton qui ne souffrait pas la moindre contradiction.

Message reçu. Cinq sur cinq. Et pour le lui prouver s'ensuivit un concert de « chuuuut » sur tous les tons, index contre les lèvres, presque aussi sonores que s'ils avaient parlé, mais qui laissaient pressentir, lorsque les trois morpions s'essouffleraient, un risque potentiel de relatif motus.

— Parfait. Quand l'avion décollera, je vous rendrai vos consoles. Sur lesquelles vous jouerez tranquillement, après avoir coupé le son.

Tous les passagers avaient fini de s'asseoir. Les derniers arrivants terminaient de ranger leurs bagages et de plier leurs vêtements. Quelques hôtesses vérifiaient discrètement que les ceintures étaient bien attachées. Et mon tableau était soigneusement déposé sous mon siège.

Je me tournai vers mes filles et leur adressai un sourire apaisé, heureuse d'être avec elles. Ma Lotte, cheveux raides et petit blouson de cuir qu'elle ne quittait jamais, et ma Mona, cheveux bouclés et gilet zippé bleu turquoise. L'une était déjà plongée dans un livre, l'autre occupée à feuilleter le magazine de la compagnie aérienne glissé dans la poche du siège devant elle.

Au bout de quelques instants, l'avion se mit à rouler sur la piste, nous nous cramponnâmes aux accoudoirs, dos calé contre notre siège, et l'engin décolla. Puis, posément, les hôtesses investirent le couloir et entamèrent leur ballet de « comment tenter de survivre si le vol a des soucis », devant un auditoire qui priait pour qu'il n'y en eût pas.

Je fis un petit coucou de la main à Régine et lui demandai silencieusement :

« Ça va ? »

Elle acquiesça en haussant les épaules avec un regard à sa droite et à sa gauche, témoignant de son étonnement de se retrouver sur le siège du milieu, coincée entre ses deux presque beaux-fils. Lesquels, aussitôt, entamèrent une virulente conversation à voix basse.

ORION – N'empêche, t'aurais pu laisser Régine s'asseoir près de sa copine. S'pèce de bouffon.

TOBIAS – Écrase. Moi au moins, je ne suis pas un bouffon ET un moche.

ORION (*tranquille*) – Moi je ne suis pas moche. Toi, t'es moche. Avec ta tête de vieux Maroilles.

TOBIAS (*ricanant*) – Si j'ai une tête de vieux Maroilles, pourquoi c'est toi qui pues ?

ORION (*cinglant*) – Parce que t'as le nez placé trop près de la bouche ?

TOBIAS (*apathique*) – Mon nez, cette perfection absolue, est à la place où l'aurait mis Léonard de Vinci, s'il l'avait dessiné. Mais je te sens énervé, là. T'as pas pris tes calmants ?

ORION (*aigre*) – Ne me confonds pas avec toi, mec, j'ai pas besoin de fumette pour me verser des flaques de mollesse dans la tête.

149

Tobias (*persifleur*) – Petit jaloux. T'as peur d'abîmer tes poumons d'avorton ?

Régine (*l'air de rien*) – Votre père est au courant, que vous fumez de la drogue ?

C'était amusant, cette façon qu'ils avaient de communiquer. Tom ne l'avait pas mise en garde. Il aurait dû. Comme elle captait mon regard interrogatif dans sa direction, elle articula un mot muet. Puis elle le répéta. Plusieurs fois. Je mis un long moment avant de comprendre qu'il s'agissait de « *Help !* ».

Orion (*placide*) – Oh, mais j'ai pas besoin de ça pour ressembler à un homme, moooaaa.

Tobias (*imperturbable*) – T'as besoin de quoi, alors ? D'un pénis ?

Orion – C'est bien. T'as appris comment on disait « zizi » en langue adulte. Maintenant, il ne te reste plus qu'à apprendre comment t'en servir.

Régine (*envisageant de se laisser glisser le long de son siège, pour tenter de s'enfuir*) – Peut-être que je devrais vous laisser papoter entre frères, qu'en dites-vous ?

Tobias – Ah ! Ah ! T'as l'seum parce que MOI au moins, je sais comment faire.

Orion – Et pour décoller les MST de ton gland aussi, tu sais comment faire ?

Tobias – Tu sais situer un gland ? Je veux dire, tu as enfin localisé le tien ?

Orion – Ouais. Il est dans ta bouche.

150

Régine (*cette fois, à voix haute*) – Perla ? Je peux venir m'asseoir sur tes genoux ? Dis oui, je t'en conjure.

Tobias – Tu vois ? Tu gênes Régine… lamentable minus minable.

Orion – Non, c'est toi qui la déranges. Présente-lui tes excuses à plat ventre, crispant crétin navrant.

Régine (*apaisante*) – Non, non, tout va bien, les garçons. Si vous pouviez juste m'indiquer comment on vous débranche, je vous en serai infiniment reconnaissante.

Tobias (*narquois*) – Pour Orion, c'est simple. Un biberon, un rototo, et on ne l'entend plus.

Orion (*méprisant*) – C'est pas parce que tu caches un début de poitrine grassouillette sous ta ridicule chemise hawaïenne qu'il faut te sentir obligé de vouloir me donner le sein.

Tobias (*hilare*) – Ne critique pas ma chemise hawaïenne. Il faut bien que l'un de nous deux ait du style. Et par style, j'entends « ne pas donner l'impression de s'être habillé pendant une éclipse ».

Orion (*exaspéré*) – Tu n'as rien compris. Moi, j'ai un look. Toi, tu n'as qu'un déguisement.

Tobias (*qui se frappe le genou*) – Toi, tu as un look ? Ah oui, en effet, un « *look at me, I'm ugly !* ».

Orion (*catégorique*) – Tais-toi, pieds qui puent. Et va découvrir une bonne fois pour toutes à quoi servent les chaussettes.

De là où j'étais, j'entendais vaguement leurs chuchotements acides, et pouffais de rire devant les yeux abasourdis et désespérés que roulait Régine vers moi (elle qui n'avait pas d'enfants). La pauvre. Quelle idée aussi d'emmener ces deux énergumènes ? Je veux dire, pour leur allumer des étoiles dans les prunelles, les planter devant un feu d'artifice aurait suffi. Mais c'était plus fort qu'elle, il fallait qu'elle les subjugue. L'esprit des gamins était imprégné des piques de leur maman (certes, à l'initiative du largage de Tom, son ex-mari, mais qui n'était pas hostile au fait de le voir dépérir de chagrin dans les parages, lui procurant ainsi un petit confort d'ego inavouable). Aussi se montraient-ils relativement indifférents envers la nouvelle compagne de leur papa. Et cela attristait Tom, qui aurait aimé que ses fils comprennent ce qui faisait de Régine, à ses yeux, une femme exceptionnelle. C'est pour lui qu'elle voulait les séduire.

Bon courage, hein, bichette.

De toute façon, peu importait la lourdeur des garçons que Régine et Perla avaient emmenés avec elles en guise d'excédent de bagages. Ce week-end, je l'avais décidé, mon objectif serait d'en savourer paisiblement chaque minute.

Assise derrière moi se trouvait une femme enceinte. Dans sa robe ample à manches ballons, elle semblait voyager seule. Dès que le voyant « ceinture attachée » se fut éteint, elle se libéra de la sienne et se mit debout dans l'allée. Pieds nus dans des sandales orthopédiques qui semblaient aussi confortables qu'elles étaient hideuses, elle entreprit de faire à ses chevilles gonflées des mouvements circulaires, et m'aborda dès qu'elle vit que je l'avais remarquée.

— Fin de grossesse... j'entame mon neuvième mois. Entre nous, je compte les heures. Vous avez de la chance, vos fœtus à vous sont autonomes, fit-elle avec un coup de menton vers mes adolescentes, assises à côté de moi.

— Je confirme. Mais rassurez-vous, même si je ne les porte plus, elles me fatiguent encore, dis-je en contemplant avec adoration mes nioutes, qui ne se sentaient absolument pas concernées par cet échange entre vétérantes.

Nous discutions tout doucement, sans importuner personne. La femme posa la main sur son gros ventre, et soupira.

— J'en peux tellement plus, que je ne serai pas contre l'idée d'accoucher dans l'avion. Plop ! Aaaaah... fit-elle en mimant l'extase de la délivrance.

— Ah, ben non, tout de même, ce ne serait pas raisonnable, rigolai-je.

— Je me demande si mon bébé aurait des vols gratuits à vie ?

— À vie, je l'ignore, mais il en aurait au moins un. Celui-là.

Au bout de quelques minutes, elle finit par rejoindre son siège. Quant à moi, j'étais parfaitement détendue. Bercée par le ronronnement des moteurs de l'avion, j'observais le ballet des stewards et des hôtesses de l'air, lorsque, soudain, je vis le fauteuil devant moi se rapprocher, s'abaisser, et atterrir pratiquement sur mes genoux.

Tiens ? Ce passager se trouvait-il dans un état d'épuisement proche de la syncope ? Car, un bref coup d'œil me le confirma, il était le seul de l'avion à avoir profité de cette perverse propriété de son siège consistant à violer le (déjà petit) espace aérien du passager situé derrière lui.

Mon premier réflexe fut de voir si je pouvais me contenter de respirer sans utiliser toute l'amplitude de ma cage thoracique. Réponse : oui, mais pas longtemps. En seconde option, j'aurais pu également allonger mon siège, façon étalement de dominos, pour récupérer mesquinement la surface que le type venait de me voler, mais hors de question d'incommoder la femme enceinte derrière moi.

Bien. J'étais une grande fille, l'homme sans doute un étourdi, et le savoir-vivre la clé de toute relation sociale. Je me glissai donc hors de mon siège, me postai près de ce type au look de mannequin pour Prisunic, coiffé d'un bun, et lui demandai poliment s'il voulait bien avoir l'amabilité de s'abstenir de m'imposer cette promiscuité oppressante.

Pour toute réponse, il m'ignora. Superbement. Se contentant de relever le menton en signe du plus caricatural des mépris. Puis, comme je ne

154

dégageais pas de son horizon, confit de mauvaise foi (cet idiot tenait à la main un journal français), il me répondit en anglais qu'il ne parlait pas ma langue.

Soit. Il voulait de l'anglais ? Avec moi, il était mal tombé. J'étais parfaitement bilingue, ayant longtemps travaillé dans une boutique d'escarpins de luxe, puis comme assistante personnelle d'une actrice internationale (Ornella Chevalier-Fields : cinquante films, trois Oscars, quatre Golden Globes. Ça calme). J'étais même techniquement trilingue ou quadrilingue, puisque je pouvais dire « Donc, vous voulez ce modèle dans toutes les couleurs disponibles ? », « C'est du cuir, elles vont se détendre », « Je vous en prie, vos ongles de pied ne m'ont pas du tout griffée ».... en espagnol, en italien, en russe, en arabe, en mandarin et en klingon (mais en klingon, je n'en avais pas encore eu l'usage). Et puis au pire, quelle que soit la langue dans laquelle je m'exprimais, je pouvais toujours la lui tirer, s'il ne faisait pas preuve de bonne volonté.

Je réitérai donc ma requête en anglais. Avec l'accent, je vous prie.

Il me répondit sèchement que les sièges ayant l'ergonomie d'être inclinés, c'était son droit le plus absolu de le faire. Charge à moi d'aller me faire incliner ailleurs, si je n'étais pas contente.

En guise de conclusion à sa courtoisie moisie, il agita sa main dans l'air, comme si j'étais un domestique qu'il congédiait.

Ah, c'était comme ça ? Ah, il le prenait sur ce ton ? Ah, la galanterie et les bonnes manières étaient mortes et enterrées au fond de sa tignasse coiffée à la mode Zlatan du pauvre ? Qu'à cela ne tienne.

Sûre de mon bon droit, je retournai dans le placard à balais qui m'avait été attribué au prix d'une place normale et, sans hésitation, d'un doigt ferme destiné à faire régner la justice, je pressai le bouton d'appel de l'hôtesse.

Et plusieurs fois, même.

Une blonde élégante se déplaça jusqu'à ma rangée. Je lui exposai calmement la situation : le type allongé sur moi, ma place devenue exiguë, mon envie de le tuer… factuelle, je ne lui épargnai aucun détail.

Elle tenta de m'expliquer qu'en effet, le seul qu'il fallait zigouiller était le concepteur de ces sièges, mais, prévenante, elle allait tout de même intercéder en ma faveur. Penchée au-dessus de lui, elle prononça : « Monsieur ? Monsieur ? », avant de revenir vers moi et de m'annoncer, navrée : « Désolée… il dort. »

Mona, Lotte et moi échangeâmes un regard stupéfait. Trois secondes plus tôt, ce simulateur (de haut vol) était parfaitement réveillé. D'ailleurs, à peine se fut-elle éloignée qu'il émergea miraculeusement, s'étira en bâillant fort, défit son chignon, secoua sa crinière en se frottant le crâne et, d'un geste leste, fit passer ses longs cheveux par-dessus son appuie-tête, me noyant

ainsi sous une vague de kératine qui me submergea de scandale. En matière de culot, je
venais de croiser la route d'un contorsionniste
olympique triple champion du monde de fou-
tage de gueule.

Que faire, alors, subir ou me battre ?

Je n'eus pas le loisir de me poser plus longuement la question, car un steward qui proposait
des boissons poussa son petit chariot jusqu'à
nous.

Raiponce lui fit signe, et demanda un café. On
le lui donna, à condition qu'il relève son siège
pour le consommer. Monseigneur daigna enfin le
relever, eut son café, et l'affaire fut classée.

Libérée-délivrée (ne me manquait plus qu'une
paire de ciseaux pour que mon bonheur soit
total), je pus donc savourer toute à mon aise les
pages d'un magazine people.

En parcourant une photo d'acteur en smoking,
j'eus une pensée pour Ulysse. Je me demandai où
il était, ce qu'il faisait. Probablement sur la scène
d'un théâtre quelconque, en train de scier une
nana en deux. J'espérais qu'il allait bien.

Un passager se leva pour aller aux toilettes.
Un bébé se mit à pleurer. Les garçons de Perla
étaient étonnamment sages, et leur mère, enfin
détendue, captivée par la lecture d'un roman
qu'elle avait apporté. Orion et Tobias s'étaient
également tus. Ils profitaient du voyage, yeux
clos et écouteurs d'iPod dans les oreilles. Régine,
quant à elle, regardait un film sur son lecteur

157

de DVD portable. Mes filles s'étaient assoupies, récupérant les minutes volées à leur réveil matinal. Et, *last but not least*, je percevais le tableau sous mon siège, contre mes talons, bien emballé, en toute sécurité.

Pour moi aussi, le moment était venu de me relaxer, et de profiter enfin du voyage.

Le petit chariot passa à nouveau dans l'allée, pour récupérer les gobelets vides, poussé par un steward affable, qui avait un mot gentil pour chacun. À droite, à gauche, le jeune homme tendait un sac-poubelle, et les gens y glissaient leurs déchets.

C'est alors que je vis la main de mon voisin de devant présenter son verre vide, le lâcher dans le plastique et, dans un même élan, réinstaller son fauteuil dans l'enceinte de mon espace vital.

C'en fut trop. Cette fois, je décidai de riposter. Il restait encore trois quarts d'heure de vol, je refusais de les passer recroquevillée sur mon siège, à cause de ce tordu dont le rideau de cheveux venait jusque sous mon nez me narguer. Pire, dans un ultime sursaut de provocation, il monta d'un cran en enlaçant son repose-tête par-derrière. C'est-à-dire que non seulement ses tifs venaient dégueuler sur le magazine que je tentais de lire contorsionnée, mais encore j'avais ses doigts entrelacés à quelques centimètres de mon front.

Mona et Lotte, qui ne perdaient rien de mes grognements de rage, virent ce qui se tramait. Mes deux coachs en catch me suggérèrent de ne surtout pas contraindre mes jambes au pliage, lequel était mauvais pour la circulation, mais de les étendre le plus loin possible. Excellente idée.

Doucement d'abord, puis de plus en plus intensément, je me mis à profiter de l'intégralité de l'espace que la compagnie aérienne avait mis à ma disposition. Ainsi, tout le reste du voyage avec ce malappris, je lui malaxai, lui cognai, lui enfonçai les reins, les vertèbres et les lombaires en contrepartie de son intrusion. Car, et c'était son droit le plus absolu (qui étais-je, pour juger ?), par son absence butée de réaction, par son immobilisme entêté et son mutisme provocateur, il fut vite évident qu'il préférait échanger quelques centimètres en plus contre des bleus au cul.

Et comme il ne parlait pas français (n'est-ce pas ?), je marmonnai tant de mots doux entre mes dents serrées, que la prochaine fois qu'il entendrait quelqu'un prononcer « sale con », il se retournerait en croyant qu'on l'appelle.

Lorsque l'avion atterrit, lui et moi attrapâmes les bagages situés au-dessus de nos têtes dans un même élan. Nous échangeâmes un regard de mépris triomphant (moi pour avoir vaillamment résisté sans faiblir, cet idiot pour avoir courageusement enduré mes coups de pied si longtemps), puis il s'enfonça dans la queue des passagers pressés de descendre, et disparut pour toujours dans les limbes de mon indifférence.

Je récupérai mon tableau, mes filles, mes copines et leurs poulets, et nous allâmes tous joyeusement à la conquête de cette ville qui s'apprêtait, dans quelques heures, à devenir la rampe de lancement de ma carrière artistique.

Chapitre 17

Tom

Quelques jours plus tôt...

— Chérie, tu es là ?

Tom referma la porte, et déposa son sac de sport dans l'entrée, ainsi que son blouson. La question était superflue, car il venait d'apercevoir la veste de Régine suspendue au portemanteau. D'habitude, si elle était chez lui, elle venait lui ouvrir. Ils avaient l'un et l'autre un double des clés de leurs appartements respectifs. Mais cette fois, bizarrement, il ne reçut aucune réponse. Tout en avançant prudemment, il réitéra sa question :

— Bébé ?

Un parfum délicieux vint lui chatouiller les narines. Il le reconnut aussitôt comme étant celui d'un de ses plats préférés, le bœuf bourguignon.

La table était joliment dressée. Des assiettes noires design, des verres en cristal, un magnifique chandelier qu'il se souvenait d'avoir vu dans un des placards mal rangés de Régine. Trois bougies illuminaient le salon, plongé dans une douce pénombre de début de soirée.

Régine apparut, souriante, un torchon sur l'épaule, une spatule à la main, triomphante des éléments qu'elle avait domptés pour les servir bientôt en spectacle dans un agencement parfaitement orchestré.

— Mais c'est d'ici que vient cette bonne odeur ? demanda Tom, les yeux brillants d'avidité. J'ignorais que tu savais cuisiner !

— Assieds-toi. Sers-toi un verre de cet excellent saint-émilion. Détends-toi. Ce soir, c'est moi qui m'occupe de tout.

— En quel honneur ? demanda-t-il, en jetant un coup d'œil sur le plan de travail. C'est pas mon anniversaire ?

— Et alors ? Est-ce que j'ai l'habitude de ne vouloir te faire plaisir qu'un seul jour par an ? lui répondit-elle en souriant. Ta journée s'est bien passée ?

Tom se rembrunit, tira une chaise, et se posa dessus à califourchon.

— À peu près aussi excitante que celle du bœuf qui a fini dans ta casserole. Et la tienne ?

— Ça va, rien de particulier. Bianca, en revanche, a dû quitter précipitamment le bureau pour courir s'occuper de son gamin.

— Hum, ponctua Tom, que la vie de l'associée de Régine n'intéressait que très modérément.

— Il est tombé à la crèche, et s'est ouvert le front. Le mari de Bianca ? Bien entendu, injoignable ! Et comme sa nounou est en arrêt maladie, la pauvre a dû gérer son mioche toute seule. Du coup, je me suis retrouvée à devoir accueillir son client, et à lui expliquer qu'il avait pris sa matinée pour rien.

Tom, sans un bruit, avait quitté sa chaise et s'était placé derrière Régine, concentrée sur l'assaisonnement d'une salade en entrée. Il se foutait comme de sa première chemise de la vie de Bianca ou des clients de leur cabinet. Ce soir, il n'avait envie que d'une chose : que sa compagne lui consacre toute son attention.

Il lui prit doucement la main. Régine tourna la tête et le regarda, étonnée.

— Viens… lui dit-il simplement. Laisse tout ça.

— Mais je n'ai pas fini de…

Il l'entraîna loin des fourneaux, la prit dans ses bras, la contempla. Elle, la femme qu'il aimait. Ces longs cheveux bouclés. Ce rouge à lèvres trop vif. Ces yeux dans lesquels il s'était tant de fois noyé. Indomptable féline qui s'était laissé domestiquer. Danger ambulant pour cœur fragile, auprès duquel il courait tous les risques et n'en craignait aucun. Il caressa son visage adoré, posa un léger baiser sur sa bouche. Puis un autre, et encore un autre. Régine souriait, immobile, sans comprendre. Il la colla contre la table, releva le bas de sa robe sans cesser de l'embrasser, et se mit à descendre le long de son ventre, avec une infinie lenteur.

Elle n'eut que le temps de murmurer : « Attends, attends… Tu passes directement au dessert, là ?… », avant de s'abandonner complètement à ses caresses.

Chapitre 18

Lutèce

Lutèce sécha ses yeux humides, en les tamponnant d'un mouchoir en tissu.

La sonnerie de la porte retentit. Elle redressa la tête en reniflant. C'était Félix, qui passait pour déjeuner.

Zut, à cause du message de Saül ce matin, elle avait complètement oublié de faire les commissions. Par conséquent, elle n'avait rien préparé. Ça ne lui arrivait jamais, de se trouver à court de munitions. Elle espéra qu'il restait deux-trois bricoles à accommoder dans sa cuisine, pour concocter un frichti à la hâte.

Sans grand enthousiasme, elle se leva de sa chaise et alla lui ouvrir. Son petit-fils l'embrassa et entra, avec à la main un lourd sac en plastique blanc.

— C'est pour toi, mamie ! J'étais ce matin à la bar-mitsvah du fils de mon collègue Romain. Il y avait un buffet royal de petit déj, pour ses invités, mais beaucoup de personnes ne sont pas venues. Comme il restait des tonnes de nourriture, il a proposé à tous ceux qui le voulaient de se constituer de monstrueux doggy bags. Alors, je me suis dit que j'allais t'apporter de quoi pique-niquer ce soir.

— Mon chéri, je suis désolée, je n'ai pas eu le temps de préparer à déjeuner…

— … Ou déjeuner ! dit Félix en lui montrant le sac, l'air réjoui.

Il se dirigea vers la cuisine, avant de reprendre :

— Ne t'occupe de rien, va t'asseoir, je vais tout disposer dans des assiettes, et j'arrive.

Cinq minutes plus tard, Félix apportait deux plats immenses remplis d'un assortiment d'œufs brouillés, de saumon fumé, de bagels toastés, de petits pains au sésame, à l'oignon et au pavot, de minitartelettes au chocolat et de petits choux à la crème pâtissière, de minibrochettes de fruits, d'assortiment de fromages, de miniviennoiseries, de brioches toastées à la cannelle… de quoi picorer un brunch. Il finit par remarquer l'air fatigué de sa grand-mère.

— Tu vas bien, mamie ?

— Oh… couci-couça… fit Lutèce en détournant le regard.

— Tu faisais quoi, dis-moi ? demanda-t-il en s'asseyant à ses côtés, près de l'ordinateur allumé.

— Saül m'a finalement répondu, annonça-t-elle, lugubre.

— Mais c'est quoi cette tête que tu me fais ? Qu'est-ce qu'il t'a dit ? s'inquiéta Félix en lui enlaçant les épaules.

— Lis toi-même. Régale-toi, c'est cadeau.

Le jeune homme se pencha vers l'écran, tandis que Lutèce attaquait d'une fourchette amorphe quelques bouchées d'œufs brouillés.

Outré par ce qu'il déchiffra, Félix en bégaya :

— Mais… mais enfin, qu'est-ce que c'est que ce… que ce… ? Tu vas pas le laisser te parler comme ça ? Il se croit où, lui ? Passe-moi ton clavier, je vais le démonter !

— Non, non ! tempéra Lutèce. Laisse. Je ne sais pas, je ne comprends pas. Les années ont passé, et pourtant…

Un « ding » retentit. Un nouveau message de Saül venait d'arriver. Lutèce jeta un coup d'œil surpris à Félix, puis, sans hésiter, saisit sa souris et cliqua dessus.

Ce que j'ai vécu ? me demandes-tu, Lutèce. Tu n'as pas la moindre idée de ce que j'ai vécu. Mais peu importe. Je vois que tu as conservé mes lettres, j'en suis sincèrement étonné. Je n'aurais jamais cru que cette amourette sans importance, ce flirt à deux balles, puisse t'avoir marquée d'une quelconque manière. Et pourtant, j'ai été ce gosse qui te les a écrites. Et ce sont de mes mots d'enfant que tu te moques. Des mots qui n'ont aucune raison d'être en ta possession, tant tu les salis par tes indécents quolibets. Il se trouve que j'ai également, dans mes archives, parmi les lettres de maîtresses qui ont compté plus que toi, les griffonnages puérils dont tu as honoré le bêta que j'ai été. Je te propose donc un échange. Le jour et l'heure qui te plairont. J'habite à Paris désormais. Sur ta page Facebook, je constate que toi aussi. Rencontrons-nous, juste le temps d'échanger notre butin. Enfin… si tu es capable de ne pas m'agresser durant ce court laps de temps.

Bien à toi. Saül.

Lorsque Lutèce finit de lire, elle se tourna vers son petit-fils, qui avait parcouru le message avidement, en même temps qu'elle.

— Qu'est-ce que tu dis de ça ? lui lança-t-elle, avec dans les yeux un imperceptible éclat d'angoisse.

— Tu ne vas pas y aller ? Hein, mamie ? Laisse tomber cet abruti. Envoie-lui ses lettres par la poste. Déchirées, arrosées de ton crachat, et saupoudrées de ton mépris, si possible.

— Et agir comme une lâche ? Pas question ! s'emporta soudain Lutèce, à la seule idée de manquer la confrontation qu'elle n'espérait plus depuis des années.

Elle s'était redressée sur sa chaise, poings serrés et bouchée de beigel avalée rageusement, avant de continuer :

— Je vais le lui rendre, son misérable courrier. Et il va me dire en face ce que j'attends depuis cinquante ans. Il va me dire qu'il n'a jamais pensé

un mot des déclarations qu'il m'a faites. Et le cha-
pitre sera enfin clos.

— Mais mamie…

— Oh, mais je n'ai pas peur, mon petit bonhomme ! s'écria-t-elle en se levant de sa chaise,
pour débarrasser l'assiette à laquelle elle avait à
peine touché. Qu'est-ce qu'il croit, ce vieux débris ?
Qu'il va m'impressionner ? Il n'est pas né celui qui
me fera fermer mon clapet, moi je te le dis !

Elle avait fait l'aller-retour à la cuisine, et commençait à nettoyer d'un coup d'éponge humide
l'emplacement de la table sur laquelle avait reposé
son assiette, qui ne comportait pourtant aucune
miette.

— Tu veux que je t'accompagne ? S'il te plaît,
laisse-moi t'accompagner !

— Dans quel but ?

— Pour lui refaire le portrait, d'abord. Histoire de lui apprendre comment on s'adresse à
une dame, surtout quand elle est aussi exceptionnelle que toi.

Lutèce lui ébouriffa affectueusement les cheveux.

— Mon petiot… à quand remonte la dernière
fois où tu as refait le portrait à quelqu'un autrement qu'avec une palette graphique ?

— Eh bien… Laisse-moi réfléchir…

— Je vais te le dire, bougre d'âne : la semaine
des quatre jeudis ! Et inaugurer ta première bagarre
en castagnant un vieillard est un exploit dont il te

faudra garder le secret, tellement c'est honteux !
J'irai seule, ne t'inquiète pas pour moi.

Sans plus attendre, elle s'assit devant son clavier, et rédigea d'une traite :

Excellente idée. Finissons-en une bonne fois pour toutes. Rendez-vous demain, à 11 heures, café « Les Petits Riens du tout », place des Vosges. Tu me reconnaîtras facilement : je serai la femme pressée de quitter les lieux. À demain. Lutèce.

Et elle cliqua sur « envoyer ». Puis, satisfaite, un rire de triomphe au bord des lèvres, elle se frotta les mains en voyant sa missive sanctionnée d'une encoche marquant le message comme étant lu. Aussitôt, une réponse rebondit dans sa fenêtre :

Je serai là. À demain. Saül.

Lutèce se tourna vers son petit-fils, ravie, le rose aux joues, et déclara :

— Et voilà l'travail, mon p'tit père ! Une bonne chose de faite. Allez, c'est pas tout, ça, mais toutes ces bêtises m'ont creusé l'appétit. Dis donc, t'avais pas apporté des trucs à manger, toi ?

Chapitre 19

Ava

Vendredi, 13 heures.

— Bonjour ! lançai-je joyeusement en m'approchant du comptoir.

— Bonjour, madame.

— Nous avons trois réservations chez vous, pour trois chambres triples.

— Non, précisa Régine en posant ses mains sur le guichet. J'ai une chambre double pour les garçons, et une chambre single pour moi.

— Ah oui, pardon. Donc, ça fait quatre chambres en tout, et…

La femme à l'uniforme bleu qui pianotait sur son ordinateur m'interrompit.

— Vous êtes madame… ?

— Ava Asher.

Son visage se ferma, elle parut ennuyée.

— Ah. Je suis désolée, madame Asher, mais vous n'êtes plus logée dans cet hôtel.

Je jetai un coup d'œil stupéfait à mes amies.

— Pardon ? Qu'est-ce que cela signifie ?

— Nous avons eu un petit problème de place…

— De surbooking, vous voulez dire ? Ce qui est parfaitement illégal, comme vous ne l'ignorez pas, lança Régine, agacée.

— Mais ne vous inquiétez pas, un de nos chauffeurs va vous conduire à un autre hôtel, tout près d'ici. C'est un établissement avec lequel nous avons déjà travaillé.

— Aux prestations équivalentes, bien entendu ? demanda Régine, acerbe.

— Eh bien… tous les hôtels de la ville sont complets, à cause du festival, éluda la réceptionniste, en nous indiquant d'un signe de la main le groom baraqué venu chercher nos bagages. Mais une corbeille de fruits vous attend dans vos nouvelles chambres, avec toutes nos excuses pour ce désagrément.

Ma déception était à la hauteur de ce que je voyais autour de moi : ce hall sublime, tout en marbre, ce lustre immense en cristal, la piscine intérieure dont on apercevait les reflets, derrière une vitre, sous nos pieds, et le restaurant gastronomique que je savais être en ces lieux. Les organisateurs m'avaient soignée. Peut-être qu'en ajoutant des chambres à ma réservation, cela avait coincé ?

Soit. Les beaux hôtels se ressemblaient tous, le nouveau allait certainement être assorti à celui-là. Peut-être juste un peu plus loin dans la rue.

Au pire, un peu plus petit ?

Vendredi, 14 heures.

— Bonjour, marmonnai-je, inquiète, en m'approchant du comptoir usé en mélaminé brun.

— Bonjour, madame.

— Nous avions la réservation de trois chambres triples…

— Non, précisa Régine, en se collant au guichet. Pour moi, c'était une chambre double et une chambre single.

— Oui, bon. Donc quatre chambres en tout. Mais je pense qu'il a dû y avoir une méprise sur l'établissement, quand on nous a déposés ici.

La femme tapa très vite sur le clavier de son ordinateur, et me demanda :

— Votre nom, s'il vous plaît ?

— Ava Asher.

— Hum… en effet, nous n'avons aucune réservation à ce nom-là.

Soupir sonore de soulagement. Ah, tout de même ! Ils n'avaient pas pu nous faire passer d'un flamboyant cinq-étoiles à cet insipide pas beaucoup d'étoiles.

Où étaient le bar à oreillers, la fontaine à champagne et les majordomes à nos pieds ? L'extravagant, le glamour et les paillettes, le temps d'un week-end hors du temps ? Évidemment, qu'il s'agissait d'une erreur.

Perla sourit en caressant la tête de Kenzo (ou était-ce Renzo ?), tandis qu'Enzo (ou était-ce

173

Kenzo ?) observait d'un peu trop près un vase moche posé sur le guéridon de l'entrée.

— En revanche, j'ai une réservation au nom d'Ava Pasher.

— Pardon ? sursautai-je.

— Ava Pasher, une triple.

— Asher. Ava Asher. Oui, soupirai-je, une triple, effectivement…

Je me tournai vers mes amies, et leur demandai à voix basse :

— Bon, ben on passe de l'hôtel du flouze à l'hôtel de la lose. Qu'est-ce qu'on fait ?

— On n'a pas le choix, j'imagine… répondit Régine.

— En même temps, un hôtel, c'est un hôtel. On n'y sera que pour dormir. On ne va pas se gâcher le week-end pour ça ? suggéra Perla, conciliante.

Un bruit d'objet cassé nous fit sursauter. Au pied d'un des mioches, le vase brisé qu'il reluquait quelques instants plus tôt. Le gamin leva vers sa génitrice des yeux apeurés, certain de se faire gronder, avant de bafouiller :

— C'est pas moi, maman… c'est la petite souris…

— Kenzo ? Qu'est-ce que j'ai dit, à propos du mensonge ? menaça sa mère les sourcils froncés, en s'approchant des morceaux de porcelaine sur le sol.

La réceptionniste intervint :

— Oui, c'est Minnie, notre souris appri-voisée. Elle se balade parfois dans le hall avant de retourner dans sa cage. Ce n'est pas grave. Laissez, pour le vase, quelqu'un va venir tout ramasser. (Se tournant vers le petit :) Tu veux un bonbon ?

Elle tendit une coupelle débordante de friandises emballées vers Kenzo, qui n'en revenait pas de cet incroyable retournement de situation. Non seulement on l'avait cru, mais en plus, on le récompensait. Il ne se le fit pas dire deux fois, et piocha à pleines mains dans son dédommagement.

— *No way.* S'il y a une souris dans cet hôtel, je me casse, décréta Régine.

La réceptionniste intervint :

— C'est notre mascotte, ne vous inquiétez pas, elle connaît les lieux. D'ailleurs, regardez, elle est revenue dans son abri.

D'un geste de la main, elle désigna derrière elle une petite cage sommairement fermée, dans laquelle se trouvait un minuscule rongeur, qui n'avait, en réalité, jamais dû en sortir. Puis elle se tourna à nouveau vers nous.

— Donc, reprit-elle, voici vos cartes, avec le numéro de vos chambres. En vous souhaitant un agréable séjour.

La jeune femme nous tendit quatre passes magnétiques. Nous n'avions plus le choix, c'était ça, ou dormir sur la plage. Nous les prîmes en la remerciant mollement, et nous éloignâmes en direction de l'ascenseur.

Derrière nous, Enzo et Renzo soupesaient leurs poches remplies des bonbons gratuits qu'ils avaient chipés dans la coupelle, pendant que la réceptionniste s'occupait de nous.

Pour eux, le séjour commençait plutôt bien.

Vendredi, 14 h 15.

J'appuyai sur la sonnette de la réception. Le temps que la préposée à l'accueil se déplace, Perla m'avait rejointe.

— Madame Pasher ? Que puis-je faire pour vous ?

Je lui tendis mon passe magnétique.

— Déjà, commencer par m'appeler par mon vrai nom ? Madame Asher.

— Oui, madame Pasher, je vous prie de m'excuser. En quoi puis-je vous aider ?

— Votre passe, là. Il ne passe pas.

— La clé magnétique n'ouvre pas votre chambre ?

— Voilà.

— Ah. Vous avez dû l'enfoncer la flèche vers le haut.

— Non, non, je l'ai glissée dans le bon sens.

— Je me permets d'insister. Les gens se trompent souvent. Vous devriez réessayer, en la glissant la flèche vers le bas.

— Écoutez, je l'ai glissée la flèche vers le bas, et même la flèche dans tous les autres sens qui existent au monde. Et aucun sens ne fonctionne. Ça n'a pas de sens.

— Ah. Vous l'avez peut-être démagnétisée, dans ce cas. Aviez-vous des pièces de monnaie dans votre poche, madame Pasher ?

— Non. Mes pièces sont rangées dans mon porte-monnaie, lui-même glissé dans mon sac.

— Un trousseau de clés, peut-être ? Des trombones ? Des barrettes en métal, madame Pasher ?

— Rien de tout cela. Et je ne suis pas madame Pasher, je suis madame Asher. La seule chose qui soit Pasher, ici, c'est la qualité de votre écoute. Puis-je avoir un passe qui ouvre ma chambre, s'il vous plaît ?

— Bien sûr, tout de suite, madame Pasher.

Elle me présenta une autre carte magnétique. Je la pris, et attendis Perla, dont les trois marmots gravitaient autour d'elle, tels de petits satellites foufous et surexcités.

— Alors moi, ma clé magnétique marche très bien, annonça-t-elle.

La réceptionniste lui fit un signe de tête agrémenté d'un sourire satisfait.

— Le problème, c'est qu'elle ouvre une chambre qui est déjà occupée.

— Vous en êtes sûre ?

— Si je suis sûre qu'elle était occupée par un couple en pleine sieste crapuleuse ? Je vous le confirme. J'ai tout vu. (Se tournant vers moi.) Heureusement que les petits galopaient encore dans le couloir.

— Ah, dit la fille derrière son guichet, imperturbable. Vous avez dérangé des clients de notre

177

établissement ? J'espère qu'ils ne vous en tiendront pas rigueur. Je vous donne immédiatement la clé d'une autre chambre.

Lotte, Mona et moi échangeâmes quelques paroles muettes par levers de sourcils interposés. C'est alors que Régine, furieuse, Tobias et Orion indolents sur ses talons, surgit à nos côtés, et lâcha :

— J'ignorais que le sud de la France possédait un climat équatorial. J'ai trouvé une bestiole longue comme le bras sur mon couvre-lit !

— Vraiment ? C'est inhabituel... à quoi ressemblait-elle ?

— Je ne saurais pas vous dire s'il s'agissait d'une sauterelle radioactive ou d'une punaise géante, vous me pardonnerez de ne pas l'avoir observée attentivement pendant que je hurlais. Et le pommeau de douche dans la chambre des garçons s'est détaché lorsque nous avons posé les yeux dessus.

La réceptionniste ne se démonta pas et, toujours affable, continua :

— Vous me voyez navrée d'entendre ça. Sans doute votre eau de toilette attire-t-elle les insectes ?

— Ah, mais oui ! fit Régine, les yeux écarquillés. Ah, mais tout s'explique ! C'est également mon parfum qui a imprégné les rideaux qui puent le tabac ? Et comme j'en ai trop mis, l'odeur a fendillé la cuvette des chiottes. Logique. Quant à la moquette constellée de taches douteuses, ce sont aussi des gouttes de mon Estée Lauder, vous croyez ?

La réceptionniste, gracieuse, lui répondit :

— Je prends bonne note de vos remarques, et vous remercie de me les avoir signalées. Dans un premier temps, je vous propose d'ouvrir la fenêtre de votre chambre, afin que votre petit importun puisse rejoindre ses semblables sans difficulté. Concernant le confort de ces messieurs, j'envoie immédiatement quelqu'un s'occuper de la douche. Ne vous inquiétez pas, la réparation vous est offerte, elle ne vous sera pas facturée.

Devant la mine consternée de Régine, je fis un signe de tête à mes copines de voyage, et m'éloignai avec elles du guichet.

— Bon. On fait quoi. On reste ?

— On a le choix ? demanda Perla.

— On reste. Obligé, intervint le petit Kenzo.

Les regards se tournèrent vers lui.

— Ben oui, ajouta-t-il d'une toute petite voix. On a des bonbons gratis.

L'infirmière se baissa à sa hauteur, et le serra dans ses bras.

— Vous faites comme vous voulez, les filles, moi, je me casse, s'énerva Régine. Il y a un homard volant posé sur mon lit. Je n'ose même pas imaginer ce qu'il peut y avoir dessous !

Je me mordis les lèvres.

— En ce qui me concerne, je n'ai pas encore eu le loisir de découvrir quel était mon cadeau-surprise, puisque ma porte ne s'ouvrait pas. Mais

179

si c'est vivant et que ça a des antennes, je vous préviens, je dors sur le trottoir.

— T'inquiète, ça n'aura pas d'antennes, affirma Lotte.

— Comment le sais-tu ?

— Parce que ça aura plutôt des dents, ricana Mona.

Nous nous tournâmes toutes vers la cage de la souris « apprivoisée », dont la porte était désormais entrouverte. Elle était vide.

— OK, on met les voiles. Qui a un plan ?

Chacune passa en revue les options qu'il nous restait. C'est Perla qui trouva la solution. La mère de sa voisine louait des chambres d'hôtes dans la région. Il ne restait plus qu'à l'appeler, pour savoir s'il en restait des libres. Elle s'y attela.

Ma fille Lotte émit, elle aussi, une suggestion :

— Hé, mais il n'y a pas Jean-Marc, qui a un appartement ici ?

— C'est qui, celui-là ? demanda Régine.

— C'est mon cousin. Mais son appart' est petit, c'est juste un pied-à-terre.

— Pas grave, insista Lotte. On pourrait y aller juste pour y dormir, Mona et moi ?

— Ben oui, dis, tu pourrais partager ma chambre ? Puisqu'on reste deux nuits, on ne paierait qu'une nuit chacune ? proposa Régine.

— Et nous, on pourrait aller avec les filles ? demanda Tobias, qui s'était tenu à l'écart jusque-là. Niveau économies, Régine, ça te ferait carrément une chambre d'hôtel en moins à régler !

Orion acquiesça frénétiquement.

— Oui. Comme ça, si Lotte et Mona sont d'accord, on pourrait passer un peu de temps entre jeunes, plaida-t-il.

Cet argument-là fit mouche. Régine pinça les lèvres, écarta les mains et leva les épaules, signifiant que là, oui, là, elle n'avait plus rien à dire.

Tiens, les deux mollassons avaient retrouvé du tonus. Étonnant. Mais on n'allait pas tous se séparer, quand même, si ? Perla revint vers nous, la main sur le combiné.

— Il ne lui reste que deux chambres de libres. Je fais quoi, je les prends ?

Dans un coin, mes filles se mettaient d'accord avec les fils de Tom sur leur conception libertaire de la suite de ce week-end. Une fois qu'ils se furent entendus, la déléguée des opposants au pouvoir en place vint me livrer la conclusion de leurs délibérations.

— Bon, annonça Mona. Une chambre pour Régine et toi, une pour Perla et ses enfants. Et nous, on dormira tous chez Jean-Marc.

— Mais je ne sais même pas s'il est là !

— Eh ben, appelle-le ! dit Lotte. Et puis ça fait super longtemps qu'on n'a pas vu Hannah.

— Moi, j'adore Hannah, enchérit Mona.

— Qui c'est, Hannah ? demanda Régine.

— La fille de Jean-Marc. Elle a vingt-trois ans, elle est coiffeuse. Hyperdouée, la gamine. Remarque, tant qu'à faire, on pourra lui demander de s'occuper de nos cheveux samedi après-midi.

Et samedi matin, on file à la plage ! Attends, je l'appelle, décidai-je finalement, en m'étant auto-convaincue.

Vendredi, 16 heures.

Jean-Marc était en déplacement à l'étranger, mais sa fille Hannah était heureusement là. Elle adora l'idée d'accueillir ses cousines et leurs amis. Ça ne la dérangerait pas du tout d'installer des couvertures par terre. Surtout si, en contrepartie, je la faisais entrer avec nous aux fêtes où nous irions. Elle rêvait d'approcher des têtes connues, nous espérions qu'elle coifferait les nôtres, le deal était honnête, et convenait à tout le monde.

Nous levâmes donc le camp, non sans avoir réclamé auparavant nos corbeilles de fruits offertes par notre bref cinq-étoiles en guise de cadeau de rupture. Elles nous attendaient, soigneusement planquées derrière le comptoir, la réceptionniste ayant opportunément oublié de les faire déposer dans nos chambres.

Vendredi, 17 heures.

Notre hôtesse était une retraitée guillerette et pleine de vie. Sitôt avions-nous passé le porche de chez elle qu'elle nous accueillit avec chaleur et un sérieux accent du Midi. Accompagnée de son employée de maison qui se chargea de nos bagages, elle nous fit visiter son domaine. Le charme des lieux nous séduisit immédiatement. C'était une maison à la devanture fleurie, cernée de bosquets très hauts, d'arbustes de mimosa exhalant un parfum entêtant, et de palissades en bois brut. Dans le jardin était creusée une piscine ombragée, vide de tous nageurs. La maison ne louait que quatre chambres, les occupants des deux autres chambres devaient être en vadrouille.

Plusieurs transats s'offraient à nous. Nous les dépassâmes pour suivre la mamie qui nous vantait déjà son copieux petit déjeuner, fait maison et bio.

La propriétaire nous mena jusqu'à nos chambres. Surprise : celle que nous allions partager Régine et moi était sublime. Claire, fraîche, moderne, joliment décorée et parfaitement propre. Dans un élan synchro, nous levâmes la main et échangeâmes un high five sans même nous regarder. Puis nous déposâmes nos affaires, les corbeilles de fruits, et je calai mon tableau dans un endroit où je le pensais en sécurité : entre le lit et la table de chevet.

Nous allâmes ensuite toquer à la porte de Perla, pour fureter et découvrir que sa chambre était encore plus belle que la nôtre : plus vaste, deux lits immenses en son centre, des esquisses colorées accrochées aux murs immaculés, des rideaux pastel et de la mosaïque dans la salle de bains.

Nos deux nuits sur place étaient bien parties pour être rudement agréables.

Vendredi, 17 h 15.

— Alors ? Comment vous le trouvez, ce portrait ?

La toile était entièrement déballée, et posée sur le lit en appui contre les coussins. Offerte à la vue de mes copines, qui l'observaient avec dans l'œil une lueur d'émotion.

C'était un tableau de facture classique, car je n'avais pas osé me lancer dans une création trop originale à assumer devant un public si prestigieux. Je voulais une œuvre dont on comprendrait immédiatement la difficulté qu'il avait fallu pour la concevoir. Dit autrement : je voulais impressionner. Genre le Caravage fait un poker avec Vermeer, ou Rembrandt prend l'apéro avec Rubens. Avec infiniment moins de talent, restons lucides, mais avec des litres de sueur. Oui, cette toile était peinte à l'huile de ma transpiration, et j'espérais bien que mes auréoles ainsi affichées signeraient ma consécration.

J'avais donc représenté le visage d'Ornella Chevalier-Fields, trente ans plus tôt, avec la coiffure et le maquillage librement inspirés d'un de ses rôles les plus fameux : Rebecca, dans *Ivanhoé-heinbon*. Des fleurs dans les cheveux, un diadème ceignant son front, un fard à paupières années 80 et une bouche rouge sang. Le tout, dans une atmosphère de clair-obscur, impliquant une multitude de couleurs sombres, de brun, de terre de

Sienne, d'ocre, de bronze, de fauve, de sépia, et quelques touches, rares et précises, de pigments chatoyants.

— Oh ! Je le shoote, annonça Perla, en activant l'appareil photo de son téléphone portable.

— Moi aussi ! Punaise, la chance qu'elle a, la Chevalier-Fields… Tu veux pas m'en faire un comme ça, pour le cabinet ? Exactement le même. Mais avec mon visage à moi.

— Et avec quoi tu vas payer ton loyer cette année, si je te prends tout ton argent ? ricanai-je, flattée.

— Tu me feras un prix d'amie. Vu que je suis ton amie. Surtout si tu veux que je le reste !

Renzo explorait consciencieusement notre salle de bains. Je l'entendais farfouiller partout et craignais qu'il ne fasse tomber quelque chose, ou ne salisse les serviettes propres avec ses doigts collants de bonbons mâchés, puis sortis de sa bouche pour en observer le cœur coulant, avant de les enfourner à nouveau. Kenzo, lui, jetait un coup d'œil indiscret dans ma valise ouverte, contenant mes vêtements pliés mais pas encore rangés. Ainsi que mes petites culottes.

— Allez les filles, dis-je, soudain pressée de récupérer la chambre. On ne va pas s'attarder, l'heure est au ravalement de façade et au choix de nos uniformes pour le combat de ce soir. Je vous rappelle que dans quelques heures, on foulera un parterre de stars dans la villa de l'immense Jules

Leséglises, alors ne déchargez pas les batteries de vos appareils photo.

Tandis que je parlais, Enzo s'approcha de mon tableau pour le contempler. Aussitôt, je sursautai et m'apprêtai à lui enjoindre de ne pas y toucher, quand il se tourna vers moi et déclara, avec sa petite voix de fripouille de huit ans :

— C'est le plus beau tableau que j'ai vu de toute ma vie. Tu devrais le mettre dans un musée, tellement il est joli.

Je reculai, m'accroupis, et lui tendis mes bras ouverts.

— Viens là me donner un bisou !

Chapitre 20

Tom

Quelques jours plus tôt…

Tom venait de vivre une journée particulièrement éprouvante.

Parfois, il adorait son métier. Quand les choses se passaient bien, quand il avait le sentiment d'être utile au monde, quand il sauvait des vies, quand il se prenait de monstrueux shoots d'adrénaline et qu'il surfait sur la vague de ses sensations pour réaliser une figure magistrale.

Mais d'autres fois, cette immersion quotidienne au cœur de ce que la misère humaine pouvait proposer de pire lui faisait haïr son job. Et aujourd'hui était une de ces journées-là. Alors, il eut besoin de faire une pause. Rien qu'un moment. Aller embrasser celle qu'il aimait, échanger quelques mots avec elle, se réchauffer à la flamme de sa tendresse.

Ça tombait bien, il était en voiture et circulait non loin du quartier de l'Opéra où se trouvait le cabinet de Régine.

Il se gara, sur la place miraculeuse qui venait de se libérer juste devant l'immeuble où elle travaillait. Un coup de bol qui laissait présager du meilleur. Puis il quitta son véhicule, composa le code de l'entrée, grimpa quatre à quatre l'escalier menant à son bureau, sonna. Une secrétaire vint lui ouvrir.

Bianca, l'associée de Régine, passa une tête contrariée hors de la pièce où elle officiait, pour voir s'il s'agissait de son client en retard. En apercevant Tom, son visage s'illumina.

— Hé, salut toi !

Elle vint à sa rencontre d'un pas vif, et planta deux bises enjouées sur les joues mal rasées du géant penché vers elle. Trentenaire énergique aux cheveux blonds coupés en carré long, elle était vêtue d'une robe bleue près du corps. Autour de son cou, un volumineux collier de créateur. À ses pieds, des escarpins compliqués de grand couturier signaient sa tenue chic et élégante.

— Hello Bianca. Tu vas bien ?

— Merveilleusement, et toi ? minauda-t-elle.

— Oh, moi… « Bien », c'est mon second prénom. Dis, elle est là, ma meuf ?

— Régine ? Euh, non, il me semble qu'elle prend un café, en bas, avec un ami. Je t'en sers un ici ?

— Non, désolé, une prochaine fois avec plaisir, là j'ai pas beaucoup de temps. Je faisais juste un saut. Bon, ben, tu lui diras que je suis passé ?

— Bien sûr. Tu peux compter sur moi, lui assura Bianca chaleureusement.

Tom quitta les lieux, sortit de l'immeuble et repartit vers sa voiture, l'humeur maussade.

Mais au moment d'ouvrir la portière, il leva les yeux et aperçut un café, juste à l'angle de la rue. C'était sans doute celui où elle se trouvait. Il se demanda si Régine verrait un inconvénient à ce qu'il vienne lui voler un baiser pour se donner du courage. Qui sait, peut-être avait-elle même fini son entretien et était-elle en train de se séparer de la personne avec qui elle était attablée. Il ne perdait rien à vérifier, maintenant qu'il était là. Ravi de sa bonne idée, il s'avançait et très vite reconnut Régine de dos, derrière la vitre du café.

Il ne la dépassa pas. Il ralentit, et ne pénétra pas dans l'établissement. À la place, il fit volte-face, et retourna jusqu'à son véhicule, le visage blême et la mâchoire contractée.

Il ouvrit la portière, se glissa derrière le volant, mit le contact, et démarra en trombe.

Sa journée s'était avérée suffisamment merdique, cruelle, bouleversante, épuisante, triste, détestable, sans qu'il s'inflige en plus la vision de Régine, assise dans un café avec Jimmy, et riant à gorge déployée.

Chapitre 21

Ava

Vendredi, 21 heures.

— C'est chanmé, ici ! Haan… J'suis comme un ouf…

— J'arrive pas à croire qu'on soit au milieu de toutes ces stars…

Les exclamations des ados fusaient à voix basse, tandis que nous évoluions, en tenue de soirée, dans l'immense propriété du chanteur Jules Leséglises, l'inoubliable interprète du succès mondial « Vous, les pisseuses ».

Lotte, ma fille aînée, avait passé une petite robe noire qui lui allait divinement, bien que trop courte à mon goût car dévoilant ses jambes fuselées. Elle la portait avec sa veste en cuir noir par-dessus, qui tempérait le côté sexy par une touche de rock. Mona, ma cadette, avait lâché son voluptueux carré bouclé, et opté pour un pantalon noir cigarette, avec un top bleu nuit en dentelles. La robe de Régine laissait son dos nu tailladé de multiples bretelles savamment entrelacées. Ses cheveux étaient entortillés haut sur le crâne, et ses bras ployaient sous le poids de ses bracelets de créateur. Ma robe à moi était violette, mi-longue, et nouée derrière la nuque. J'avais choisi de laisser ma crinière ébène flotter sur mes épaules. À mes oreilles, d'immenses créoles dorées, et entre mes mains, un clutch si pailleté qu'il aurait justifié les lunettes de soleil que j'aurais pu porter. Perla était délicieuse dans sa robe noire faussement sage qui lui arrivait à mi-cuisses, manches longues en mousseline et col fermé. Sa chevelure rousse était ramassée en un chignon coiffé-décoiffé, et ses escarpins si hauts qu'ils lui faisaient côtoyer les sommets. Elle était ravie de se torturer les chevilles, pour changer de ses si peu féminins sabots d'infirmière. D'autant que ses trois terreurs étant sous la surveillance d'une baby-sitter, elle savait qu'elle n'aurait pas à leur courir après. Enfin, Hannah avait enfilé une robe sombre ultramoulante avec des bottes en cuir, tenue qui aurait pu être provocante si ses vingt-trois ans et sa taille de guêpe ne lui avaient pas autorisé toutes les audaces.

Du côté des garçons, on était dans le total look *Oh my God*. Tobias portait un pantalon à carreaux à taille haute avec une chemise blanche à grand col, une paire de bretelles, une veste croisée, le crâne passé à la brillantine et une boucle à l'oreille. Le dandy était dans la place. Quant à Orion, ses cheveux n'étaient plus dressés sur sa tête mais pendaient le long de son visage, il arborait une veste militaire noire, un pantalon de la même absence de couleur, et avait ombré ses yeux d'un fard charbonneux. Ne lui manquaient plus que des canines apparentes, et il était bon pour qu'on lui serve des Bloody Mary toute la soirée.

— Alors, les gars ? Cette fête ? Elle tabasse, ou bien ? demanda Régine, fière de voir les garçons impressionnés.

Il faut dire que l'endroit était à couper le souffle. Des pièces aux volumes immenses à dominante blanc cassé contenaient un mobilier sobre, ultradesign et minimaliste. L'éclairage tamisé se renforçait aux abords de quelques toiles d'art moderne, dont certaines donnaient l'impression qu'un bobtail s'était roulé dans des seaux de peinture avant de s'ébrouer dessus. Un musicien concentré sur un piano à queue jouait dans un coin du salon, ravissant les convives, tandis qu'un groupe sur la terrasse en faisait danser d'autres, enlacés.

Plus loin, une gigantesque piscine à débordement, illuminée par des spots, et encore plus loin, un minigolf et un terrain de tennis. Je savais qu'au sous-sol se trouvaient probablement une salle de jeux avec billard, flippers, bornes d'arcade, et puis une cave à vin bondée de crus fabuleux, et aussi une salle de sport dernier cri... Rien de follement exceptionnel. Cette villa n'était qu'une parmi tant d'autres, dans cette région qui regorgeait de luxueuses propriétés de stars. Et ce soir, nombreuses étaient les vedettes qui donnaient des réceptions comme celle-ci. Chaque célébrité n'y faisant qu'une apparition, et passant de l'une à l'autre.

— J'avoue, lâcha Orion.

Mot qui, en soi, constituait en lui-même une réponse à la question posée par Régine.

Son frère Tobias, depuis que nous étions arrivés, s'était comporté avec Hannah comme s'il avait été son ombre. On aurait dit un aimant stalkant un tableau magnétique. Mais s'il y avait du coup de foudre dans l'air, la foudre n'avait frappé que d'un seul côté. Bien que Tobias, grand de taille et originalement looké, pouvait paraître plus âgé, il n'avait tout de même que dix-sept ans, soit six de moins que la nymphe qu'il convoitait en la panant de ses yeux de merlan frit. Submergé d'attirance, il ne savait plus comment relancer les filets de conversation qu'il lui jetait régulièrement sur la tête, et dont elle parvenait, chaque fois, à s'échapper d'une moue blasée.

Notre petite bande évoluait au sein d'une foule de convives qui bavardaient, cocktail à la main. Un serveur passa près de nous, et se fit aussitôt piller les flûtes de champagne posées sur son plateau. Perla jeta à nouveau un coup d'œil sur l'écran de son portable, qu'elle ne se décidait pas à ranger dans son sac.

— La baby-sitter m'a demandé de cesser de l'appeler tous les quarts d'heure, s'excusa-t-elle en haussant les épaules. Elle dit que mes fils vont très bien. Vous la croyez, vous ?

— Mais bien sûr, que tes fils vont très bien. Tu les as laissés devant le lecteur de DVD de Régine, avec deux pizzas gigantesques, lui répondis-je. Quoi de mieux ?

L'avocate lui confisqua son appareil, et le lui rangea d'office dans son sac.

— Allez, lâche-les un peu et amuse-toi. Ce soir, tu profites. Ni entraves ni contraintes. Pas de mec, pas de gosses, pas de patients, juste toi. Go !

Perla regarda autour d'elle, empêtrée dans sa culpabilité de mère poule et dans son envie de passer un bon moment. Le comique Gad Elmarrant, dans un costume bleu sombre, venait de passer en la frôlant, suivi de l'actrice Pénélope Creuse, qui échangeait deux mots avec le comédien Omar Psy. Pour l'infirmière, c'était l'occasion d'évoluer au sein d'une faune sensiblement différente de celle, diminuée, en pyjama et schlinguant la Bétadine, qu'elle côtoyait au quotidien. Un peu plus loin, elle reconnut la chanteuse Vanessa Pasunradis et, comme elle aimait bien ses chansons, ce fut le déclic.

Perla avala sa flûte de champagne cul sec, la posa sur une table, et en saisit une autre.

— Vous avez raison, les filles. *Let's the party started !*

Ce furent ses dernières paroles avant qu'elle ne s'en aille rejoindre, sa seconde flûte à la main déjà à moitié vide, un petit groupe de gens qui dansaient dans un coin du salon.

Vendredi, 21 h 30.

Finalement, les amitiés ne s'amorçaient-elles pas grâce à un faisceau d'affinités communes ? Or, niveau affinités, Mona et Orion s'en étaient trouvé une sérieuse : la fan attitude. Laquelle était soudainement montée en puissance lorsqu'ils avaient repéré leurs idoles respectives. Dès cet instant, toute trace de cette tempérance et de cette réserve que j'avais demandé aux ados d'arborer en ces lieux vola en éclats. Impossible de les tenir, ils s'étaient éloignés de nous et opéraient en roue libre, tels deux jeunes drones incontrôlables, munis de portables reliés à leurs réseaux sociaux.

Le problème, c'est qu'ils mitraillaient à tout-va, avec une discrétion comparable à celle de deux paparazzis shootés à la vitamine C.

Je les observais discrètement. Leur improbable complicité venait d'éclore sous nos yeux, et s'accordait avec l'évidence de l'huile découvrant le vinaigre, ou du hamburger rencontrant les frites. D'ailleurs, le duo comique qui me faisait flipper venait de s'immobiliser dans un coin en mode musée Grévin, une proie sans doute repérée.

ORION (*sur le point de s'effondrer d'extase*) – Je peux mourir en paix. Je suis crucifié de bonheur. Je suis aveuglé par le soleil : Lady Gag vient de croiser mon regard ! Arrhh !

MONA (*surexcitée*) – Elle est où ? Où ça ?!

ORION (*chuchotant à son oreille en se retenant de couiner*) – Derrière toi derrière toi derrière toi… Ne te retourne pas ne te retourne pas ne te retourne pas… C'est fini, je ne me laverai plus jamais les yeux de ma vie entière, je pleurerai par la bouche !

MONA (*efficace, ton de caporal-chef*) – Place-toi à côté de moi, vite ! On va la choper !

Photo fut prise d'Orion, trente-deux dents visibles, et de Mona, index et majeur tendus en guise de V de la victoire, avec Lady Gag dans une spectaculaire robe en peaux de banane, figurant en arrière-plan.

Une fois les clichés dérobés, les deux crapules se planquèrent derrière une colonne, pour en faire profiter une planète qui n'attendait que cela. Sa photo à lui, Orion la balança sur son Instagram et sur son Twitter, élégamment légendée : « Lady Gag, après avoir goûté à ma banane. » Mona, qui en avait fait une aussi, posta la sienne sur son Facebook, avec pour titre : « Lady Gag, c'est ma copine. » Les deux ados, ravis de cette connivence, se présentèrent leurs pseudos, devinrent virtuellement amis et se likèrent réciproquement, avant de repartir à la chasse.

La foule était dense, les tenues des convives élégantes sans être ostentatoires, et les visages pas toujours identifiables. Ici étaient réunis des amis ou des connaissances. On pouvait croiser, parmi les gens de l'industrie du disque et du cinéma, pas mal d'associés, de collaborateurs et de conjoints, les artistes étant dilués dans la masse. Il fallait donc faire le tri, scanner efficacement, et rester aux aguets.

Très vite, les Bonnie and Clyde du fichier .jpg se mirent en arrêt devant une nouvelle victime.

MONA (*radar à têtes connues*) – Oh ! Mais c'est pas Harry Sonnefort, là-bas ?

ORION (*cou télescopique*) – Où ça, où ça ?!

MONA – À côté du buffet, il mange un petit-four…

ORION – Tu crois ? Ce ieuv, avec la boucle d'oreille et les cheveux blancs ?

MONA – Si, si, c'est lui !

ORION (*impressionné*) – Ah ouais, t'as raison… Il a pris cher, depuis *Blatte Runneuse*…

MONA (*suspendue au tympan d'Orion*) – Vite ! Vas-y, prends-moi avec lui, mais PRENDS-MOI AVEC LUI !!

Mona jeta son portable entre les pattes de son complice, prit sa pose victorieuse des doigts, le garçon l'immortalisa avec l'acteur en arrière-plan, et le processus recommença : cliché filtré, posté sur Facebook, légendé « Harry, cover de ma page ! », et aussitôt liké par ses friends, à commencer par Orion.

Ils se mirent à rire, d'un gros rire triomphant de géants qui dominent le monde. La paire d'As(-ticots) se sentait invincible, futée, privilégiée, elle passait vraiment une soirée démente. Mona secoua son carré bouclé en esquissant une petite danse d'enthousiasme, tandis qu'Orion la contemplait, amusé et conquis, derrière une de ses mèches rebelles. Finalement, pensa le garçon, elle était sympa, Régine, de les avoir emmenés ici, son frère et lui. En réalité, ils l'aimaient bien, la nouvelle meuf de leur père, ils l'avaient toujours bien aimée. Mais hors de question de le lui montrer. Plus ils se la jouaient distants, plus elle se mettait en quatre pour les épater. Preuve ce soir qu'ils avaient bien fait.

Soudain, le jeune garçon se figea net, les yeux exorbités, la bouche en forme de bec de bouilloire, émettant un son similaire à celui d'une eau chaude qui entre en ébullition.

ORION (*tachycarde à 120*) – Houuuuuuuuuuuuuuuuuuu…

MONA (*on dégage !*) – Quoi ? Quoi ? C'est qui ?! Où ça ?

ORION (*choqué*) – L'actrice préférée de ma mère ! Julia Nichons ! L'héroïne de *Sublime Woman* !! Ma mum's va me découper en rondelles si je ne lui ramène pas une photo !

Ce qui fut fait sans attendre, grâce à leur pose habituelle, mettant les vedettes en décor de leurs mimiques. Mona et Orion s'en réjouirent tant, penchés sur leurs portables, faisant défiler les

198

clichés, sélectionnant les plus réussis, les postant, récoltant acclamations et commentaires hystériques de leurs amis comme autant de médailles décorant leur vie exceptionnelle, qu'ils ne remarquèrent pas Will Smic, qui venait de s'asseoir sur le canapé à côté d'eux, parmi un groupe de gens comprenant Brad Laid-Coupeur, Ben Afflux, et Jodie Fossette.

C'est lorsqu'ils relevèrent la tête qu'il se produisit un événement pour le moins extraordinaire.

Ils n'étaient plus seuls. On avait repéré leur manège.

Un homme se tenait derrière eux, les mains posées sur leurs épaules et leur souriant de toute sa gentillesse.

— *Selfie, anyone ?*

Tom Banks, l'incroyable acteur de *Fort est Trump*, leur proposait, ni plus ni moins, un selfie, un vrai, en sa compagnie.

C'est même lui qui dut finalement le leur prendre. Car Mona et Orion tremblaient si fort, qu'ils n'ont jamais pu appuyer sur le bouton.

Chapitre 22

Tom

Quelques jours plus tôt…

— Qu'est-ce qu'il y a, *darling* ? Pourquoi tu me regardes comme ça ?

— Pour rien, répondit Tom, pensif. T'es belle.

— Ah ? rigola Régine, en accrochant sa boucle d'oreille. Continue de me mater, dans ce cas ! Surtout, ne t'arrête pas !

Elle s'appliqua une ultime couche de rouge à lèvres devant le miroir de sa salle de bains, glissa le tube dans sa minaudière, et alla se pavaner devant lui, qui la regardait, allongé sur le lit, jambes croisées et mains derrière la tête.

— Ça va ? Elle est pas trop, cette tenue ?

— Trop quoi ?

— Ben trop pailletée, quoi, pour une réception officielle un peu guindée ?

— J'en sais rien. Qu'est-ce que j'y connais, en robes ? lâcha-t-il, maussade.

Elle s'approcha et se planta devant lui.

— Qu'est-ce que tu as ? Pourquoi tu fais cette tête ?

— C'est ma tête de naissance. J'en ai pas d'autre.

— Tu boudes parce que j'y vais quand même, alors que tu ne veux pas m'accompagner ?

— Je « boude » ? Mais tu crois que j'ai quel âge ? s'emporta-t-il, agacé. J'en ai rien à foutre, de cette soirée. Je suis juste crevé, c'est tout.

— Bon, bon… je peux rester, si tu veux ? proposa-t-elle gentiment.

— Non. Maintenant que tu as demandé à ta copine Ava de venir avec toi, tu ne vas pas annuler. Vas-y, à ta soirée. Et amusez-vous bien, surtout. T'occupe pas de moi.

Le ton de Tom était glacial. Régine ne s'en offusqua pas, elle mit cela sur le compte de son épuisement émotionnel. Les cas qu'elle avait à traiter en tant qu'avocate étaient parfois éprouvants, mais ce que lui vivait dans le cadre de son boulot était infiniment plus dur, plus sauvage, parfois plus traumatisant, et elle le comprenait. Alors, elle s'assit sur le bord du lit, et le contempla avec tendresse. Elle posa la main sur son ventre ferme, mais il poussa un soupir, alors elle la retira.

— Bianca t'a dit ? demanda-t-il négligemment.

— Quoi ? Tiens, justement ! enchaîna-t-elle, sans le laisser continuer. Puisqu'on parle de Bianca, alias la lourdasse du coin. Tu sais ce qu'elle s'est mis en tête ? Que toi et moi, on finirait un jour par se marier ! Ha, ha ! C'est d'un con !

— Je confirme, c'est vraiment très con.

Elle avait beau blaguer, cette fois l'attitude de Tom l'interpella. La froissa même. Ce n'est pas parce que le mariage n'était pas, dans son projet de vie, une option envisageable, que lui était obligé de se révulser à cette idée comme si on lui suggérait de copuler avec un blobfish. Le flic sentit son malaise, alors, il ajouta :

— Tout le monde sait que c'est pas ton truc, le mariage.

— Voilà, dit-elle, légèrement rassurée. J'ignore pourquoi elle m'a balancé ça. Sûrement parce que je lui parle de toi sans arrêt.

— Et qu'est-ce que tu lui racontes exactement, quand tu lui parles de moi ?

Régine se fit câline, pour lui répondre. Elle posa les mains sur son jean et remonta jusqu'à lui caresser tendrement le torse.

— Je lui confie que je suis dingue de toi… Que tu fais l'amour comme un dieu…

— Un dieu de l'amour, hein, pas un dieu des ouvre-boîtes, précisa-t-il, pince-sans-rire.

— Que je suis folle de ton corps…

— Je sais, petite, je sais. Elles le sont toutes.

— Que tu es le plus attentionné des hommes, le plus courageux, le plus drôle, le plus dingue, le plus féroce…

— Et encore, tu n'as pas évoqué mes qualités.

— Je lui ai raconté la soirée bœuf bourguignon, elle a adoré les détails… lui susurra-t-elle à l'oreille.

Le flic tiqua.

— Dis donc, toi. Tu n'irais pas un peu trop loin, dans les confidences ?

— Mais non ! rigola Régine. Bianca et moi, on est sans filtres ! Ça fait des années qu'elle me parle de son quotidien soporifique avec son mari banquier, et que moi je lui narre mes aventures. Tout va bien, t'inquiète.

— Et… je suis une aventure, pour toi ?

Elle déposa un baiser sur son nez, saisit son sac, et se leva.

— Oui. Mais la plus belle de toutes.

Lorsque la porte claqua derrière elle et qu'il demeura seul, allongé sur le lit, Tom regretta de ne pas l'avoir accompagnée. Il avait besoin de se détendre, de s'épargner de voir du monde, mais il avait surtout besoin d'elle. Depuis hier, il avait attendu qu'elle évoque son rendez-vous au café avec Jimmy, mais, bizarrement, elle l'avait éludé. Et ça lui faisait mal. Lui dissimulait-elle quelque chose ? En même temps, elle ne lui avait pas caché qu'il avait repris contact avec elle. N'était-il pas possible qu'il fasse un peu confiance à une femme, pour une fois ?

Il en avait pourtant envie. Ne pas se poser de questions, se laisser porter, se savoir aimé. Mais il s'agissait de Régine, tout de même. La fille qui, avant lui, ne sortait qu'avec des hommes mariés pour éviter de s'attacher, tant la rupture avec ce Jimmy l'avait ravagée. Si seulement il n'avait pas vu de photos de lui, il ne l'aurait pas reconnu dans ce troquet, et ne serait pas dans cet état d'angoisse, à se concasser les méninges tout seul.

Oh, et puis basta. Puisqu'il tournait en rond dans l'appartement de Régine, il décida que cela suffisait. Il reconstruisait un couple avec cette femme, et leur relation était tangible, complice, quotidienne. Il était temps qu'il arrête son cinéma et qu'il soigne sa parano.

Et après tout ? Quoi ? Elle avait une vie, un passé, elle n'était pas née le jour où il l'avait rencontrée ! Lui aussi s'était enflammé pour d'autres, avant elle. Émotionnellement, rien n'était jamais tout noir ou tout blanc. Il lui restait également, au fond du cœur, les cendres grisâtres et indélébiles des passions qu'il avait un jour éprouvées pour des filles qui n'étaient pas elle. Ce n'était pas pour autant qu'il envisageait d'aller réchauffer un quelconque attachement consumé depuis longtemps. Alors stop. Fin de la névrose.

Tom décida de quitter son lit, et de consacrer sa soirée de libre à arranger l'appartement de sa princesse. Ce serait une jolie surprise pour elle, une façon de se faire pardonner d'avoir pu douter.

Il commença par écoper le linge éparpillé un peu partout. Puis il lança une machine. Bordel, il fallait vraiment qu'elle se prenne une femme de ménage deux-trois heures par semaine. Après, il lui posa au mur l'étagère qu'elle avait achetée à cet effet, mais pas eu le temps de fixer encore. Arrangea ce tiroir qui coinçait, dans le meuble de l'entrée. Un coup d'aspirateur, rapide. Et s'il allait lui chercher une bouteille de champagne, comme ça, sans raison ? Avec des blinis et des œufs de poisson qu'elle trouverait au frigo à son retour. Elle adorait ça, les blinis aux œufs de poisson avec un trait de citron par-dessus. Il enfila sa veste en cuir et mit les clés dans sa poche. Il fallait se dépêcher, avant que les boutiques ne ferment.

Lorsqu'il ouvrit la porte de chez elle, il tomba nez à nez avec un livreur, casquette rabattue sur les yeux, qui lui demanda si c'était bien ici l'appartement de Régine. Tom acquiesça. L'homme lui tendit alors un petit bouquet de fleurs, minable. Pas un bel arrangement opulent, compliqué, ou composé de raretés éblouissantes comme il avait l'habitude de lui en offrir, non. Un bête bouquet avec plus de papier cristal et de feuilles de soie que de végétaux à l'intérieur. Tom prit le bouquet de fleurs dépareillées tandis que le coursier tournait les talons et repartait sans attendre son pourboire, son casque de moto au coude. Le flic referma la porte et alla poser l'objet sur la table, en l'observant comme s'il était radioactif.

Qui s'était permis d'envoyer des fleurs à sa femme ?

Non, il n'allait pas recommencer ? Ce n'était pas sa femme, c'était Régine, et elle avait parfaitement le droit de recevoir des fleurs. Lesquelles venaient peut-être d'un client reconnaissant, d'ailleurs ?

Il se remit à respirer normalement. Évidemment que ça venait d'un client satisfait. Ce qu'il pouvait être pénible, des fois. Ce soir, il en prenait pleinement conscience. Il allait falloir qu'il se calme, s'il ne voulait pas se perdre, et ensuite la perdre.

Il s'approcha du bouquet, curieux.

De toute évidence, il s'agissait d'une marque de gratitude. Une dame qui avait obtenu la garde exclusive de ses marmots ? Un couple pour qui elle avait finalisé une procédure d'adoption ? Régine avait de la chance. On ne lui offrait jamais rien, à lui. Il sourit tout seul à l'idée d'un bijoutier dévalisé le remerciant par une boîte de chocolats d'avoir arrêté son voleur armé au péril de sa vie. Il ne fallait pas rêver. Les chocolats, s'il en voulait, il valait mieux qu'il aille se les acheter tout seul, avec son maigre traitement de fonctionnaire de l'État.

Mine de rien, il manipula le bouquet devant lui, mais ne trouva pas de carte. Il regarda par terre si elle était tombée, mais sur le sol, rien d'autre que ses pieds. Étrange, d'envoyer un bouquet de façon anonyme…

Soudain, il percuta. Ça lui fit l'effet d'un coup de bélier en plein ventre. Alors là, il méritait

206

qu'on lui décerne la médaille internationale du plus grand bourricot de tout le quartier.

Il fonça vers la porte, l'ouvrit à toute volée et dévala l'escalier en courant, comme si sa vie en dépendait. Arrivé dans le hall de l'immeuble, il poussa la lourde porte juste à temps pour apercevoir le scooter de Jimmy démarrer, et s'enfoncer dans la circulation diluée de cette fin de journée.

Chapitre 23

Ava

Vendredi, 22 heures.

Perla s'éloigna du bar, hilare, un grand verre de
piña colada à la main, et fit un clin d'œil à Lotte
lorsqu'elle passa devant elle.

Ma fille s'est mise à l'écart de la foule. Elle préférait observer de loin toute cette agitation, qui la laissait globalement indifférente, et échanger quelques
paroles avec les serveurs ou les anonymes qu'elle
croisait et qui, eux, n'intéressaient personne.

Tout à l'heure, un jeune inconnu de son âge
l'avait abordée. Sans doute l'avait-il crue trop inti-
midée pour se mêler aux autres. Elle et lui avaient
sympathisé et, appuyés contre un mur, s'étaient
mis à bavarder tranquillement de films, un sujet
qui s'imposa tout naturellement à eux.

— … D'une façon générale, on sait que le cinéma
de Quentin Tarantinorossi puise ses références dans

la culture populaire, dit le brun binoclard et maigrichon, en sirotant une orangeade.

— Oui, mais quelle réinterprétation de ces westerns spaghettis, il en a fait de la haute gastronomie, répondit Lotte, son verre de jus de raisin à la main.

Loin des effets de style des invités, le garçon ne portait qu'un jean basique, une paire de baskets fatiguée et un tee-shirt gris sans motifs. Ça faisait un moment qu'il avait repéré cette brunette discrète, avant d'oser s'en approcher comme un papillon d'une source de lumière. Lotte le trouvait un peu passe-partout, dans le genre étudiant à l'allure banale, mais il semblait captivant et copinait courtoisement avec elle. Ce qui lui convenait très bien.

Ils échangeaient depuis un long moment déjà, quand une gamine trop maquillée les interrompit brutalement, suivie d'une autre, habillée d'un top qui dévoilait son ventre boudiné serti d'un strass. Leur attitude de bêcheuses, grossière et condescendante, ajoutait à leur charme de cactus. Comme s'il leur appartenait, elles se plantèrent devant le garçon, ignorant mon bébé dont le visage ne leur évoquait rien de connu, donc d'intéressant.

— Cette soirée m'a filé la migraine. Ils m'ont tous épuisée. Viens, on va se détendre devant le nouveau film de Ryan Gossip, là… ordonna le camion volé.

Nombril qui brille interpella fard à fossettes :

— Donc tu veux soigner ton mal de crâne devant Ryan Gossip, comme ça, tu auras un mal de crâne ET des palpitations, c'est ça ?

— Ah mais pitié. Tais-toi quand tu parles. Le son de ta voix crispante me donne la nausée, et je suis déjà assez souffrante comme ça.

Embarrassé, le garçon tendit la main vers les gamines, puis vers Lotte :

— Elle, c'est Gretchen, et elle, c'est Tiffany. Ce sont mes cousines. Au fait, je ne me suis pas présenté, je m'appelle Max.

— Enchantée, Max. Gretchen, Tiffany, salut. Moi, je suis Lotte.

— Ravi de faire ta connaissance, Lotte, dit le garçon, seul à répondre.

Les autres avaient tourné la tête, consacrées à saluer servilement une jeune starlette de téléréalité qui passait près d'elles, et qui les ignora.

Max hésita, craignant visiblement qu'elle ne refuse, puis se lança :

— C'est vrai que ça manque un peu de calme, par ici. Un film, ça pourrait être cool. Ça te dit de venir avec nous ?

— Oh ? Eh bien, je ne sais pas… hésita Lotte, qui ne tenait pas trop à quitter la fête pour une séance en ville. Le ciné est loin d'ici ?

Max éclata de rire.

— Des kilomètres ! Il suffit juste de monter cet escalier, et on atterrit dans une salle de projection privée. Fauteuils de relaxation, pop-corn à volonté, glaces, boissons, et une toile gigantesque avec son en dolby digital, pour profiter pleinement du film de Ryan, qui sortira en salle dans quelques jours.

— Cool ! répondit Lotte en ouvrant de grands yeux. Ben oui, alors, pourquoi pas ?

— Yes ! murmura Max, dont le visage s'illumina en même temps qu'il sourit.

Telle une tornade, Hannah surgit, attrapa le bras de Lotte, et s'incrusta dans la conversation. Toujours à ses côtés, dévoué jusqu'à l'abnégation et lui portant son sac, Tobias, par la force des choses, s'incrusta également.

— Hé ! Une salle de projection privée ? J'en ai jamais vu ! On peut venir aussi ?

Max haussa les épaules.

— Eh bien… je suppose que oui, accepta-t-il sans enthousiasme.

— Mais attention, hein ! Je ne sais pas ce que vous allez voir, mais moi, si le film fait peur, je crie ! minauda Hannah.

— Tu n'as rien à craindre, susurra Tobias en se collant à elle, je te protégerai. Au péril de ma vie, s'il le faut.

Hannah fit un pas en arrière, et le fixa avec commisération.

— Ce n'est qu'un film. Je plaisantais. Tu n'es qu'un enfant.

— Alors c'est toi qui me protégeras ? Ça me va aussi !

Max fit un signe de tête à Lotte, et fendit la foule, les autres à sa suite. Il commença à grimper les marches de l'escalier en colimaçon du salon, qui menait au premier. Lotte, derrière lui, se tourna vers Gretchen et demanda :

— Le propriétaire de la maison ne dira rien, si on squatte sa salle de ciné ?

Gretchen haussa un sourcil et dévisagea ma fille, l'air goguenard.

— Ça m'étonnerait qu'il dise quelque chose. Max, c'est son fils.

Et la troupe de cinéphiles grimpa à l'étage, derrière le fils de Jules Leséglises.

Seule une des filles, la mienne, le fit avec sur le visage une expression de parfaite stupéfaction.

Vendredi, 22 h 30.

— Ah, voilà Régine…

Je lui tendis mon portable, mais elle ne le remarqua pas et s'accrocha à mon bras pour me parler.

— Oh… *My… God !* Je viens de m'envoyer au septième ciel dans les toilettes !

— Non, mais…

— J'en ai encore les fesses qui tremblent ! T'as entendu des petits cris, tout à l'heure ? Eh ben, c'était moi !

— Régine !

— C'était humide et c'était chaud ! Huum ! J'en frissonne de partout !

Cette fois, je l'obligeai à s'interrompre, et lui passai mon portable.

— Régine… j'ai Tom, en ligne… il veut te parler…

Elle ne s'y attendait pas.

— Ah ?

Elle prit le téléphone et le colla contre son oreille, se bouchant l'autre de l'index.

— Allô ? Mais pourquoi tu ne m'as pas appelée sur mon téléphone à moi... Ah bon ? Ah, mais j'ai rien entendu, alors... Ça ne devait pas capter, là où j'étais... Quoi ? Qu'est-ce qui tremblait ?

Je lui fis une grimace désolée. Elle leva les yeux au ciel.

— Oh, c'est rien. C'était juste Bueno et son bassiste The Edwige, tu sais, ces Irlandais du groupe U-Tube, on s'est retrouvés ensemble dans les toilettes, et une chose en entraînant une autre... Ha, ha, ha... Comment ça, c'est pas drôle ? Oh, mais tu n'as aucun humour, ma parole !... Et même si je te dis que je t'ai obtenu un autographe ? Par contre, je ne te dis pas avec quoi... Ha, ha, ha...

Je remarquai un brin d'agitation. Un homme fendit nonchalamment la foule et se dirigea vers moi. Juste avant de bifurquer, il m'honora d'un sourire irrésistible. Ces yeux magnétiques, ce charme fou... Je manquai de me pâmer, car celui qui venait de saluer ma terne existence d'un signe de tête n'était autre que l'acteur Robert Deuxnez Jr.

Où étaient mes faux photographes, quand on avait besoin d'eux ?

— Oh, calme-toi, soupira Régine, toujours suspendue à mon portable. Je viens juste de vivre une expérience sensorielle inédite avec des toilettes japonaises… Comment ? La différence avec des toilettes pas japonaises ? Eh bien, le siège se chauffe dès que tu t'assois dessus, ça t'envoie un jet d'eau tiède pour te rincer ce qui doit l'être, et tu termines par un souffle d'air qui te sèche le fondement…

Elle laissa son amoureux s'exprimer, avant de reprendre.

— Oui, en effet… techniquement, j'ai bien eu un rapport sexuel avec les fluides d'un autre que toi. Fût-il en plastique et en porcelaine. T'es jaloux ? Ha, ha, ha… Mais arrête de râler ! C'est quoi cette mauvaise humeur, à la fin ? Allô ?… J'entends rien… Ici aussi ça capte mal… Allô ?

Je laissai Régine deviser avec Tom dans son coin et me dirigeai vers Meryl Stricte qui sirotait une coupe de champagne rosé, contournai Sofia Vertgarage et son décolleté, croisai la belle Gal Gadin… mon attention venant d'être attirée par quelque chose.

Robert Deuxnez Jr, debout près d'une table, avait englouti un canapé huileux. Puis il s'était copieusement essuyé la bouche, et venait d'abandonner la serviette en papier gorgée de ses baisers tout gras avant de s'éloigner.

Me jeter dessus tel un rugbyman sur un ballon aurait été au minimum inconvenant, d'autant que je n'étais pas une gamine frivole (ni un rugbyman). Non, j'étais une quadragénaire responsable et, en tant que telle, je ne pouvais pas m'abaisser à des extrémités aussi ridicules.

Tout bien considéré, j'étais – aussi – l'ancienne compagne d'un talentueux prestidigitateur. Alors, sans plus réfléchir, en hommage à mon ex-baguette magique, j'allai me coller négligemment contre la table, posai ma minaudière à côté de la serviette et, en un clin d'œil, hop, escamotai le bout de tissu jetable sans que personne s'en rende compte. Puis, triomphante, je le glissai dans ma bourse, la refermai, et m'éloignai en savourant l'exaltante sensation d'une chair de poule crépitant sur mes bras.

Tout à l'heure, quand je retrouverai ma chambre, il faudra bien que je me démaquille, et que j'essuie mon rouge sur mes lèvres. Est-ce que, si je l'utilise à cet effet, cette troublante intimité, cette affolante proximité avec la serviette ayant pressé la bouche de Robert, sera une expérience dont je pourrai me vanter auprès de mes copines ?

Je ne crois pas, non.

Tant pis, mon amour. Ce rapprochement indécent sur fond de fétichisme sera notre petit secret.

Chapitre 24

Tom

Quelques jours plus tôt…

Au téléphone.

— Allô, Tom ? Enfin, tu décroches !

— Quoi ?

— Comment ça, « quoi ? ». J'essaye de te joindre depuis hier soir, et tu ne réponds pas ! Qu'est-ce qui se passe ? Tout va bien ?

— Bien sûr. Pourquoi ça n'irait pas ?

— Eh bien… je ne sais pas. Tu es bizarre.

— Voilà, c'est ça. Je suis bizarre.

— Mais parle-moi, au moins !

— Que veux-tu que je te dise ?

— Merci pour ce que tu as fait à l'appart… Et pour le champagne, et pour les fleurs, mais je ne comprends pas pourquoi tu n'es pas resté, hier.

— Si tu cherches un clebs, la SPA en regorge.

— Pardon ? Mais enfin, je…

— Les fleurs, c'était pas moi. Je te laisse, j'ai des trucs à faire. Salut.

Il raccrocha.

Régine contempla son portable, interloquée. Elle tenta de le rappeler, mais il ne décrocha plus.

Chapitre 25

Ava

Vendredi, 22 h 45.

— Tiens ? Quelle bonne idée !

— Hum ? fit la quadragénaire en robe d'un vert satiné à qui Perla venait de souffler son haleine chargée.

— Oui, v... votre chignon, là. Tout entortillé. C'est le même que portait toujours cette a... actrice, dont j'ai oublié le nom... vous m'excuserez, je n'ai aucune mémoire pour les trucs f-futiles...

— Pardon ? maugréa la comédienne, une nuance de stupéfaction dans la voix.

La femme prit à témoin les gens à ses côtés. Et ce fut moi, les gens, car elle était seule, son verre à la main, sans doute délaissée un instant par son cavalier. Moi qui étais venue traîner un peu avec ma copine Perla. Mais peut-être n'était-ce pas le bon timing, peut-être aurais-je dû venir la trouver plus tôt.

— Oui, oh, vous savez, j'ai déjà la tête b-bien farcie du nom de tous ces… médocs, que je dois retenir pour le bien de mes pa… patients, mais vous avez raison. Oui, oui, oui. Vous avez raison de vous être fait le look de celle qui a joué dans… hum… *Le Kangourou de la peur*. C'est ça ! Vous parvenez presque à lui ressembler…

L'actrice leva les yeux au ciel, excédée.

— JE SUIS l'actrice principale du *Kangourou de la peur*.

— Ça, ma caille, ça m'étonnerait. L'actrice en question est p-plus mince, moins ridée et elle n'a pas cette petite moustache blonde, là… que vous avez, juste ici, au-dessus de la lèvre… (Doigt tendu de Perla, en direction du visage de la fille.)

— Mais puisque je vous dis que je suis l'actrice dont vous parlez !

— Hum… Je crois p-plutôt que vous êtes un homme. Qui portez une robe. Et ça vous va bien, malgré vos épaules carrées et votre pomme d'Adam pro… proéminente. Vous devriez la garder. Votre robe, j-je veux dire… Votre pomme d'Adam aussi, remarquez. C'est pas votre faute. C'est la tétos… la tête au sérum… laaaa tesstossté-rhum-coca…

L'actrice voulut protester et, dans son élan, fit un grand geste qui renversa le contenu de son verre, non pas sur Perla, qui venait brusquement de tourner les talons, mais sur moi, qui n'avais pas encore réagi.

— Oh non ! Ma robe préférée ! m'écriai-je, en constatant les traces de champagne qui constellaient une large partie de mon décolleté.

— Oh non, mon verre préféré ! grinça l'actrice en s'éloignant, au comble de l'exaspération.

Lorsque je levai les yeux, Perla avait disparu. Un instant j'essayai de la repérer, et je l'aperçus se dirigeant vers un canapé sur lequel elle se laissa tomber, yeux fermés, membres détendus et mine extatique. OK, sur ce sofa, elle était saine et sauve.

Alors, sans perdre un instant, je courus porter secours à ma robe.

Vendredi, 23 heures.

Une fois la porte de la salle de bains refermée derrière moi, je me précipitai vers le lavabo, saisis une serviette, la mouillai et frottai toutes les taches que je pouvais, avant que le vin ne s'incruste définitivement dans le tissu. Je passais suffisamment de temps à souiller mes vêtements de travail, pour avoir envie de préserver cette robe hors de prix que je portais si rarement. Alors je m'acharnai, tout en frémissant d'horreur. Et si le verre de la fille avait contenu du vin rouge, ou du café noir ? Je jouais à me faire peur en imaginant l'état de mon vêtement si elle m'avait bombardée de sauce soja, ou de sauce curry, ou non, pire encore, de jus

de cerise… Et toute à mes fantasmes délicieusement cauchemardesques, je réalisai, mais un peu
tard, qu'à force de frotter, le haut de ma robe,
trempé, était devenu transparent, collant à mon
soutien-gorge tel un film protecteur sur l'écran
d'un portable neuf.

Bon, qu'à cela ne tienne, un coup de séchoir et
il n'y paraîtrait plus.

Je me mis à en chercher un, ouvrant les tiroirs,
les placards, furetant partout, mais, très vite, je
réalisai qu'il n'y en avait pas. Ou s'il y en avait
un, il devait se trouver dans une des quatorze
autres salles d'eau que comportait cette immense
baraque.

Je ne pouvais tout de même pas sortir ainsi : on
aurait cru *La Liberté guidant le peuple.*

Il ne me restait plus qu'à appeler Régine, pour
qu'elle me vienne en aide. Ce que je fis. Avant de
constater qu'ici, mon téléphone ne captait pas. Aïe.

N'ayant pas d'autre idée, je commençais à
envisager de sacrifier ma serviette en papier en
la dépliant pour me l'attacher autour du cou
(pardon, Robert), quand un miracle se produisit :
Régine poussa la porte, et entra.

— Ah, Régine ! Tu es là !

— Tiens, toi aussi ? Envie de goûter aux plai-
sirs secrets du Soleil levant ?

— Pas du tout. Parce que toi, si ?

— Moi non plus, se justifia-t-elle très vite. Pas
une seconde. En aucune manière. J'ai juste envie
de faire pipi. Encore une fois. Vite fait.

— Bon. Quand ta petite fleur aura fini de jouer au remake de la *Dolce Vita* dans ces toilettes, tu voudras bien me rendre un service ?

— Ma petite fleur et moi, on t'écoute.

— Regarde le carnage, sur ma robe. J'ai voulu me détacher avec un peu d'eau et, au final, c'est l'eau qui ne se détache plus de moi. Tu crois que tu pourrais aller à la recherche d'un séchoir, quelque part ?

— J'en vois bien un dans le coin, mais ça m'étonnerait que tu acceptes de te pencher au-dessus de la cuvette pour en profiter.

— Je confirme, j'ai pas fait contorsionniste seconde langue.

— OK, c'est bon, j'y vais. Mais j'exige une solide ristourne sur mon quatrième tableau !

Régine quitta la salle de bains, et je pinçai le tissu de ma robe dans l'espoir qu'il cesse d'adhérer à mon sous-vêtement. Derrière moi, quelqu'un poussa la porte. Gênée, je croisai vite les bras contre ma poitrine, et restai le dos tourné à la personne qui venait d'entrer, appuyée que j'étais contre un meuble, fixant le mur comme s'il y avait tagué dessus un extrait du prochain scénario de Steven Spider.

Pourvu que Régine fasse vite, d'autres personnes n'allaient pas tarder à venir se remaquiller, se recoiffer, ou profiter d'une petite séance de thalasso intime.

C'est lorsqu'il sortit des toilettes que je le reconnus. Mon Dieu. Lui ici. Mon cœur bondit contre ma poitrine. Penché au-dessus du lavabo en marbre, se lavant les mains sans quitter des yeux son reflet dans le miroir, je l'identifiai grâce ce petit détail coquet, original et surtout inoubliable : son gros bun de cheveux d'emmerdeur, ceux-là mêmes qui auraient mérité de se voir constellés de chewing-gum.

L'homme de l'avion, qui portait sans doute encore, tatoué entre les reins, l'empreinte de mes plantes de pied, ne sembla pas faire attention à moi. Pour le moment. Sourire forcé devant la glace, il examinait ses dents en se séchant les doigts avec une petite serviette. Deux jolies filles entrèrent dans la pièce, riantes et échevelées, et se postèrent devant l'immense miroir de la salle d'eau, pour rectifier leur rouge à lèvres.

Il y aurait eu la place pour plus de monde encore, devant cette glace démesurée et ce meuble si large qu'il pouvait contenir deux vasques design et assez d'espace pour y poser pléthore d'accessoires raffinés. Pourtant, l'homme cessa d'observer ses dents, et posa sa petite serviette loin de lui. Insidieusement, il se déplaça de telle manière qu'il n'était plus devant un lavabo, mais entre les deux. Et, tandis que les filles, face à cet inconnu sans doute important, se ratatinaient respectueusement sur le côté, il prit un temps infini pour se relaver les mains, insistant entre chaque doigt, sous chaque ongle, tel un chirurgien amateur et pourtant bien méticuleux. Puis il recommença son manège, prenant le plus de place possible, serviette, séchage toujours sans quitter des yeux son reflet qui semblait le subjuguer, recoiffage nerveux par petites touches de son bun savamment arrangé. Et lorsque, enfin, après un siècle et demi à occuper l'espace, il se décida à décoller, il tourna les talons et croisa mon regard.

Moi qui étais restée dans un coin, bras croisés, à l'observer tranquillement.

Il ne me reconnut pas tout de suite, j'aurais pu en jurer. Il ne percuta que lorsque je sortis mon pied de mon escarpin, le posai contre le sol, et commençai à faire craquer méthodiquement mes orteils, avec sur le visage une expression rebelle de défiance sauvage. Alors, il pâlit, saisit son bun, le secoua, arracha l'élastique, s'ébouriffa les cheveux en me lançant un regard cruel de veau. Et il quitta les lieux d'une démarche triomphante, sans avoir remarqué qu'il était tout décoiffé, cet imbécile.

Chapitre 26

Tom

Quelques jours plus tôt…

— Franchement, monsieur Pietro… vous faire pincer à peine sorti de prison ? C'est pas sérieux ! le réprimanda Ramsès.

— Eh oui, mon petit. Que voulez-vous, on ne se refait pas, soupira le vieil homme, assis à l'arrière de la voiture de police qui l'emmenait au commissariat.

— Pris la main dans le sac de la même façon que la dernière fois, quelle misère. Hein, Tom ?

Le flic, au volant, acquiesça d'un « hum » distrait. Ramsès, son coéquipier, l'observa un court instant, avant de se tourner vers Monsieur Pietro.

— Je crois qu'il n'est pas en forme, en ce moment, notre Tom.

— C'est vrai, monsieur Tom ? Vous avez des soucis ?

Tom ne répondit pas. Il freina devant un feu rouge, avant de s'arrêter complètement. Son portable, posé près du levier de vitesse, se mit à sonner. Il jeta un coup d'œil dessus, mais, lorsqu'il lut qui l'appelait, il ne décrocha pas. À la place, sa bouche appuyée contre son poing fermé, il se perdit dans la contemplation des rues parisiennes, par-delà sa fenêtre ouverte.

— Je vois, dit Monsieur Pietro. Peine de cœur ?

— Peine de cœur, confirma Ramsès à sa place.

Il fréquentait Tom depuis des années et pouvait le déchiffrer comme s'il avait été son propre frère. Et en l'occurrence, inutile d'être Sherlock Holmes pour deviner qu'entre Régine et lui, c'était chaud. Mais plus dans le sens sexy du terme.

— Je connais ça, opina Monsieur Pietro. Pourquoi croyez-vous que j'aie replongé, dans ces histoires de poker clandestin ? Madame Pietro est très, très gourmande en termes de petits cadeaux onéreux.

Ramsès haussa les épaules, compréhensif.

— Ah, les femmes... Ne m'en parlez pas. J'aurais dû mieux choisir la mienne. Quand j'ai demandé sa main, je visais celle de droite, je n'avais pas vu qu'elle avait deux mains gauches !

Monsieur Pietro, fataliste, leva les yeux au ciel.

— Vous savez, dit-il, ma femme à moi est tellement dépensière, que le gouvernement envisage de lui remettre une médaille d'argent, pour services rendus à la relance de l'économie.

— Houla ! grinça Ramsès. J'aimerais bien que mon épouse dépense un peu nos sous, par exemple chez le traiteur, un ou deux soirs par semaine. Parce qu'elle cuisine si mal, que l'aliment essentiel dont je me nourris, c'est le pansement gastrique.

Tom, taciturne, ne participait pas à la conversation. Pourtant, les échanges de vannes avec son binôme, il adorait ça d'habitude. Mais cette fois, il se contentait de conduire, concentré sur la route, soucieux. Il y avait des embouteillages, ils avançaient au pas, et lui n'avait qu'une seule envie, c'était que la journée se termine.

Monsieur Pietro répondit donc à Ramsès :

— Ah, nous avons le même problème ! La mienne ne cuisine pas. Les gens de la mode lui ont dit que la nourriture, c'est dangereux pour la santé. Du coup, elle maigrit. Et là, elle est tellement décharnée qu'elle a besoin de beaucoup de vêtements pour se réchauffer. Très chers, si possible, pour remplacer la chair qui lui manque.

— Et toi, Tom, ta femme, elle est chiante comment ? s'enquit Ramsès.

— J'ai pas de femme, maugréa Tom dans sa barbe, en tapotant le volant des doigts, la voiture toujours à l'arrêt, coincée derrière un gros autobus.

— Je voulais dire Régine. Vas-y, fais pas ton lourdaud.

Tom grommela :

— Elle est pas chiante.

— Alors pourquoi tu boudes ?

— Je ne boude pas ! Vous allez arrêter de me prendre pour un gamin, tous ? s'énerva-t-il.

Monsieur Pietro, gentil, intervint :

— Elle est peut-être parfaite, cette Madame Régine ? Monsieur Tom a peut-être trouvé la perle rare ?

— Oui, hein ? insista Ramsès. C'est la perle rare, ta meuf ?

— Non. Elle a des défauts, comme les vôtres.

— Genre ? Elle pue des pieds ? Elle chante faux ? Elle s'épile pas les aisselles ?

— Genre elle a des ex qui la collent d'un peu trop près, soupira Tom, agacé.

Ramsès se retourna sur son siège et échangea avec Monsieur Pietro un regard d'abord consterné, puis hilare. Le flic se passa la main dans ses cheveux gominés, avant de se frotter le menton en hochant la tête, l'air de penser que son coéquipier se comportait un peu comme une petite fille capricieuse. Cependant, pour ne pas le froisser, il lui dit simplement :

— Tu te comportes vraiment comme une petite fille capricieuse.

— Et toi, tu t'exprimes comme un immonde macho, repartit Tom du tac au tac.

— Ôte-moi d'un doute. C'est le macho qui fait la gueule à sa meuf parce qu'un ex lui tourne autour ? Tu sais qu'Isha, l'ex d'Alba… Alba, c'est ma femme, précisa Ramsès en direction de

Monsieur Pietro. Isha, donc, vient souvent dîner à la maison avec sa nouvelle compagne ?

— T'es sérieux là ? fit Tom en lui jetant un coup d'œil étonné.

— Et alors ? On n'est pas des sauvages ! Alba l'a connu il y a longtemps, c'est un type formidable qui l'a aidée à surmonter un moment de sa vie particulièrement compliqué, et à devenir celle que j'aime depuis neuf ans. Grandis un peu, mec ! Même si, techniquement, t'es déjà au max.

Monsieur Pietro et Ramsès échangèrent un sourire, tandis que Tom hochait la tête, pensif. Au bout de quelques minutes, il finit par s'enquérir, sur un ton cordial :

— Et vous, monsieur Pietro, une anecdote à propos de l'ex de votre femme ?

Monsieur Pietro devint aussitôt silencieux. Tom se tourna brièvement vers lui.

— Monsieur Pietro ?

— Nous sommes bien d'accord que vous m'arrêtez pour organisation de parties de poker clandestines ? Vous n'avez rien découvert d'autre contre moi ?

Chapitre 27

Ava

Vendredi, 23 h 30.

— Ah… mais je v… vous connais, vous ! Vous êtes… vous étiez dans… attendez, ça va me revenir… Oui, ça y est, je sais ! Vous étiez dans ma té… télévision hier soir !

Perla avait vraiment réussi à se libérer l'intrépidité. Et maintenant que ses inhibitions étaient bien essorées, elle se retrouvait imbibée de culot jusqu'au toupet. Problème, cette fois elle s'adressait non pas à une actrice, mais à une employée de maison, gênée par cette invitée trop collante.

— Pas du tout, madame. Moi, vous voyez, je suis préposée au service.

La femme sourit poliment et tenta de s'esquiver, mais Perla, qui n'en avait pas fini avec elle, la retint en posant la main sur son bras.

— Si, si si si si si, insista Perla. Je vous ai vue ! Avec vos cheveux plats, et votre voix, là, votre voix imini… inini… mitable.

— Je vous prie de m'excuser. Je vous assure que vous faites erreur. Un canapé ? proposa la serveuse en lui tendant son plateau.

Perla attrapa un petit feuilleté, l'enfourna, et s'obstina, en lui postillonnant de la pâte feuilletée au visage.

— Mais je ne com… comprends pas… Pourquoi vous ne me dites pas que vous z'êtes la fille de ma télé ? Puisque je vous ai reconnue ? Allez-y ! Pourquoi vous z'êtes habillée en serveuse ?

— Parce que c'est mon métier, madame.

— Vous êtes ici incognito pour… p… pour un personnage ? Hein ? Hein, c'est ça ?

La pauvre femme, voyant que l'autre ne la lâchait pas, décida d'endosser le rôle qu'on lui octroyait de force, pour se débarrasser de la pénible. Elle chuchota, avec un geste de la main devant ses lèvres pour lui signifier que cela devait rester confidentiel :

— D'accord, j'avoue, vous m'avez reconnue. Mais s'il vous plaît, ne dites rien à personne, et laissez-moi faire mon travail.

— Ah ! Vous voyez ? Je le savais ! s'écria Perla. On fait un selfie ensemble ?

— Non, je…

— Alleeez, dites pas nooon, on fait un selfie ensemble, alleeez, que j'le montre à mes z'enfants… Si ça se trouve, en ce moment, ils regardent un DVD de vous !

L'employée soupira.

— Très bien, madame. Mais ensuite, il faudra vraiment me laisser travailler.

La serveuse l'entraîna un peu à l'écart. Perla chercha son portable dans son sac, le trouva, et prit la pose, toutes dents dehors, avec la serveuse qui lui offrit un sourire similaire.

Puis la pauvre femme parvint enfin à s'éloigner. Quelques mètres plus loin, elle fut rejointe par un maître d'hôtel, qui l'attrapa délicatement par le coude, et la guida vers les cuisines, où il lui signifia son licenciement immédiat, pour s'être comportée d'une manière aussi peu professionnelle avec une invitée. Une photo avec une people. Et puis quoi, encore ? Si son personnel se permettait ce type de familiarité avec les clients ultraprestigieux pour lesquels il travaillait, c'en était fini de sa réputation.

Perla, de son côté, aperçut Régine et, mettant le turbo autant que possible d'une démarche qu'elle s'efforçait de ne pas rendre titubante (raté), elle claqua triomphalement l'écran de son portable sous le nez de sa copine.

— Regarde un p… peu qui pose avec moi ? T'es jalouse, hein ? Avoue, t'es jalouse ?

Régine plissa les yeux pour contempler la photo, puis Perla, puis encore la photo, et lâcha :

— Perla ? T'es au courant que tu as pris une photo de ton pouce ?

Vendredi, 23 h 45.

La soirée battait son plein, entre brouhaha diffus et lumières tamisées. Un verre à la main, je m'étais beaucoup consacrée à l'observation des faux sourires, des accolades hypocrites, des baisers chaleureux déposés à cinq centimètres des joues. Je connaissais bien ce monde d'apparences, il me faisait sourire mais ne m'impressionnait pas. Starlette en vogue aujourd'hui recevant tous les hommages, artiste démodée demain reléguée aux oubliettes. Bras ouverts enthousiastes réservés aux plus influents, évitement poli des rivaux jalousés. Rien de nouveau sous le soleil des stars. Le jeu était cruel, mais sempiternel. Bien dommage ceux qui oubliaient que c'en était un.

Plantée devant un des tableaux du maître des lieux, j'en goûtais avec intérêt l'agencement des couleurs. Au bout de quelques minutes, un homme vint se poster près de moi, et le contempla aussi.

— Pas mal, commenta-t-il. Qu'en pensez-vous ?

— Sublime, vous voulez dire.

— Oui, sans doute. J'avoue que je n'y connais pas grand-chose, répliqua-t-il avec une moue faussement embarrassée.

C'était un septuagénaire élégant, fin costume sur mesure, cravaté de soie, cheveux complètement blancs. Il me tendit la main. Je la pris et allais pour la lui serrer, lorsqu'il retourna la mienne, et en baisa le dos.

— Tadeusz Agopyan. Mes hommages.

— Enchantée, Tadeusz. Moi, c'est Ava Asher.

— Tout le plaisir est pour moi, délicieuse Ava. Mais que faites-vous devant cette toile, loin de tous, au lieu d'aller danser au bord de la piscine ?

— Mais je danse ! Intérieurement, je danse de plaisir devant cette merveille.

Il souleva sa flûte de champagne dans ma direction, avant de la porter à sa bouche et d'en avaler une gorgée.

— J'apprécie les femmes de goût.

Sans répondre, je souris et trempai moi aussi mes lèvres dans mon verre.

— Et alors dites-moi, chère enfant, que vaut à Jules le bonheur de votre présence en ces lieux ?

— Oh, je suis… une artiste. Comme beaucoup par ici, éludai-je, gênée. Et vous ?

— Moi ? Je travaille en tant que marchand d'art. J'achète, je vends. Cette croûte, par exemple, c'est moi qui ai permis à notre hôte d'en faire l'acquisition.

— Intéressant… fis-je, au comble de l'embarras.

Le métier de peintre n'était pas livré avec l'option confiance en soi. Cette affirmation, je pouvais la pratiquer au quotidien. Dans la vie, il y avait ceux qui savaient créer, et ceux qui savaient se vendre. Chaque compétence n'étant pas forcément consécutive de l'autre. Hélas !

— Mais il me semble vous avoir déjà vue…

Amusée, je penchai la tête sur le côté, alors il s'empressa de préciser :

— Non, non, je ne vous fais pas du gringue ! Mon épouse est dans la pièce d'à côté, même éloignée je sens son regard posé sur moi ! Je suis sérieux… Où vous ai-je déjà aperçue ?

— Je l'ignore…

— Ce n'est pas dans un film, j'en regarde assez peu… insista-t-il. Aidez-moi, Ava, quel art pratiquez-vous ?

— Je suis peintre, finis-je par avouer. C'est moi qui ai réalisé le tableau qui sera remis demain à Ornella Chevalier-Fields.

Tadeusz posa sa flûte sur un guéridon, et se frappa dans les mains, avant de les secouer de haut en bas.

— Mais oui, bien sûr ! Ava Asher ! Ça me revient… J'ai vu votre photo, sur le site présentant vos œuvres ! Œuvres qui m'ont grandement intéressé, par ailleurs. Votre coup de pinceau a un petit je-ne-sais-quoi…

— … d'autodidacte ? C'est le cas, je vous le confirme.

Mais tais-toi, cerveau ! Il fallait absolument que je me trouve un agent. À ce stade d'autodépréciation naturelle, on frôlait la performance artistique. De celles qui ne vous rapportent pas un centime. Heureusement, mon nouvel ami, sans doute habitué aux affres des créateurs, n'y prêta aucune attention.

— Tant mieux. Votre trait est libre, dénué de tout formatage, et c'est ce qui me plaît dans votre travail. Pour tout vous dire, j'attendais de découvrir le portrait que vous aviez fait d'Ornella, avant de vous contacter.

— Vraiment ? demandai-je, au summum de la pression.

Il ouvrit sa veste, et sortit de son porte-carte un bristol, qu'il me tendit. En échange, j'ouvris mon sac, et lui donnai ma carte de visite. Il la prit, la rangea dans sa poche, tapota une ou deux fois dessus, et me lança, en se dirigeant vers son épouse, qui venait de le rejoindre :

— À bientôt, chère amie ! Peut-être...

Chapitre 28

Tom

Quelques jours plus tôt…

— Tom ? Quelle surprise ! Entre, entre, je t'en prie…

Bianca invita le flic d'un geste chaleureux de la main. La secrétaire, qui avait son manteau sur le dos et son sac à main à l'épaule, les salua d'un signe de tête, et quitta les lieux par la porte encore ouverte. Pour elle, la journée de travail était finie. Seule Bianca restait au bureau, pour avancer sur quelques dossiers.

— Bonsoir Bianca. Régine est là ?

— Régine ? Ah non, elle plaide en province. Elle est partie hier, elle revient demain soir. Elle ne te l'a pas dit ?

— Eh bien… non. On s'est un peu chamaillés. Tu sais ce que c'est.

— Oui. Je sais ce que c'est, répondit Bianca, avec un lumineux sourire.

Tom était déçu. Il avait déboulé ici sans réfléchir. Il aurait bien voulu voir sa chérie, lui parler, la serrer dans ses bras, s'excuser d'avoir été aussi stupide. Plutôt qu'un coup de fil, il avait trouvé plus authentique de venir la surprendre. Pas une seconde il n'avait envisagé qu'elle puisse être en déplacement.

— Bon, eh bien, dans ce cas, je vais juste déposer ça dans son bureau, annonça Tom en soulevant le petit sac de friandises délicates qu'il tenait à la main.

— Bien sûr, fais comme chez toi, sourit Bianca en se passant une mèche de cheveux derrière l'oreille.

Elle hésita, avant d'ajouter :

— Et puis dis donc, tant que tu es là, on a peut-être le temps de le prendre, ce verre, qu'en penses-tu ? Moi j'ai plus qu'un dossier à parafer, et je suis libre comme l'air.

Tom, qui n'avait pas envisagé de s'attarder, se trouva un peu pris de court.

— Eh bien…

— Allez, t'avais rien prévu d'autre ? Mon fils est avec mon mari, en vadrouille chez sa mère en Camargue pour trois jours. Allons noyer notre relative solitude au bar du coin ! C'est ma tournée ! lança Bianca dans un grand éclat de rire, tout en réintégrant son bureau sans lui laisser le temps de se défiler.

Si ça n'avait tenu qu'à lui, Tom se serait bien esquivé, puisque celle qu'il était venu chercher n'était pas là. Mais Bianca était l'amie et la collègue de Régine, et il ne voulut pas se montrer inconvenant.

Il franchit le seuil du bureau qu'occupait la femme de sa vie, et chercha où déposer son petit ballotin soigneusement enrubanné.

Il examina la pièce : un bureau sommairement déblayé, des piles de dossiers posées un peu partout, une grande bibliothèque où alternaient vieux livres de droit et d'autres piles de dossiers, deux sièges devant le bureau, un fauteuil moelleux derrière.

Il choisit simplement d'ouvrir le tiroir de sa table, pour y glisser son présent.

À aucun moment ne lui était venue l'idée de fouiller dans ses affaires. Il n'était pas ce genre de jaloux-là, Tom. Si le téléphone portable de Régine gisait devant lui, et qu'elle avait quitté la pièce, il n'y touchait pas. Son carnet de notes, jamais il ne s'était permis de le compulser. La suivre ? Même pas en rêve. Et puis quoi encore ? Pourquoi pas la renifler pour tenter de détecter une eau de toilette masculine différente de celle qu'il portait, tant qu'il y était ?

Donc quand il ouvrit le tiroir, ce fut réellement dénué de toute intention d'explorer son contenu. Sauf qu'il n'eut pas besoin de le faire, le contenu en question lui sauta aux yeux.

Une boîte de préservatifs. Ouverte. Et bien entamée. Alors que lui n'en portait plus depuis que leur relation s'était installée, c'est-à-dire depuis des mois.

Il resta là un instant, les bras ballants, à contempler cette preuve accablante de l'exactitude de ses soupçons, sans plus pouvoir faire un geste. Sonné. Assommé.

Voilà. C'était fini. Elle lui avait menti. Elle ne l'aimait plus. Elle allait le quitter. Que pouvait-il y faire, sinon se résoudre à vivre sans elle ? Vivre sans elle… À cette idée, il se sentit mal, seul, et désespérément triste. Son ventre se noua, il eut un haut-le-cœur. Dans ses veines, son sang s'était glacé. Il allait s'effondrer, ça ne faisait aucun doute.

Dans le silence de son K-O, il perçut un chuintement. Appuyée contre l'embrasure de la porte se tenait Bianca, deux verres d'alcool dans les mains.

— Régine m'a dit que tu adorais le whisky, et je me suis rappelée qu'un client m'en avait offert un excellent. Du Yoichi, un single malt japonais. Vingt ans d'âge. On trinque ? Attention, il est sec, je n'ai pas de glaçons, ici.

Tom la fixa un instant, malheureux et perdu. Sans dire un mot, il referma le tiroir, contourna le bureau, s'approcha d'elle, saisit le verre qu'elle lui tendait, et le but lentement cul sec, comme s'il n'avait été qu'un verre d'eau qui le désaltérait. Puis il rendit le verre à Bianca et, toujours sans prononcer un son, il prit l'autre verre qu'elle tenait, et lui fit subir le même sort. Tout cela, sans jamais la quitter des yeux.

Bianca lui sourit, une mèche de ses cheveux blonds lui tombant sur les cils, qu'elle ne remit pas en place.

— Viens dans mon bureau, murmura-t-elle d'une voix dont elle ne maîtrisa pas l'inflexion rauque. Je sens que tu as besoin de parler.

Elle lui effleura le bras. Il la suivit comme un automate. Lorsqu'ils eurent pénétré dans la pièce, elle referma la porte derrière eux.

L'endroit était épuré, les dossiers soigneusement triés, rangés, classés. Une douce lumière de fin de journée inondait la pièce, laquelle était infiniment plus claire et apaisante que celle de Régine. Tom s'affala sur un siège, ses coudes au bord des genoux, ses mains pendant dans le vide, sa longue silhouette penchée en avant. Bianca posa les deux verres sur son bureau, alla chercher la bouteille de whisky, et les resservit. Ce faisant, elle observa Tom, qui se tenait toujours le visage penché vers le sol.

— Double ? suggéra-t-elle.

— Triple.

— Tu en es sûr ?

— Verse.

Elle remplit son verre, le lui tendit, et resta debout, face à lui. Il le garda un instant dans sa main, puis se redressa, et en avala d'un trait la moitié.

— Tout va bien ?

— Mieux serait indécent, ironisa-t-il.

Elle se racla la gorge, but une gorgée d'alcool, et reposa le verre sur son bureau. Un nuage avait dû passer devant le soleil qui infusait les dernières heures du jour, car la pièce se trouva soudain plongée dans une étrange obscurité.

— C'est Régine, j'imagine… Tu veux m'en parler ?

— Il n'y a rien à dire, coupa-t-il.

— Tu sais, insista-t-elle en lui touchant brièvement la main. Tous les couples traversent parfois des moments difficiles.

Tom finit son verre. Il ferma les yeux un instant pour apprécier la sensation chaude qui lui brûlait la langue. Puis il le reposa, vide, sur le bureau, avec l'intention de ne pas s'attarder. Mais une phrase de Bianca l'en dissuada.

— Qu'elle soit partie à Rennes avec Jimmy n'est pas très grave, j'en suis convaincue.

Il releva la tête et la fixa.

— Elle est partie avec Jimmy ?

— Tu l'ignorais ? demanda innocemment Bianca. C'est noté sur son agenda, qui est resté ouvert sur sa table. Je croyais que tu l'avais vu.

La mâchoire de Tom se contracta plusieurs fois. Son regard se figea et ses mains se crispèrent sur ses cuisses. Bianca, doucereuse, aguicheuse, s'approcha de lui.

— En même temps… hé, son truc, ça a toujours été les hommes mariés, tu le sais bien, non ? Et Jimmy est marié. C'est pas si grave, tu sais, c'est Régine, ça ne signifie sans doute rien, pour elle…

Elle s'était approchée très près de Tom, en laissant glisser ses mains le long de ses hanches. Lorsqu'elle fut quasiment collée à lui, elle releva sa robe de quelques centimètres à peine, laissant apparaître le haut d'une paire de bas à jarretière en dentelle.

— Te prends pas la tête… Viens…

Tom, bouleversé par ce qu'il venait d'apprendre, et un peu ramolli par les verres d'alcool qu'il avait avalés, n'opposa aucune résistance. Le géant, désarmé, se laissa faire.

— Ça fait tellement longtemps que j'ai envie de toi… murmura-t-elle.

Bianca prit délicatement les mains du flic, les déposa sur ses fesses, puis se pencha vers lui, saisit son visage, et l'embrassa passionnément.

Chapitre 29

Ava

Samedi, 7 heures.

Personne n'a voulu m'accompagner, ils ont tous préféré dormir, après la folle soirée d'hier. Quelle bande de mollusques, autant qu'ils sont. Quoi ? On est là pour roupiller, ou pour profiter un peu de ce week-end ? Alors, d'accord, à 7 heures du matin, le soleil n'est encore qu'une promesse de lumière. Mais il est plus vraisemblable d'en croiser les premiers rayons en marchant sur une plage, que planquée tout au fond de son lit. Et puis je suis si excitée à l'idée de cette soirée prochaine, que fermer l'œil plus de quelques heures est pour moi inenvisageable.

Lotte et Mona sont rentrées tard avec Hannah, Tobias et Orion. Elles m'ont prévenue qu'il n'était pas humainement possible qu'elles émergent avant au moins 15 heures aujourd'hui. Dites, les gosses, si c'était pour ronfler, fallait rester à Paris !

Perla, sitôt l'avions-nous ramenée dans sa chambre, s'est effondrée au milieu de ses moustiques carnivores, qui n'en feront qu'une bouchée quand ils se réveilleront. Mais elle a adoré sa soirée de petite débauchée, en tout cas, c'est ce qu'elle est parvenue à baragouiner avant de s'écrouler en mode méduse, sous ses draps.

Régine, elle, m'a filé des coups de pied dans son sommeil. Quelle plaie d'avoir eu à partager le même lit que cette joggeuse somnambule. Ça m'a rappelé quand nous étions ados, et qu'on dormait parfois chez l'une ou chez l'autre. Elle n'a pas changé, cette vieille bique, toujours aussi intenable quand elle pionce.

Tant pis pour ce ramassis de feignasses. Au moins, l'avantage d'être matinale, c'est de pouvoir jouir du monde au moment où tout le monde dort encore, comme une balade dans un parc d'attractions vide et offert, libéré de sa foule. Ne pas avoir à partager le spectacle des premières lueurs de l'aube, sentir le vent balayer la nuit pour la pousser dehors, savourer les fragrances qui s'éveillent au son du chant des oiseaux.

Ce moment préservé de la journée m'émouvait tant que j'en devenais presque lyrique. Quelle chance de ne croiser que de rares élus ayant compris le privilège de cet instant précieux. De les voir pratiquer leur sport, jouer avec leur chien ou étreindre leur amour, et de les regarder passer comme on contemple des étoiles filantes.

Ouais. Tellement plus passionnant que de couvrir de bave son oreiller.

Assise face aux vagues, je méditais.

Qu'allait-il se passer ce soir ? Qu'est-ce qui allait changer, dans ma vie ? Serai-je capable de m'y habituer ? Et si, finalement, ce feu d'artifice d'excitation ne se soldait que par un pétard mouillé ? Des artistes peintres, il y en avait des milliers. Pourquoi me remarquerait-on moi, plutôt qu'une autre ?

Je fermai les yeux.

Le ressac berçait mon âme, apaisait mes nerfs, effleurait ma conscience. Pétris d'air marin, mon corps et mon esprit s'exfoliaient des turpitudes de mon quotidien.

J'étais bien.

Insensiblement, je me décrispai.

Et après tout ? Qu'en avais-je à faire ? L'essentiel était ailleurs. Ne plus peindre juste pour mon propre plaisir, mais aussi celui des autres. Ne plus avoir d'horaires, de routine ou de patron, mais avancer sur la corde raide de l'autonomie financière... De la précarité, aussi... Être tributaire de l'éblouissement d'un tiers. Provoquer la magie, et prier pour qu'elle fonctionne. N'être plus celle qui vend le talent d'autrui, mais l'art qu'elle aura conçu de ses mains.

Cheveux au vent, pieds nus enfoncés dans le sable, robe en coton fin et grand gobelet de café chaud entre les mains, je cogitais en respirant cet air inédit, aromatisé à la fragrance des algues.

Samedi, 8 heures.

En même temps, la plage de si bon matin me prévenait de bronzer. Car ma peau était tissée de telle sorte qu'elle flamboyait au lieu de caraméliser. Éviter les rayons me semblait une nécessité indispensable. Autrement, sur cet épiderme qui se défendait comme il pouvait de cet astre qu'il fréquentait trop peu, auraient surgi une myriade de brins de son, de grains de beauté et de taches de rousseur, telle une pluie d'étoiles brunes jetées sur un ciel rouge de colère.

Ici, à l'abri d'un nuage, mon esprit et ma peau se faisaient caresser au rythme lancinant de l'écume se fracassant contre les rochers, telle une éternelle machine à laver les émotions en profondeur, les traces de soucis, les marques d'énervement, les remugles d'angoisse, pour ne laisser place qu'à une propreté essentielle : rien d'autre ne comptait que le bonheur.

Et un pain au chocolat aussi, pour accompagner mon café.

Samedi, 9 heures.

J'avais quand même super envie d'un pain au chocolat, quand j'y pensais. L'air marin, c'était bien gentil, mais ça creusait façon marteau-piqueur. Je me levai donc, secouai le sable sur ma robe, enfilai mes sandales, réajustai mon petit sac, et décidai d'aller me promener sur la grande avenue qui traversait la ville.

Samedi, 9 h 45.

Après avoir longuement léché des vitrines proposant des choses aussi belles que non comestibles, j'ai fini par trouver une boulangerie à la devanture si appétissante qu'elle m'a donné envie d'y pénétrer.

À l'intérieur y officiait une vendeuse, la soixantaine replète, l'air canaille et le tablier sur la robe, qui servait un client probablement retraité, sourire gouailleur et casquette à carreaux vissée sur la tête.

Je me postai sagement derrière lui, attendant mon tour, dévorant des yeux les viennoiseries, et profitai au passage de leur échange.

LE CLIENT – Alors, vous vous êtes décidée, ou pas encore ?

LA BOULANGÈRE – À quoi donc, mon chéri-chéri ?

Le client – À quitter votre vieille mère pour venir vivre avec moi. (*Pointant une pâtisserie.*) C'est quoi, ce truc ? Ça a l'air bizarre. Vous voulez empoisonner vos clients, c'est ça ?

La boulangère – Ah, mon chéri-chéri ! Non, non, je ne quitterai pas ma petite maman ! Ça ? C'est composé d'une pâte croustillant chocolat, crème pralinée, éclats de noisettes et coulis de framboises. C'est une recette trop bonne pour vous, oubliez ! Prenez autre chose !

Le client – J'en prendrai quand même un. Je n'ai aucune confiance en vos conseils. Bon. Et si je vous offrais un appartement ?

La boulangère – Ça dépend, quelle superficie ?

Le client (*se tournant vers moi*) – Les femmes, toutes des vénales, vous avez vu ?

Moi (*au spectacle*) – Oui, oui, elle a raison, quelle superficie, l'appartement ?

Le client – Disons… deux cents mètres carrés ?

La boulangère – Pff… Je garde ma mamounette. Je vous sers autre chose ?

Le client – Oui, je prendrai une part de ce truc, là, qui a l'air dégueulasse… Bon, et quatre cents mètres carrés ?

La boulangère – Quatre cents mètres carrés ? Vous m'insultez ! C'est tout l'effet que je vous fais ? Avec des cerises, ou nature ?

Le client – Nature. Et si je rajoute une terrasse ? Deux terrasses ? Allez, quoi, deux terrasses ?

La boulangère – Huit cents mètres carrés, pour que je quitte ma daronne ! Et c'est mon dernier mot.

Le client – Ah, tout de même… Bon, rajoutez-moi un de ces petits pains au fromage, le temps que je réfléchisse. Vous me l'offrez, bien sûr ?

La boulangère – Ah non, je ne peux pas, je ne vais pas commencer à vous entretenir. Ça fera quatre-vingts centimes, pour le petit pain.

Le client (*feignant l'outrance*) – Quelle misère. Tenez, les voilà vos quatre-vingts centimes. Tout est fini entre nous. Bon, à demain ?

La boulangère (*guillerette*) – À demain, mon chéri-chéri !

Du coup, lorsque le gars s'éloigna, la mine réjouie et ses achats sous le bras, je commentai :

— Un pain au chocolat, s'il vous plaît. Et, entre nous, à quatre cents mètres carrés, j'aurais accepté. Il avait l'air sympa, ce type !

La boulangère me servit en gloussant comme une collégienne.

— C'est mon client préféré. Un jour, je finirai par le lui offrir, son petit pain au fromage ! Mais ne le lui dites pas, il risquerait d'arrêter de me courtiser…

Samedi, 11 heures.

— Régine ? Hé, Régine ? Tu dors encore ?
Avec une infinie douceur, je chuchotai au-dessus de la tête de ma copine, qui me répondit par un ronflement paisible. L'idée n'était pas de l'obliger à se réveiller. Elle avait parfaitement le droit, si elle le voulait, de perdre bêtement son temps. Mais c'était dommage. Perla et ses fils avaient déjà investi la piscine, j'entendais les gamins piailler et s'éclabousser, tandis que leur mère, lunettes de soleil sur le nez et crâne sans doute compressé dans un étau, feuilletait un magazine sur son transat. Ça aurait quand même été chouette d'aller les rejoindre.

Samedi, 11 h 05.

Un SMS venait de faire biper mon portable. Certainement de mes filles. Voilà, je savais bien qu'elles n'allaient pas gâcher leur journée à grasse-matiner, elles au moins.
Un coup d'œil à l'écran de mon téléphone. Raté. Mes marmottes dormaient encore. Le texto provenait d'une responsable de l'organisation de la soirée de remises des prix, qui voulait savoir où j'étais, ne me trouvant pas à l'hôtel où j'aurais dû passer la nuit. Elle s'inquiétait de ne pouvoir localiser le tableau, qu'elle devait faire récupérer.

Mon tableau. Présenté ce soir, devant une scène internationale, la presse, les photographes, parmi d'autres cadeaux qu'Ornella recevra sans doute, mais tout de même. Moi qui peignais depuis l'adolescence, comment aurais-je pu imaginer un jour qu'une de mes croûtes bénéficierait d'une vitrine si spectaculaire ? Il y a encore quelques mois, j'étais vendeuse pour une luxueuse marque de chaussures, maltraitée par un patron détestable, lassée et démotivée par ce métier qui ne m'épanouissait pas. Et grâce à cette accointance improbable avec une de mes clientes préférées, aujourd'hui je me retrouvais choisie pour rendre hommage à celle qui fut une des plus grandes actrices de sa génération. Croire en ses rêves n'était finalement pas une vaine pensée, mais un projet de vie auquel il fallait s'accrocher. Quelle magnifique façon d'en apprendre la leçon.

Samedi, 11 h 10.

Sans faire de bruit pour ne pas déranger Régine, j'allai chercher ma toile. Elle était posée à côté de mon lit. Tiens, il me semblait l'avoir un peu mieux rangée, hier. Il allait falloir répondre au SMS de l'organisatrice, mais je préférais d'abord emballer soigneusement mon œuvre. Si le coursier, prévenu trop tôt, arrivait maintenant, je risquais de le faire attendre pour rien.

Alors, toujours dans le silence de cette matinée d'été, je saisis mon tableau, le posai sur ma partie du lit pour l'admirer une ultime fois avant qu'il ne m'appartienne plus, et... découvris stupéfaite que ma peinture était couverte de sang.

Je clignai des yeux sans y croire.

Et quand, enfin, je réalisai que ce n'était ni un reflet, ni une hallucination, ni les symptômes d'une crise d'hypoglycémie (après le pic de glucides du pain au chocolat), je poussai un cri, du genre de ceux que n'aurait pas reniés une chanteuse d'opéra.

Chapitre 30

Lutèce

Lutèce s'inspecta devant la glace de l'armoire de sa chambre, en essayant d'apercevoir l'arrière de sa robe. Est-ce que ce pli-là était bien droit ? Pas sûr. Elle vérifia à nouveau. Ça irait. Elle n'allait pas sortir son fer à repasser pour si peu. Elle s'approcha du miroir et, d'un doigt à l'ongle verni d'un rose discret, rectifia le tracé de son rouge à lèvres saumon irisé. Puis elle recula d'un pas, lissa le bas de sa robe gris anthracite, tendit sa jambe chaussée d'un sobre escarpin noir à talon plat, et se trouva bien mise, dans cette tenue classique qu'elle réservait normalement aux enterrements. C'était la toilette la plus convenable qu'elle possédât. Avec cette petite veste en coton ardoise qu'elle venait d'enfiler, elle se trouva élégante. Sans doute un peu trop pour rencontrer Saül dans quelques instants, mais elle voulait éviter la faute de goût. C'est-à-dire que Monsieur fréquentait la haute, désormais. Il s'agissait de ne pas avoir l'air d'une plouc, face à lui.

Ses cheveux étaient piqués d'épingles et réunis en un tout petit chignon banane à l'arrière de son crâne. Ça lui tirait un peu, au niveau du front, ce n'était pas hyperconfortable, mais comme disait l'adage « il faut souffrir bla-bla-bla ». À ce stade d'apprêtage, si André, son ex-petit ami qui habitait l'immeuble, la croisait attifée ainsi, il la trouverait sûrement canon, sauf qu'il ne la reconnaîtrait pas.

Elle attrapa son sac à main laqué, qui contenait les précieuses lettres de son ancien amour, poussa un soupir en se regardant encore une fois dans la glace, arrangea une boucle savamment libérée sur son front, prit ses clés, et quitta son appartement.

Cinq minutes plus tard, elle le franchissait à nouveau en trombe, jetait son sac sur le fauteuil du salon et sa veste avec, défaisait les épingles de son chignon, ébouriffait ses mèches teintes en blond platine, et fonçait dans sa chambre en se tortillant pour défaire la fermeture Éclair de sa robe tout en secouant ses pieds pour virer ses souliers.

Non mais, et puis quoi, encore ? Se renier pour un homme ? Tenter d'être une autre pour correspondre à l'image conventionnelle qu'il se faisait certainement d'elle ? Ne pas le décevoir ? C'était fini, toutes ces niaiseries, toutes ces acrobaties psychologiques qu'elle ne pratiquait plus depuis vingt ans déjà. À lui, elle ne devait rien. En revanche, à elle, elle se devait tout. Et pour commencer, de ne pas se trahir. Ce qu'elle se résolut à faire.

Lorsqu'elle quitta son appartement un quart d'heure plus tard, elle portait une joyeuse robe d'été fleurie, aussi ample que longue, ceinturée d'une large bande noire à la boucle typique des années 80. Les manches courtes de la robe tombaient sur les côtés, laissant apparaître ses épaules dénudées. Un peu flétries, les épaules, mais dénudées quand même. Tant pis pour ce qu'en penseraient les autres. Elle les emmerdait royalement. Ses épaules, elle les trouvait trop belles pour les planquer sous un gilet pudique.

Lutèce avait accentué de quelques coups de pinceau le blush rose de son visage pâlichon, et effacé son saumon vieillot au profit d'un éclatant rouge à lèvres fuchsia. À ses oreilles pendaient d'imposantes boucles d'oreilles en forme de grappes de lilas, et une multitude de fins bracelets à ses poignets teintaient joyeusement à chacun de ses mouvements. Quelques coups de brosse suffirent à remettre d'aplomb sa coiffure joliment crantée. Ses pieds se virent chaussés de mules compensées à brides, laissant apparaître ses orteils, et le contenu de son sac trop sage fut transvasé dans un immense cabas à larges rayures bayadères.

Elle jeta un coup d'œil à son miroir, regretta que ses ongles ne soient pas vernis d'un rouge éclatant, admit qu'elle n'avait plus le temps de s'en charger, puis sortit en claquant la porte de chez elle, soulagée, le cœur léger, et en accord avec elle-même.

Lorsqu'elle arriva à la hauteur du café où la rencontre devait avoir lieu, elle ralentit le pas, et se cramponna instinctivement au sac accroché à son épaule. Non, elle n'avait pas peur de le revoir. Elle n'était plus cette petite idiote crédule et insouciante, la vulnérabilité en bandoulière et des illusions pleins les cheveux. Désormais, Lutèce était une femme mûre, sûre d'elle, avec de l'expérience à revendre et un sacré tempérament. Ce qui ne l'empêcha pourtant pas de frissonner. Elle se frotta les bras. Était-ce elle, ou bien il faisait frisquet, d'un seul coup ? Tout compte fait, peut-être qu'un petit gilet n'aurait pas été de trop.

En terrasse, elle aperçut des couples, quelques femmes, deux-trois jeunes hommes, mais nulle trace d'un vieux monsieur ayant la stature de Saül. Elle franchit alors le seuil de l'établissement et balaya du regard la salle un peu vide de ce café planqué sous une arcade. Elle fut déçue de n'y débusquer aucun visage familier. L'espace d'une fraction de seconde, elle envisagea de rebrousser chemin, histoire de ne pas arriver la première, avant de se rappeler qu'il ne s'agissait pas d'un rendez-vous amoureux. Il n'y avait donc nulle stratégie à mettre en place, nul désir à laisser monter en feignant de se faire attendre, elle pouvait tout aussi bien arriver la première, cela ne lui posait aucun problème d'ego.

Elle demanda donc au serveur qui l'accueillit de lui indiquer une place où elle pourrait s'installer, à l'écart. Pour qu'ils soient tranquilles.

Le serveur l'accompagna jusqu'à une table du fond, dans un coin plus sombre et éloigné des autres consommateurs. C'était parfait. Elle en profita pour commander un Spritz, et s'installa tranquillement sur la banquette, tête haute et regard détaché.

Lutèce jeta un coup d'œil à la montre à gousset qu'elle venait de sortir d'une poche de son sac à main. C'était un cadeau de son fils, qui connaissait son goût pour les objets rétro. L'aiguille indiquait que le malpoli avait vingt minutes de retard.

Soit. Cinquante ans, et vingt minutes de retard, exactement. Heureusement, elle n'était plus pressée.

On lui apporta son Spritz. Elle trempa les lèvres dans son cocktail, sans même simuler la contemplation de l'écran de son téléphone portable. Non, elle ne serait pas faussement concentrée sur sa vie sociale virtuelle, elle assumait d'être tout entière dévouée à cette confrontation.

Son ami Eugène avait vécu une expérience à peu près similaire, il y a une trentaine d'années de cela, en retrouvant la trace du fils que son père avait eu d'une liaison adultérine, après sa naissance. Un cadet dont il ne savait pratiquement rien. Mais Eugène s'était cru longtemps fils unique, et il en avait souffert. Aussi, rien qu'à l'idée de se découvrir un jeune frère il…

Un mouvement devant elle.

Un homme venait de s'approcher, et demeurait là, debout, à la contempler sans un mot. Tout doucement, elle leva les yeux de son verre pour les poser sur l'inconnu qui lui faisait face.

C'était Saül, elle l'aurait reconnu entre mille.

Grand, large d'épaules, vêtu d'une élégante veste gris foncé et d'un pantalon deux tons plus clairs. Si les années avaient fait leur œuvre, son regard ardent, intense, lui, n'avait pas changé.

Lutèce sourit. Sans réfléchir. Réceptrice d'un shoot de bonheur venu du fond des âges, dont elle ne put maîtriser le jaillissement. Elle avait tout prévu, tout envisagé, sauf de perdre le contrôle de sa crispation, et de se retrouver désarmée, touchée par la simple présence de celui qui l'avait piétinée.

Saül lui rendit son sourire. D'une façon franche, sincère, et sans doute aussi peu préméditée que la sienne. Juste une expression du visage spontanée et heureuse.

Lutèce fit le geste de se lever, mais il l'arrêta d'un mouvement de sa grande main, qu'il dirigea ensuite vers la chaise face à la femme aux épaules dénudées. Elle acquiesça en silence, et il s'installa.

Ils n'avaient pas échangé un mot, pas même une salutation. Émus, ils ne pouvaient simplement plus se quitter du regard. Le seul son plus bruyant que la musique de fond dans ce café était celui des battements de leurs cœurs, qui cognaient à tout rompre.

Jusqu'à ce que, tel un raz de marée d'émotion, des larmes débordent des paupières de Lutèce, et que les yeux de Saül s'embuent en les apercevant. D'un geste précipité, elle chercha un mouchoir dans son sac. Il lui tendit aussitôt le sien, en tissu à carreaux, brodé de ses initiales. Lutèce le remercia d'un mouvement de menton, s'épongea les yeux, et moucha son nez dedans, avant de le lui rendre. Il le prit sans cesser de la contempler, et le glissa dans la poche de sa veste.

Puis, simplement, il posa ses mains sur la table, paumes vers le ciel, et les tendit vers elle, qui ne se fit pas prier pour y glisser dedans les siennes, et retrouver cette douceur qui lui avait tant manqué. Il les serra, éperdument. Elle ferma les yeux, et refréna une nouvelle montée de larmes. Cela faisait si longtemps, si longtemps…

Les lettres de Saül, c'était tout ce qui lui était resté de leur histoire. Antoine, jaloux, avait, il y a longtemps, exigé qu'elle s'en débarrasse, qu'elle les brûle dans leur cheminée, par respect pour lui, son mari. Soumise à cet homme autoritaire, elle avait obtempéré. Mais c'étaient les lettres de sa meilleure amie qu'elle avait brûlées. Celles de Saül, elle avait su les mettre à l'abri, les préserver comme un trésor. Jusqu'à aujourd'hui.

Ils restèrent encore un moment silencieux.

— Je ne t'ai jamais oubliée, murmura enfin l'homme ému.

Elle prit une grande inspiration, ouvrit les yeux, et répondit :

— Moi non plus. Je t'ai toujours gardé dans mon cœur.

— Je ne t'ai jamais oubliée, reprit-il d'une voix sourde, malgré le mal que tu m'as fait.

Lutèce le considéra, sans comprendre. Il lâcha ses mains comme à regret, et se pencha. À ses pieds gisait une serviette en cuir noir. Il l'ouvrit, pour en sortir une grande enveloppe, qu'il posa délicatement sur la table.

— Tes lettres sont toutes là, il n'en manque pas une seule, prononça-t-il en baissant les yeux. Y compris celle qui… qui… Elles sont toutes là.

Sa voix s'était brisée. Les années n'existaient plus, le chemin parcouru venait de s'effacer, ils s'étaient quittés la veille. Leur abandon respectif avait eu lieu il y a quelques heures à peine. Elle avait là, assis face à elle, l'adolescent qui la couvrait de baisers en lui fredonnant « Vous, qui passez sans me voir » de Jean Sablon, « Le plus beau de tous les tangos du monde » version Tino Rossi ou « J'attendrai » de Rina Ketty. Des airs déjà démodés à leur époque, mais ça la faisait tellement rire.

Elle remarqua qu'il tremblait. Instinctivement, les yeux de Lutèce quittèrent ceux de Saül, et se posèrent sur ses poignets. Deux fines lignes blanches les marquaient. Elle comprit leur origine. Il surprit son regard, se redressa, et réajusta les manches de sa veste pour les dissimuler.

— Pourquoi ? murmura-t-elle.

— N'en as-tu vraiment pas la moindre idée ?

Ils se fixèrent en silence un long moment encore. Puis le serveur s'approcha de leur table, pour noter la commande de Saül.

— Un armagnac. Double. Lutèce, que prends-tu ?

— Rien, merci. Je n'ai pas fini mon Spritz.

Lorsque le serveur s'éloigna, elle se tourna vers son grand sac posé sur la banquette, l'ouvrit, et en sortit un paquet de lettres, relié par un joli ruban de soie rouge. Elle posa la liasse sur la table, près de celle de son ancien amant. Chacun fixait la pile de l'autre, sans oser faire un geste pour s'en emparer. Aucun d'eux n'ignorait que cet échange n'était qu'un faux prétexte pour se revoir. S'en saisir signerait la fin de leur face-à-face.

— Et sinon, à part ça, quoi de neuf ? finit par lancer Lutèce, facétieuse.

Saül se figea, surpris par ce changement soudain d'ambiance. Le serveur lui apporta son armagnac. Il le remercia d'un signe de tête, puis posa ses doigts sur le verre sans le soulever, comme pour se raccrocher à quelque chose.

— Eh bien, je… hum…

— Ta femme, ça ne va pas trop à ce que j'ai cru comprendre. Elle est allée rejoindre mon mari. Tu crois qu'ils nous observent, en ce moment ? Manquerait plus qu'ils nous décochent un éclair sur le coin de la bobine ! T'as checké la météo, récemment ?

Saül, qui venait de boire une première gorgée, manqua de s'étouffer. Il émit une quinte de toux dans son poing fermé, avant de reposer son verre.

Ainsi, après les premiers instants d'émotion, Lutèce, sa vraie Lutèce était de retour. Une tornade de bonne humeur, qui n'avait honte de rien et se permettait tout. Et lui, si discret, si poli, si bien éduqué, qui l'admirait en secret, comme avant. Et elle, qui semblait adorer plus que tout le mettre dans l'embarras. Et lui, qui l'adorait tout court. Sauf que cette fois, il décida de se prendre au jeu.

— Ma femme ? De laquelle parles-tu ? J'ai été marié trois fois, tu sais.

— Vraiment ? Trois fois ? s'étonna Lutèce. Ce n'était pas plus simple pour toi d'apprendre à cuisiner ?

— La première, reprit-il, un léger sourire aux lèvres, Blanche, était propriétaire d'un domaine viticole extrêmement réputé. La deuxième, Philomène, était professeur de médecine. Et la dernière, la chanteuse d'opéra, Gisèle, je suis très peiné de ce qui lui est arrivé… mais nous vivions séparés depuis longtemps déjà.

— En tout cas, c'est très généreux de ta part d'avoir choisi des femmes sujettes à la précarité, lança Lutèce, frondeuse.

Saül ne releva pas.

— Et toi ? Combien de maris ?

— Un seul. Antoine.

— Un seul grand amour.

— Un seul qui m'ait passé la bague au doigt, sourit-elle.

— Un seul grand amour ? insista-t-il.

— Un seul assez fou pour m'avoir épousée, éluda-t-elle.

Saül se gratta l'oreille, pensif.

— Oui, Antoine, comment pourrais-je l'oublier… Un vieux de quarante ans, quand nous n'en avions pas encore vingt, qui te tournait autour. Toi ça te flattait, moi, ça me rendait jaloux. Sans doute avais-je dû flairer le danger, finalement, puisque c'est lui que tu as épousé.

Lutèce porta son verre de Spritz à ses lèvres, laissant à Saül le loisir de continuer.

— Antoine avait des biens, n'est-ce pas ? Nombreux, je crois. Il était très fortuné, soupira-t-il, amer. Ta famille était dans le besoin, je m'en rappelle, ton père avait fait faillite. Avec le temps, j'ai fini par comprendre qu'il ait pu préférer cette union, plus logique, que celle avec le gamin sans le sou que j'étais à l'époque. Moi… Moi, je n'avais que mon amour à t'offrir.

Il baissa la tête, contemplant ses mains jointes, et ne vit donc pas Lutèce se redresser sur son siège, les yeux brillants de colère contenue.

— Comment oses-tu ? grinça-t-elle d'une voix sourde. Comment oses-tu te faire passer pour un héros d'altruisme ? Toi, le lâche qui m'as abandonnée pour épouser cette Jeanne sortie d'on ne sait où ? N'as-tu pas honte de toi, Saül ? Mon pauvre Antoine avait bien des défauts, mais au moins, lui, ce n'était pas un dégonflé comme toi !

Saül contempla la femme qui lui faisait face, visiblement heurté par son ton pétri d'agressivité.

— Un… un dégonflé, moi ?

— Oui, toi, siffla Lutèce. Un dégonflé. Un lâche. Un froussard.

— Mais enfin ?!

— Une poule mouillée !

— Lutèce !

— Un traître. Un vendu. Un sournois. Un cruel. Un égoïste.

— Je ne comprends rien à ce que tu racontes ! s'énerva Saül. Mais puisque tu le prends ainsi…

Saül sortit son portefeuille, et déposa sur la table un billet de cinquante euros, qui couvrait largement le prix de leurs deux consommations.

Puis il saisit le paquet de lettres qu'avait apporté Lutèce, le fourra rageusement dans sa serviette, se leva et la toisa un instant, elle qui avait relevé le menton et faisait mine de l'ignorer.

— J'aurais préféré qu'entre nous, cela se termine autrement.

— Qui me parle ? prononça Lutèce, en faisant semblant de regarder autour d'elle.

Vexé, Saül en bafouilla :

— Tu n'es qu'une... une... petite fille ! lui lança-t-il, au comble de la fureur.

Il tourna les talons, franchit le seuil du café d'un pas vif et disparut sans un regard derrière lui.

Chapitre 31

Ava

Samedi, 11 h 12.

Eh ben, voilà. Quand elle voulait, Régine pouvait se réveiller vite, parfois.

Par contre, celle qui risquait de tomber évanouie sur le lit, c'était moi. On venait d'assassiner ma peinture. Quelqu'un avait commis un crime contre mon art. Mais qui ? Pourquoi ? D'où ? Mais bordel, me voulait-on pour toujours vendeuse de chaussures ? Jamais ! Hors de question ! Habiller des pieds ne me faisait plus prendre le mien ! Moi, je voulais peindre, être reconnue, et vivre de mon talent. On m'avait offert une formidable opportunité de pouvoir accélérer ma carrière, et quelqu'un venait juste de me la confisquer. De quel droit ?

— Qu'est-ce que c'est que cette histoire de sang ? maugréa Régine les yeux bouffis, en rampant des bras sur un coussin jusqu'au tableau.

— On m'a zigouillé ma toile ! C'est une catastrophe !

— Hum… ah oui… qui a pu être assez taré pour faire ça ?

— J'en sais rien ! Un taré, justement !

— Laisse-moi voir ?

Elle cligna plusieurs fois des yeux, se les frotta, et observa attentivement mon chef-d'œuvre saccagé.

— C'est complètement incroyable, mais pourquoi on s'est permis de…

— Parce qu'on trouve que je peins mal ? Qu'est-ce que j'en sais ?!

— Attends… attends… Tu ne t'es pas dit que c'était peut-être l'image d'Ornella Chevalier-Fields, qu'on avait cherché à atteindre ?

— Dans cette chambre ? Non, même l'organisatrice ignorait où était la toile. C'est forcément quelqu'un d'ici qui a fait le coup. Mais qui ? La femme de ménage ?

L'avocate s'assit en tailleur sur son drap, s'attrapa les pieds, et réfléchit à voix haute.

— Mais oui… la femme de ménage, c'est possible ! Imagine… Son mari est fou d'Ornella depuis des années, le lui répète sans arrêt, a vu tous ses films et collectionne chaque photo d'elle. Du coup, la pauvre est rongée de jalousie. Une vie entière passée à entendre « Ornella au moins, elle met des talons hauts » ou « je suis sûre que quand Ornella cuisine, ça n'a pas ce goût-là », il y a de quoi virer psychopathe. Et puis hier, bim ! Elle passe dans la chambre, elle aperçoit la toile et, prise d'une rage incontrôlable, elle... elle...

— Elle lui saigne du nez dessus ?

— Oui, s'écria Régine. Ou peut-être qu'elle baisse sa culotte, retire son tampon et l'utilise pour...

Je me mis à protester et à rire en même temps.

— Tu ne vas pas oser ?

— ... remettre du rouge à lèvres à Ornella ? D'accord, d'accord. Donc, on considère que c'est la femme de ménage la coupable ? Mais tout cela ne nous dit pas le principal : est-ce que tu vas pouvoir nettoyer la toile ?

— Honnêtement ? Pas sûre du tout... fis-je en fixant mes mains tremblantes, qui semblaient dire « couci-couça » sans pouvoir s'arrêter.

On toqua à la porte.

Je me précipitai pour aller ouvrir.

Samedi, 11 h 20.

C'était Perla et ses gosses en maillot, les cheveux mouillés et entortillés dans de larges draps de bain.

— Eh ben ? demanda la rouquine. Qu'est-ce que vous faites encore dans votre chambre ? Vous ne venez pas vous baigner ?

— Il est arrivé un drame, annonça Régine. Le tableau d'Ava a été attaqué par des Anglais. Qui ont débarqué.

269

— Il y a des hooligans dans le coin ? demanda Perla, en attrapant les têtes de ses fils pour les coller contre son ventre.

— Régine… il n'y a rien de drôle ! m'énervai-je. Il faut appeler la police, ce qui s'est passé est très grave !

— Tu veux que j'appelle Tom ?

— Tom est à Paris, et nous sommes près de Nice ! Alors, à moins qu'il ne soit muni d'une cape, je ne vois pas très bien ce qu'il pourra faire.

— Contacter ses collègues locaux, par exemple ?

— La police ? Ces Anglais sont si violents que ça ? s'inquiéta Perla.

— Constate par toi-même, dit Régine. Ils ont vandalisé le tableau d'Ava.

— Mais c'est terrible, il faut les arrêter et les jeter en taule ! s'alarma l'infirmière.

— Oui. Il faut qu'ils payent pour ce qu'ils ont fait, décrétai-je en croisant le regard d'Enzo, qui me fixait de ses grands yeux impressionnés.

— Mais c'est le monsieur… murmura-t-il.

— Quel monsieur ? lui demandai-je.

— Le monsieur qui est venu hier soir. Il était très énervé. Il a tapé à la porte, mais vous z'étiez pas là… et la dame de ménage, elle lui a ouvert avec sa clé…

— Un monsieur énervé ? Il ressemblait à quoi ?

Je pensai au chignon avec un sale type en dessous, échappé de l'avion. Il ne m'aurait pas suivi jusqu'ici, tout de même ?

— Il a dit à la dame de ménage que c'était ton amoureux…

— Quoi, Ulysse ? Ulysse est venu ici ?

Enzo fit oui de la tête.

Mais bien sûr, j'aurais dû y penser… Ulysse ! Il avait été un des premiers au courant, pour ce festival. Il avait suivi la création de ce tableau, au fil des jours. J'avais partagé avec lui des photos de mes recherches, de mes esquisses, de mes croquis, jusqu'aux premiers coups de pinceau. D'ailleurs, si nous avions encore été ensemble, c'est lui qui aurait été à mes côtés aujourd'hui, et pas ma smala de copines et de gosses.

Quelle déception. Jamais je ne l'aurais cru capable de faire une chose pareille. Détruire mon rêve… juste parce qu'on était séparés ? Mais c'était l'inverse absolu de l'amour, ce qu'il avait fait ! Pour qui s'était-il pris, à la fin ? Appeler les flics ? Bien sûr. Mais pas avant de lui avoir défoncé le tympan à coups de reproches.

Je saisis mon téléphone portable, et pressai la touche vers son numéro. Ce faisant, je jetai un coup d'œil aux gamins de Perla, et lâchai :

— Un conseil. Éloigne les oreilles innocentes, parce que ça va chier.

— Vous avez entendu, les garçons ? N'écoutez pas, dit Perla sans bouger d'un millimètre.

Elle ne voulait pas perdre une miette de la suite. Régine non plus d'ailleurs, qui se tenait toujours assise sur le lit, échevelée et en nuisette, les mains en conque contre la bouche, comme pour contenir son excitation.

— Allô, Ulysse ? C'est Ava ! Espèce de misérable enfoiré ! Comment as-tu pu me faire une chose pareille ? Je ne te le pardonnerai jamais ! C'est dégueulasse ! C'est même pas drôle ! T'as pensé à quoi en bousillant mon tableau ? T'as tout gâché ! Je te déteste ! T'es vraiment qu'un loser ! Une ordure ! Une… une…

— Une pourriture… me souffla Régine.

— Une pourriture ! répétai-je.

— Un pauvre type aigri… me suggéra encore Régine, agitée, les poings serrés.

— Un pauvre type aigri !

— Un fils de pute ! lança Perla, chauffée à blanc.

Nous nous tournâmes vers elle, interloquées.

— Désolée, je me suis laissé emporter, chuchota-t-elle, penaude.

Je clôturai mon monologue d'un splendide, menaçant et dangereux : « Je te préviens, ça ne va pas se passer comme ça ! », et raccrochai de toute la force de mon pouce. Puis, vidée, je m'effondrai sur le matelas défait.

Régine, qui se tenait derrière moi, m'attrapa par les épaules.

— Eh ben, tu ne l'as pas épargné. Bravo, ma chérie. Qu'est-ce que tu vas faire, maintenant ?

Le découragement s'abattit sur moi. Je soupirai.

— Qu'est-ce que je peux faire ? La toile est à peine sèche, l'hémoglobine a dû s'incruster dans les pigments, c'est irrattrapable…

— Tu crois ?

— Évidemment. C'est foutu. J'ai plus qu'à rentrer à Paris, et à supplier mon ancien boss de me reprendre.

— Mais non, s'emporta Régine. Crois en toi, un peu ! Tu vas rentrer à Paris, oui, mais tu as une expo de prévue et ça va cartonner, parce que tes toiles sont un bonheur à contempler, que tu as de l'imagination, du talent, et une vraie personnalité.

— Mais qui va le savoir, à part les gens de mon immeuble quand j'aurai mis des flyers dans leurs boîtes aux lettres ?

La sonnerie de mon téléphone retentit. Je regardai l'écran, et sursautai.

— C'est qui ? demanda Perla, en me voyant changer de couleur.

— C'est Ulysse.

— Quoi, il en veut encore ? s'exclama Régine.

— Oui, mais cette fois en direct. J'étais en ligne (bruit de toux) avec son répondeur.

— Hein ? fit Régine.

— Allô ? dis-je en décrochant.

Samedi, 11 h 35.

Ulysse, après m'avoir entendue lui expliquer pourquoi je l'avais traité de pourriture, m'a

273

demandé de passer en visioconférence sur nos téléphones. Et m'a ainsi montré, en s'approchant d'une fenêtre, qu'il se trouvait en Auvergne, au pied des volcans. Et donc que le serial killer de tableaux, c'était pas lui. Ah ! Et que par conséquent, je lui devais des excuses. Éperdue de honte, je m'empressai de les lui présenter. Il m'accorda son pardon. À une condition. Que j'accepte en échange de prendre un verre avec lui, à mon retour à Paris. J'hésitai. Ça commençait à devenir cher payé, pour trois mots un peu véhéments sur un répondeur. Après tout, il lui suffisait juste de les effacer, non ? Mais Ulysse insista, et je finis par céder. Avant de raccrocher, il me lança : « Tu sais, c'est pas parce que c'est rouge que c'est forcément du sang. T'as pensé à le renifler ? »

Samedi, 11 h 50.

Impossible d'aller poser le nez dessus, car mon tableau a disparu.

Branle-bas de combat, tout le monde se mit à le chercher, et moi je commençais doucement mais sûrement à développer des tics nerveux.

Samedi, 11 h 51.

C'est Enzo qui l'a emporté dans la salle de bains, et qui l'a… nettoyé !

Ce petit con a retiré les traces de sang avec un coin de serviette mouillée ! Non, mais je rêve ! Je me précipitai pour lui prendre le tableau des mains, et découvris sidérée qu'il les avait, sinon toutes effacées, du moins un peu estompées. Les teintes du tableau étant sombres dans leur ensemble, si on le regardait de loin, ça faisait globalement la blague.

Incroyable ! Qui aurait cru que nous avions parmi nous un technicien révélateur de surface ? Et un doué, en plus ! Il faudrait bien sûr que je reprenne son travail, mais en attendant, je le félicitai, sa mère l'embrassa et Régine l'applaudit.

Enzo se dandinait sur place, fiérot, les joues rosies d'émotion, en se tenant humblement les mains. Il savourait sa condition de héros et, honnêtement, il pouvait. Il l'avait mérité.

Samedi, 11 h 55.

Dans ce concert de louanges, une petite voix s'éleva, c'était celle de Kenzo :

— Oui, mais bon. Si Enzo il a nettoyé le tableau, c'est parce qu'il a eu peur qu'on l'emmène en prison, hein.

Toutes les têtes se tournèrent vers la frimousse qui venait de s'exprimer.

Perla interrogea son fils :

— Et pourquoi est-ce qu'on mettrait Enzo en prison, mon bébé ? C'est pas lui qui a mis du sang sur ce tableau, n'est-ce pas ?

Silence du gamin. Puis il murmura d'une toute petite voix :

— Non… c'est pas lui…

— Ouf, respira Perla.

— Lui, il a mis de la sauce tomate.

Samedi, 12 heures.

L'énigme fut résolue, et personne ne fut puni pour cela. Enzo, qui vouait une véritable fascination à cette toile depuis qu'il l'avait aperçue, avait suivi la baby-sitter lorsqu'elle était venue reposer le lecteur DVD de Régine dans sa chambre (qui était donc notre chambre). Et de ses petites mains encore sales de la sauce tomate qui avait généreusement recouvert sa pizza, le gosse s'était laissé aller à caresser l'objet de son adoration.

L'avocate, hilare, me rappela que normalement, c'était la Joconde que l'on plaçait derrière une vitre, pour lui épargner les cajoleries pas toujours hygiéniques de ses fans excessifs. À moi donc de le prendre comme un formidable compliment.

Elle avait raison. Enzo fut gracié, mes espoirs de gloire de nouveau réactivés, la journée ensoleillée prête à être goûtée, et le déjeuner sur le point d'être dévoré.

276

Il ne restait plus qu'à emballer la toile pour de bon. Je m'y employai.

Et, pour être à mon aise, j'allai la porter jusqu'au bureau, trébuchai sur une des chaussures de ma copine bordélique qui se trouvait sur mon chemin, tombai à genoux, basculai en avant, et empalai ma toile sur l'autre escarpin de Régine, jeté face contre terre et donc, détail amusant, son talon effilé pointé vers le haut.

Chapitre 32

Lutèce

Il l'avait encore quittée. C'était fini. Et cette fois, pour de bon.

Lutèce sentit son menton secoué de spasmes. Digne, le dos droit, mettant un point d'honneur à ignorer superbement le fuyard, elle saisit son verre de Spritz, le porta à ses lèvres, et en but quelques gorgées. Ses yeux se posèrent sur la grande enveloppe laissée sur la table par Saül. Elle n'eut pas le cœur de la toucher. Nul besoin de faire preuve d'imagination pour deviner ce qu'elle recelait. Le vieux courrier jauni qu'elle avait adressé à cet imbécile, griffonné de son écriture appliquée de lycéenne. Elle n'eut pas à se demander longtemps ce qu'elle ferait de cette partie-là de leur correspondance, c'était tout vu. Elle la jetterait au feu, et cette fois, elle le ferait vraiment. L'enveloppe tout entière. Sans même l'ouvrir.

Du coin de l'œil, elle perçut un mouvement sur sa droite. Le temps de relever la tête, Saül lui faisait face, enragé, pointant son doigt vers elle.

— Et je te prie de respecter le prénom de ma première épouse, la mère de ma fille unique ! C'est Blanche, et non pas Jeanne !

Sur quoi, il tourna à nouveau les talons.

Seulement, cette fois, Lutèce l'interpella.

— Tu as donc un début d'Alzheimer ? Ta première épouse s'appelait Jeanne ! Je le sais, j'ai tenu entre mes doigts le carton d'invitation à vos noces ! Non mais !

Saül s'arrêta, et revint lentement vers elle.

— Mais c'est toi, ma pauvre Lutèce, qui as perdu la tête… Je sais tout de même qui j'ai épousé ! Elle s'appelait Blanche, comme la colombe qui m'a apporté un semblant de paix !

Lutèce écarquilla les yeux.

— Mais tu mens, en plus ? Je le crois pas, il ment ! Carrément !

— Qui ? Moi, je mens ?! gronda Saül.

— Oui, toi ! s'écria Lutèce en se levant à demi de son siège, avant de remarquer que tout le café avait les yeux fixés sur eux.

Elle se rassit, et reprit un ton plus bas :

— Tu sais que tu es ridicule, là ? C'est grotesque ! Je l'ai eu dans les mains, votre faire-part de mariage ! Et il y avait marqué « Jeanne » dessus, et non pas « Blanche » ! Ah ça… j'aurais eu du mal à oublier celle pour qui tu m'as quittée !

— Quoi, moi je t'ai… ?!

— Et ta mère, hein ? Si tu savais tout ce que m'a dit ta mère ! l'interrompit Lutèce, sans l'écouter. Des paroles d'une telle méchanceté, d'une telle cruauté... Je n'avais pas mérité ça, Saül. Pas de toi. Tu aurais pu me larguer tellement plus gentiment, si tu avais eu des couilles !

La voix de Lutèce s'étrangla, tandis que Saül, qui était resté debout pendant tout leur échange, attrapa la chaise face à elle, et se rassit, ou plutôt se laissa tomber dessus.

D'une voix devenue faible, il demanda :

— Et que t'a dit feu ma mère bien-aimée, dis-moi ?

Lutèce essuya rageusement ses paupières du dos de la main. Elle refusait catégoriquement de se remettre à pleurer devant lui. Pas encore ! Et surtout, pas maintenant. Mais son cœur n'en faisait qu'à sa tête, et ses yeux ne l'écoutaient pas.

— J'étais venue te voir. Je n'avais plus de tes nouvelles. J'étais inquiète, tu ne venais plus me chercher, je ne comprenais pas. J'ai frappé à ta porte. Ta mère... ta mère m'a ouvert. Elle m'a traitée de tous les noms, et m'a demandé de déguerpir. Elle m'a dit que tu en aimais une autre. Une fille bien. Voilà ce que m'a dit ta mère.

Saül pencha la tête en avant, comme s'il entrait en méditation. Calme, las, les épaules basses. Il réfléchissait.

— Ma mère a évoqué ta visite. J'ignorais quelle avait été exactement la teneur de votre échange.

De toute façon, tu n'aurais pas pu me trouver, car je n'étais pas chez moi.

— Oui, oui, je sais, s'emporta Lutèce, avec de grands gestes. Tu étais avec « la fille bien », pas avec la traînée. Cette Jeanne, ou cette Blanche, ou cette... quel que soit son nom !

— Tu ne comprends pas, Lutèce, répondit-il d'une voix triste. J'étais à l'hôpital, où on m'avait transporté, car j'avais tenté de mettre fin à mes jours.

Lutèce ouvrit la bouche pour lui répondre, mais n'exhala pas un son. Sa bouche demeura tout de même béante. Elle finit, au terme de longues secondes, par recouvrer l'usage de la parole.

— Qu'est-ce que c'est que cette histoire ? Je... Mais ? Tu as quoi ? J'ai dû mal entendre... Veux-tu bien répéter, s'il te plaît ?

Saül soupira, et regarda brièvement ses poignets. Lutèce comprit. Elle avait donc parfaitement entendu. Il avait tenté de se trancher les veines.

Elle lui saisit les mains, et les serra de toutes ses forces. Il lui rendit son étreinte.

— Pourquoi ? demanda-t-elle simplement.

— Parce que je ne pouvais pas imaginer vivre sans toi.

Lutèce chercha autour d'elle, désemparée.

— Mais enfin, c'est une idiotie... Nous aurions pu nous enfuir, tu n'étais pas obligé d'écouter ta mère, c'est insensé...

— Ma mère ?

— Oui, ta mère. Ta mère qui ne voulait pas d'une fille comme moi, pour toi !

— Ma mère ? répéta-t-il, sans comprendre. Mais ma mère était en colère contre toi à cause du drame qu'avait provoqué ta lettre de rupture !

— De quelle lettre de rupture me parles-tu ? Je ne t'ai jamais envoyé de lettre de rupture ! s'exclama Lutèce qui ne comprenait rien à ce qui se passait.

Saül lui lâcha les mains brusquement. Le rouge venait de lui monter aux joues, et d'enflammer son front.

— Lutèce, j'ignore à quel petit jeu tu t'amuses, mais si tu crois que tu peux continuer à me traiter comme un… un…

— Saül, stop ! Je te jure sur ce que j'ai de plus cher au monde que je ne t'ai jamais envoyé de mot de séparation !

Saül saisit l'enveloppe qui se trouvait sur la table, la déchira vigoureusement, puis étala tout le courrier de Lutèce, dans lequel il fouilla frénétiquement jusqu'à retrouver une enveloppe salie, froissée, qu'il jeta devant elle.

— Et ça, Lutèce, tu appelles ça comment ?

Bouleversée, Lutèce attrapa l'enveloppe, l'ouvrit à la hâte, sortit la feuille qu'elle contenait, et se mit à la lire. Son visage perdit d'un coup toutes ses couleurs, son teint devint pâle comme de la craie. Elle manqua de chanceler. Il s'agissait bien de son écriture, de sa missive, de son intention de rompre.

Il avait raison. Totalement raison.

Mon chéri. Il est temps désormais que je sois franche avec toi, et que je clarifie cette situation qui semble te laisser espérer des choses qui n'arriveront jamais. J'aime un homme, éperdument, et ce n'est pas toi. Toi, tu es mon joyeux camarade, et je te garde dans mon cœur pour tous ces sympathiques moments que nous passons ensemble. Mais soyons réalistes, il n'y avait aucun sentiment dans tous ces tête-à-tête. En tout cas, aucun de ma part. Tu commences à t'attacher à moi, je le vois bien, et moi je n'ai plus de temps à consacrer à nos petites entrevues. Tu comprendras, je l'espère, combien il est nécessaire que tu retournes à tes occupations, car mon temps désormais lui est tout entier dévolu. Pardonne-moi pour ces phrases qui te blesseront sans doute, mon intention n'est pas de te faire de la peine, mais seulement de te demander d'être brave et de cesser de me tourner autour. Je vais te le dire tout net : n'espère rien de moi, car je n'ai tout simplement rien à t'offrir, à part quelques moments de distraction. Il faut bien que jeunesse se passe ! Moments qui ne sont pas, tant s'en faut, suffisants pour envisager une issue sérieuse à notre relation. Grandis un peu, mon vieux !

Je te souhaite le meilleur, bien entendu, à commencer par trouver un amour aussi intense, aussi

vrai et aussi absolu que celui qui emplit mon cœur
de bonheur.

Avec toute ma sincérité, Lutèce.

Le second mot de la lettre avait été trafiqué, un accent et un *i* avaient transformé « mon cher » en « mon chéri ». Pour le reste, tout était rigoureusement exact…

Le papier lui échappa des mains, qu'elle porta à son cœur. Elle pressa sa poitrine de toutes ses forces, avant de porter les mains à ses lèvres, et de les presser aussi.

— Mon Dieu… ce n'est pas possible, il n'a pas pu faire ça… mon Dieu, oh, mon Dieu… Non, ce n'est pas possible…

— Quoi ? Lutèce ? Parle-moi, de quoi s'agit-il ?

Elle releva la tête, le regarda sans le voir, perdue dans un océan de pensées qui la submergèrent, puis elle attrapa ce qui restait du verre d'armagnac de Saül, le finit cul sec. Ensuite, elle fondit sur la fin de son grand verre de Spritz, et le vida de la même manière.

Alors, seulement, d'une voix éteinte, elle lui annonça :

— Ceci n'est pas une lettre qui t'était adressée, Saül. Non… Ceci…

Elle prit le temps d'une inspiration, avant de continuer :

— Ceci est la lettre que j'avais écrite à Antoine.

Chapitre 33

Ava

Samedi, 14 heures.

Qu'est-ce que c'est, un trou de quelques centimètres, sur une toile destinée à être remise à une star d'envergure internationale ? Peanuts. Une broutille. Trois fois rien.

À part quand on passe les doigts dedans et qu'on peut presque y entrer la main.

Là, en effet, ça peut éventuellement poser problème. Comme ici.

Samedi, 14 h 02.

Perla s'inquiéta.

— Parle, Ava... tu n'as rien dit de tout le déjeuner.

Les yeux dans le vague, je saisis doucement mon verre d'eau minérale, et le portai à mes lèvres.

— Je n'ai rien dit, car il n'y a rien à dire. Toute cette histoire, c'est tant pis pour moi.

Impossible de picorer, mon ventre était si noué que je n'avais rien pu avaler. À ce stade de montagnes russes émotionnelles, j'avais décidé de quitter le manège, et de redescendre à pied. Acrobatique ? Sans doute. Certains penseront d'ailleurs que je suis perchée. Mais peu importait. Que faire d'autre, à part ne rien faire ?

À la table de ce petit restaurant, nous étions tous plus ou moins embarrassés. Mes filles déjeunaient avec nous, ainsi que Hannah, les enfants de Perla et les garçons de Tom.

Régine lança :

— Que vas-tu faire ?

Je haussai les épaules sans lever les yeux de mon assiette à dessert, que je fixais sans la voir, pour ne pas laisser affluer mes larmes.

— Rien. Rassembler nos affaires, et prendre le premier vol pour Paris en fin de journée, j'imagine.

Lotte et Mona protestèrent, et bientôt tout le monde se joignit à elle.

— Oh non…

— Pas déjà ?

Lotte s'inquiétait de rentrer si tôt. Max et elle avaient prévu de se revoir ce soir, j'allais tout gâcher si on partait maintenant. Mona fut déçue de ne pas pouvoir enrichir sa collection de vignettes people, et Orion annonça résolument que sans Mona à ses côtés, ses vues ne valaient pas la peine d'être postées. Pour Tobias aussi, il s'agissait d'une déception. Hier soir, il avait simulé un rapprochement avec Gretchen, la faisant rire à ses blagues, se montrant prévenant et attentionné, ce qui avait passablement agacé Hannah. Manœuvrant avec habileté, il était doucement mais sûrement en train d'attirer la belle insensible dans ses filets. D'ailleurs, durant le déjeuner, Hannah semblait s'être transfigurée. Plus il la snobait, paraissant d'humeur lointaine, échangeant de mystérieux SMS qui le faisaient éclater de rire tout seul (adressés en réalité à son frère, qui s'en foutait), plus elle s'ingéniait à attirer son attention. Elle veillait à ce que son verre de soda soit bien rempli (il la remerciait d'un signe de tête, mais ne le buvait pas). Elle lui lançait des regards appuyés (il se perdait dans ses pensées, comme si elle n'avait été qu'une vitre). Elle se cambrait sur sa chaise et se caressait la lèvre inférieure d'un annulaire rêveur (il lui tournait le dos, croisait les jambes très fort et posait ses mains dessus). À quelques heures près, je risquais de faire couler son plan à pic.

— Tu pars ? Et c'est tout ? insista Régine.

— Ai-je le choix ?

— Non, bien sûr. Quelle importance ? C'est juste une soirée comme les autres.

Je levai la tête et croisai son regard. Elle me provoquait. Je décidai d'esquiver.

— Absolument.

D'une fourchette amorphe, je pris une bouchée de mon dessert, la déposai entre mes lèvres, où elle demeura, fondant lentement sous mon palais, ma gorge trop nouée pour pouvoir l'avaler. Régine explosa.

— Mais enfin, fais quelque chose ! Tu ne vas pas rester comme ça, les bras croisés, en attendant que les problèmes se résolvent tout seuls ?

— Régine a raison, insista Perla. Quand une telle opportunité se présente à toi, tu n'as pas le droit de la laisser échapper sans te battre.

Je clignai des yeux, bousculée par leur ton qui n'avait rien de consolateur. À notre table, tous les couverts s'étaient posés. L'espoir avait ressurgi. Les plus de quinze ans espéraient un revirement de situation, avec la frénésie qu'ils mettaient à visionner un nouvel épisode de leur série préférée. Mais au lieu de ça, je m'énervai moi aussi.

— Et qu'est-ce que vous en savez, toutes les deux, de ce que je peux faire ou pas ? grinçai-je. Toi, t'es avocate, et toi, Perla, t'es infirmière ! Votre vie professionnelle n'est pas tributaire d'un événement médiatique ! Tout ne peut pas s'effondrer pour vous en chutant sur une putain de chaussure ! UNE CHAUSSURE ! Vous vous rendez compte ? Quelle cruelle ironie… Ma reconversion bousillée par ce job que j'avais quitté pour me réaliser, un job vers lequel je vais devoir retourner, de gré ou de force…

Régine s'essuya les lèvres. Perla et elle échangèrent un coup d'œil entendu. Une explication sérieuse se profilait, elles n'allaient pas me lâcher.

L'infirmière se leva, et fit signe à tous les gosses de quitter la table pour la suivre. Chacun posa sa serviette, repoussa bruyamment sa chaise, personne ne renâcla. Au contraire. Pour certains d'entre eux, c'était quitte ou double.

Quelques mètres plus loin, elle leur donna ses consignes. Elle s'adressa d'abord à Lotte et à Mona.

— Les filles, vous voulez bien retourner à la chambre d'hôtes ? On a deux mots à dire à votre mère.

Elle sortit sa clé, et la confia à Lotte.

— Embarque tout le monde avec toi s'il te plaît, ma chérie. Et… Hannah ?

— Oui ? fit la gamine.

— Tu as apporté ton matériel de coiffure ?

— J'ai tout avec moi, dans ma mallette.

— Bien. Commencez à vous préparer, que les salles de bains soient libres quand on arrivera. On vous rejoint dans pas longtemps. Et vous, mes fils, soyez sages, je compte sur vous. La baby-sitter arrive bientôt.

Les mioches acquiescèrent, comprenant que l'heure n'était plus à la déconnade.

Une fois les enfants partis, Perla revint s'asseoir. Régine, cinglante, commençait à monter en puissance.

— Mais enfin, qu'est-ce que c'est que ces conneries ? T'as cru que pour nous, c'était la fête du slip tous les jours ? T'as cru que j'étais devenue avocate en claquant des doigts ? T'es au courant que j'ai dû me battre des années, pour parvenir au but que je m'étais fixé ? Les longues études, le manque d'argent, les pommes de terre tous les soirs, le studio cradingue, la famille de merde dans laquelle j'ai grandi et qui ne m'a jamais aidée ? On t'a informée que jusqu'à aujourd'hui je devais m'agiter sans arrêt, sans pouvoir me payer le luxe de me laisser abattre ? Que certains dossiers me mettaient une telle pression que je n'en fermais pas l'œil de la nuit ? C'est dur, putain, c'est super dur ! Mais je me retrousse les manches, et je fonce dans le tas ! Parce que ce métier, je l'ai choisi. Et Perla, hein, regarde Perla… Dis-lui, toi !

L'infirmière se tortilla sur sa chaise. S'épancher la mettait profondément mal à l'aise. Se plaindre n'était pas dans ses habitudes. Mais aujourd'hui, il fallait en passer par là, alors d'une voix calme, neutre, et presque grave, elle raconta :

— Quand une vieille femme alitée, que j'adorais écouter me raconter ses anecdotes touchantes, s'éteint parce que le médecin d'astreinte est arrivé sans se presser, je ravale mes larmes, et je continue ma garde. Quand une mère sans nouvelles de son enfant en salle d'op' me hurle dessus parce que personne ne peut lui dire comment va son gosse, même si ce n'est pas mon patient, je prends sur moi, et je vais trouver les infos pour la rassurer.

Souvent, je n'ai pas le temps de déjeuner, et je m'estime heureuse si je peux faire un stop aux toilettes. Le soir, quand je rentre à la maison, je dois gérer trois gamins intenables qui profitent de ma fatigue, les messages haineux d'un ex-mari qui me rappelle tous les jours pourquoi je l'ai quitté, les courses, le ménage, les repas, les bobos, les notes, et même une vie amoureuse... Mais tu sais quoi ? Je n'abandonne pas. Jamais. Je reste vaillante. Je m'organise, je m'adapte, je trouve des solutions. Je me fais pousser huit bras, et je donne le meilleur de moi-même à ceux que j'aime, à mes fils, à Félix, à mes patients. Je me bats comme une lionne, je ne lâche rien. Ce boulot, c'est ma vie, c'est mon indépendance, c'est ce que je sais faire de mieux... et...

Perla prit une double inspiration de trop, craqua et fondit en larmes. Régine, émue, lui tendit aussitôt sa serviette. La rouquine la saisit pour la tapoter contre ses cils. C'était trop, je ne savais plus où me mettre. Alors, les yeux humides, je lui pris la main, et la caressai avec douceur.

— Qu'est-ce que je pourrais ajouter après ça ?

— Justement. Tu te souviens de ce que tu m'avais conseillé, reprit Perla en reniflant, quand je t'avais confié que Bernard jugeait en permanence que j'étais bonne à rien ? Tu m'avais dit, je m'en souviens encore... (Elle déglutit.) Tu m'avais dit que je devais me donner les moyens d'être heureuse, en me faisant confiance. Que ma chance, c'était cette force que j'avais au fond de moi, mon étincelle qu'il jalousait, et qu'il n'avait jamais pu éteindre, malgré ses torrents de critiques fielleuses. Cette prise de conscience a été pour moi un moteur. Aujourd'hui, tu dois nous laisser t'aider à te relever...

— Elle a raison, trancha Régine. Alors, tu vas me faire le plaisir de te bouger le cul, Ava. Tu vas trouver une solution, coûte que coûte. Tes gamines sont ici, avec toi. C'est ça, l'exemple que tu veux leur montrer ? Qu'à la première difficulté, on renonce ? Tu veux leur faire croire que la vie, c'est un clip vidéo de Chantal Goyave ? Hé, cocotte, t'es bien placée pour savoir que rien ne s'obtient sans effort ! Qu'il faut vaincre ses peurs pour pouvoir avancer ! Que subir un échec ne signe pas la fin du match ! T'as déjà eu le cran de choisir ta voie et de faire confiance à ta passion. Tu as tout envoyé valdinguer pour la vivre. Tu t'es montrée déterminée et courageuse (ses yeux papillonnèrent, et Perla lui rendit sa serviette pour qu'elle se mouche dedans). Tu décevrais tout le monde, si tu te sauvais si près du but. Alors, je t'en prie, Ava, ne le fais pas. Ne te sauve pas. Pas maintenant. Ce serait trop bête...

Heureusement qu'aucune de nous n'était maquillée. Sinon bonjour le carnage.

— Mais pourquoi vous pleurez toutes ? demandai-je dans un sanglot.

— Mais c'est elle, là ! fit Régine en désignant Perla. Elle m'a contaminée !

Un serveur s'approcha de notre table. En nous apercevant, telles des serpillères ruisselantes de mucus, il tourna sur lui-même et s'éloigna d'un pas rapide.

Perla posa sa main sur la mienne.

— Tu crois que tu n'y arriveras pas, alors tu baisses les bras. Mais c'est parce que tu as baissé les bras, que tu ne vois pas que tu peux y arriver.

Régine ajouta :

— D'autant que j'ai déjà crâné en annonçant à tout le monde que j'avais une amie célèbre ! Ne me fais pas passer pour une menteuse !

De grosses larmes roulèrent sur mes joues. Mais d'où sortaient ces copines incroyables, qui avaient une telle confiance en moi ? Perla, obstinée, continua de me marteler l'ego avec douceur, le ciselant jusqu'à le libérer de la gangue d'appréhension qui le retenait.

— Peu importe que tu n'aies pas conscience de tes ressources. Le principal est qu'elles soient là, tapies au fond de ton ventre.

Régine, toujours délicate, compléta :

— Tout le monde le sait, à part toi, idiote ! Alors va les chercher. Remonte en selle, et cravache pour rattraper ton retard !

J'acquiesçai d'un hochement de tête. Elles avaient raison. Je ne pouvais pas renoncer si près du but. C'était ridicule. Si je voulais qu'on me reconnaisse en tant qu'artiste, il ne suffisait pas de prétendre en être une. Il allait falloir le prouver.

— OK… OK, reniflai-je en me passant la paume des mains sur les yeux. Très bien. Je vais rebondir. Je vais trouver une solution…

— Il te reste environ cinq heures avant le début de la cérémonie, annonça Perla, soulagée et enthousiaste.

Régine la tempéra :

— Si on enlève le temps de trajet et celui de racheter du matériel, disons qu'il lui reste à tout casser plus ou moins trois heures.

Pragmatique, je calmai tout le monde.

— Techniquement, il faut aussi retirer le temps de me coiffer, de m'habiller et de me maquiller. Donc, il me reste juste une petite demi-heure pour refaire un tableau.

— C'est jouable ? demanda Perla, sérieuse.

— On est larges, répondis-je en éclatant de rire, absolument désespérée.

Mon regard tomba sur un magazine abandonné sur la table près de la nôtre. Machinalement, j'allais pour m'en saisir. Il s'agissait d'un hors-série consacré à Ornella, foisonnant de photos de sa jeunesse à nos jours, détaillant ses amours et les rôles qu'elle avait incarnés. Sans penser à rien de précis, je laissai mon esprit vadrouiller en parcourant les pages, et tombai en arrêt sur une photo d'elle, à la fin des années 70. Ornella y était magnifique, les cheveux relevés, une multitude de fleurs piquées dedans, et un petit truc bizarre dans le regard. J'approchai le journal et collai mon nez dessus, pour repérer de quoi il s'agissait : un de ses faux cils, mal fixé, se détachait très légèrement. Soudain, l'illumination.

Je roulai le magazine dans ma main, et déclarai à mes copines :

— OK, c'est parti. Je sais que je l'ai déjà fait, mais cette fois, c'est pour de bon : je vais tout déchirer.

Chapitre 34

Tom

Le lendemain.
Lundi matin, très tôt.

Ce week-end entre copines avait été riche en émotions. Régine en conservait encore des étoiles dans les yeux. Mais là, il allait falloir atterrir. Orion et Tobias étaient rentrés chez leur mère, et elle n'avait pas réussi à joindre Tom. Il y avait un gros souci entre eux, qu'elle avait peut-être sous-estimé. C'était désormais une évidence.

Ce matin, dans son cabinet, elle avait un certain nombre de dossiers à traiter, avant de pouvoir se libérer pour débarquer chez son amant. Il était temps qu'ils aient enfin une véritable explication entre quat'z'yeux, cette situation insensée ne pouvait plus durer.

L'ordre du jour était donc : primo, expédier les affaires urgentes, puis, secundo, s'occuper de remettre de l'ordre dans ses affaires à elle. Mais avant de regagner son bureau, elle alla d'abord s'enfermer dans les toilettes, situées loin, à l'autre bout du couloir.

Bianca déboula peu de temps après.

Elle aussi avait décidé de commencer tôt sa journée de travail, si tôt que son assistante n'arriverait pas avant une bonne heure. Jouir des lieux pour elle toute seule, le calme, le silence, pouvoir se concentrer sans sollicitations d'aucune sorte, quel bonheur. Son téléphone portable coincé contre l'épaule, elle avait les bras encombrés de tenues récupérées au pressing avant d'arriver.

Lorsqu'elle referma la porte, elle était en grande conversation avec Maiko, sa meilleure amie, aussi matinale qu'elle.

« Oui... oui, non mais... (Elle éclata de rire.) Si, si, je t'assure. De toute façon, c'était l'occasion ou jamais, tu penses bien. Ce mec est un pur-sang... Immense, tatoué... (Elle rit.) Oui, exactement... » Tout en parlant, Bianca s'avança d'un pas vif, et libéra une main pour pousser la porte du bureau de Régine, restée entrouverte. Un coup d'œil rapide dans la pièce lui indiqua qu'il n'y avait personne. Rien d'étonnant, Régine n'avait prévu de rentrer que ce soir. Mais ça ne lui coûtait rien de vérifier.

Bianca pénétra dans son bureau au moment où Régine revenait des toilettes. Intriguée par les confidences qu'elle avait entendues, elle s'approcha à pas de loup du bureau de sa collègue. La moquette épaisse étouffait ses pas, sa discrétion fit le reste. De qui parlait-elle, exactement ? Pas de son mari, de toute évidence : il était petit, rondouillard et le seul tatouage dont il put se targuer sur son biceps grassouillet était la cicatrice de son BCG. Régine demeura un instant la respiration suspendue, l'oreille contre la porte pas tout à fait fermée. Tendue, elle écouta.

« Non, c'était juste l'occasion parfaite, tu plaisantes… Je ne l'ai pas laissée passer !… Quoi ? Ben non, évidemment… non, non, je vais me la boucler… Oui, je sais, mais là, non. Emprunter les mecs des autres, ça elle peut, mais pour le sien, je doute fort qu'elle soit partageuse… mais non, elle ne le saura jamais. Aucun risque de mon côté, et ce n'est certainement pas Tom qui va l'en informer… »

La porte du bureau s'ouvrit doucement, en même temps que Bianca relevait la tête.

Stupéfaite, elle vit apparaître la silhouette de Régine, qui la fixait, bouche ouverte et yeux écarquillés.

« Maiko… il faut que je te laisse… bye », marmonna Bianca, avant de raccrocher et de poser brusquement son portable sur la table. Elle bondit de son siège comme si elle avait été montée sur ressorts.

— Attends, Régine. Une seconde, je vais tout t'expliquer.

— Il n'y a rien à expliquer. Je n'arrive même pas à croire ce que je viens d'entendre.

— C'est parce que, c'est… c'est…

Bianca, affolée, bafouilla en replaçant frénétiquement des mèches de cheveux derrière ses oreilles. Régine, livide, la coupa d'une voix sèche.

— Trouve-toi un autre cabinet d'avocats. Je veux que tu dégages immédiatement.

— Mais enfin, c'est ridicule ! Je ne vais pas partir ! Et surtout pas pour une bêtise pareille… Régine, ma chérie, calme-toi !

— Très bien, annonça Régine, froidement. Dans ce cas, c'est moi qui m'en vais. Nous ne sommes plus associées. Je mets immédiatement en vente mes parts du cabinet.

Et ce fut tout. À compter de cette seconde, Bianca n'exista plus. Elle ne fut plus pour elle qu'un rêve d'amitié, une erreur d'entente, une chimère blonde.

Mais ça, encore, ce n'était pas le plus grave. Le plus grave était que Tom ne l'aimait plus. Et cette pensée la trucida avec une telle violence qu'il fallut qu'elle soit rentrée chez elle pour réaliser qu'elle avait quasiment oublié de respirer, depuis cette confrontation.

Chapitre 35

Ava

Lundi, 8 h 30.

J'avais si peu dormi ces derniers jours, que je commençais à oublier à quoi pouvait ressembler une vraie nuit de sommeil quand on n'était pas une pile électrique. L'énergie qui m'animait me faisait me déplacer quinze centimètres au-dessus du sol. En particulier depuis ce week-end aussi épuisant nerveusement qu'inoubliable.

J'avais réussi.

Grâce à l'amour des miens, leur affection, leur soutien. Grâce à la vision qu'ils avaient eue de moi, jusqu'à laquelle je m'étais sentie obligée de m'élever. Les mots ont un pouvoir, ils peuvent tabasser ou libérer. En l'occurrence, ils m'avaient fait m'envoler.

Sitôt aurai-je dévalisé ce marchand de presse, pour y découvrir les reportages réalisés sur le festival dont je revenais, que je mettrai un soin tout particulier à emballer mes deux plus belles toiles, et à les faire porter à Régine et à Perla, pour les remercier des coups de pied aux fesses dont elles m'avaient gratifiée.

Lundi, 9 heures.

Assise à une des tables de ce nouveau café que je ne connaissais pas, je feuilletais fébrilement ma pile de magazines. Très vite, je tombai dessus : le reportage que je cherchais. Les photos des célébrités, les textes qui racontaient la soirée, les discours, les bons mots, les couacs et les affinités, les tenues haute couture des artistes, l'invitée d'honneur célébrée.

J'étais trop excitée.

Mon attention tout entière consacrée à ces pages que je parcourais avidement, je levai la main, et appelai :

— Café ! Un garçon, s'il vous plaît.

Un silence. Puis une voix joyeuse me répondit :

— Suffit de demander !

Il se posta face à moi, et attendit, l'air réjoui.

— Oui ? fis-je en levant les yeux de mon journal.

— Je suis là.

— Hum. Je vois ça.

Comme il ne bougeait pas, je répétai donc, en articulant mieux :

— Je voudrais un café, s'il vous plaît.

— Vous ne voulez pas un garçon ? me suggéra-t-il, goguenard.

— Hein ? Heu… Non, merci… j'ai déjà deux filles, tout va bien.

Il éclata de rire.

— Pourtant, c'est bien aussi, un garçon !

— À quel propos ?

— À vous de me le dire…

— Que je vous dise quoi ?

— Ce que vous voulez de moi.

Perplexe, je le considérai comme s'il venait de la planète Nimportkoa.

— Que… vous… m'apportiez… un café ? C'est possible ?

— Ah ? Je suis déçu.

— Pourquoi ?

— J'aimais mieux votre première commande.

Sur ce, il tourna les talons et s'éloigna, tandis que je le fixais, interloquée, avant de me replonger dans mon magazine en secouant la tête. Puis je la relevai et le vis s'esclaffer avec un de ses collègues. L'espace d'un instant, je laissai courir mon regard sur les murs. Quelques personnes étaient attablées, dans cet endroit agréable et flambant neuf, moderne, ultracoloré. Ici, tout n'était qu'alliance d'objets délicieusement rétro, conjuguant déco vintage des années 60, vaisselle nostalgique des années 70 et accessoires régressifs des années 80.

Le garçon de café, qui ne portait pas d'uniforme mais juste un torchon à carreaux sur son épaule, posa un verre sur son plateau, et d'un pas vif alla servir une table près de la mienne. À son retour, en passant devant moi, il me lança :

— Vous êtes toujours sûre de ne pas avoir fait d'erreur ?

— Eh bien… si, en fait. Comment le savez-vous ?

Il stoppa net et se tourna dans ma direction.

— Vous comprenez maintenant où se situe votre bourde ?

— Absolument.

— Eh ben, voilà !

— Oubliez le café.

— Ah ! s'exclama-t-il avec emphase.

— Je préfère un thé glacé.

Lundi, 9 h 10.

— C'est vous, là ?

Je relevai la tête. C'était encore ce serveur bizarre, qui venait de m'apostropher. Surgi dans mon dos, il s'était permis de jeter un coup d'œil par-dessus mon épaule. D'un mouvement leste, il déposa sur la table mon thé glacé et, toujours captivé par mon magazine, montra du doigt une photo que je n'avais pas encore remarquée. En réalisant que je figurais dessus, mes pommettes s'enflammèrent.

— Oui, balbutiai-je, émue et fière. Il semblerait bien.

— Vous êtes comédienne ?

Je sursautai. Croyant avoir été inconvenant, cette fois, c'est lui qui s'empourpra. Je trouvai cela touchant.

— Pardonnez-moi, s'excusa-t-il. Je suis indiscret.

— Non, je vous en prie… Je ne suis pas comédienne. Je suis peintre.

Une torsion de sa bouche m'indiqua qu'il était impressionné. Comme je le voyais encore loucher sur l'article, et que j'éprouvais le besoin viscéral et immédiat de partager ma joie avec quelqu'un, je lui proposai d'un geste de la main de se joindre à moi. Peu importait qu'il soit sur son lieu de travail, il n'hésita pas une seconde et s'assit à mes côtés. Le magazine face à lui, il lut à voix haute.

— « … et pour les cinquante ans de carrière d'Ornella Chevalier-Fields, l'artiste Ava Asher… »

Il s'interrompit.

— C'est vous, Ava Asher ?

— Oui. C'est moi.

— Ravie de vous connaître, Ava. Moi, c'est Roger.

— Enchantée, Roger.

Nous nous serrâmes joyeusement la main. Puis il continua sa lecture.

— « … l'artiste Ava Asher a réalisé pour elle un portrait somptueux… » Mazette !

— Ha, ha, ha, « somptueux », ils ont écrit ! Vous avez vu ?

Je frappai dans mes mains comme une petite fille. Une vague de frissons d'excitation me parcourut des pieds à la tête.

— C'est vrai qu'il est somptueux, votre tableau. Tenez, on le voit mieux là.

Roger, qui s'était tout naturellement accaparé mon journal, venait de tourner la feuille. Tranquille, le mec. Sauf qu'il avait eu raison de le faire. Mon tableau y était exposé sur un quart de page, dans ce magazine qui touchait plusieurs millions de lecteurs chaque semaine.

C'était magique. La peinture était posée sur un trépied. À ses côtés figuraient Ornella tout sourires, moi tout impressionnée, l'organisateur du festival tout blasé, et d'autres célébrités qui avaient repéré le bon spot pour se faire shooter. J'en avais le souffle coupé. À tel point que je mis un instant avant de comprendre les mots que Roger était en train de prononcer, d'une voix retenue et un peu basse.

— Qu'est-ce que c'est beau… quel talent vous avez. C'est incroyable, complètement avant-gardiste. Quelle énergie, quelle singularité… Cette toile est un mélange équilibré entre sophistication, maîtrise de la matière, et liberté totale, comme l'artiste que vous avez représentée…

— Vous aimez ?

— Si j'aime ? s'exclama-t-il en écarquillant les yeux. Dites, vous voulez pas faire comme Picasso, et me signer la nappe ?

J'éclatai de rire très fort. Roger aussi. C'était bon d'évacuer cette tension qui m'oppressait depuis des semaines. De ressentir ce soulagement. De tressaillir sous des spasmes d'allégresse. Mais cette crise d'hilarité libératrice fut brusquement interrompue par l'intrusion d'un commentaire acerbe.

— Je constate qu'on s'amuse bien, par ici.

Sans attendre que je le lui propose, Ulysse tira bruyamment une chaise à lui, pour s'installer à ma table. Aussitôt, Roger se leva, se rembrunit, et demanda poliment :

— Que puis-je vous servir, monsieur ?

Ulysse, sans lui accorder le moindre intérêt, lui commanda un jus d'orange, avec un croissant. Roger acquiesça, et s'éclipsa. Je le regardai s'éloigner, tandis qu'Ulysse se penchait vers moi, mains jointes sur mes revues, dont une qu'il chiffonna sans le faire exprès.

— Salut, Ava. Je ne te demande pas si tu vas bien, ça a l'air d'aller.

— Bonjour, Ulysse. En effet, ça va plutôt pas mal. Et toi ?

— J'ai connu mieux.

Il prit une grande inspiration, se força à sourire, et lâcha d'une petite voix :

— Merci d'avoir accepté de prendre un verre avec moi.

— Je t'en prie. Je te l'avais promis, donc…

— D'autant que je n'ai pas beaucoup de temps, je suis en transit à Paris mais je repars dans quelques heures.

Je portai la paille de mon thé glacé à mes lèvres, et entrepris de le siroter lentement.

Ulysse se pencha, et fouilla dans un petit sac de sport, qu'il avait avec lui.

— Je t'ai apporté quelque chose.

Il en sortit son nez de clown, et me le tendit. Je le saisis, sans comprendre.

— C'est pour remplacer la montre que je t'ai cassée, annonça-t-il d'une voix solennelle.

Étonnée, je le fis rouler entre mes doigts, l'observant avec circonspection.

— C'est pas un peu trop dénué d'aiguilles, pour donner l'heure ?

— Tu ne comprends pas. Il y a vingt-cinq ans de ça, je me suis offert ce nez de clown. Je pensais en faire mon métier, avant de devenir raisonnable, et de choisir magicien.

— Ah oui... maintenant que tu en parles, je m'en souviens...

— Voilà. Un objet de mon adolescence, pour remplacer ta montre d'adolescente.

Il s'interrompit car Roger venait d'apporter son jus d'orange et sa viennoiserie. Le serveur les glissa sur notre table, et s'éloigna d'un pas vif. Je l'observai à nouveau du coin de l'œil, puis je reposai doucement le vieil appendice en plastique, à côté de son croissant.

— Ça ne la remplacera pas, tu sais... Symboliquement, cet objet ne m'évoque rien de particulier...

— Il t'évoque moi, non ? fit Ulysse, une nuance de tristesse dans la voix. À moins que je ne sois vraiment plus rien pour toi…

— Mais non, tu n'es pas rien, tu restes mon ami… Merci pour ce pif. Je n'ai pas la moindre idée de ce que je vais en faire, mais…

— Le garder avec toi, par exemple ?

— D'accord. Je vais le garder avec moi. Bien désinfecté, au pire, je pourrais toujours ranger un minifromage à pâte molle à l'intérieur.

Je rigolai. Ulysse ne trouva pas ça drôle. Alors, je rengainai ma blague en l'ensevelissant sous une quinte de toux et, à la place, lui montrai mes magazines.

— Dis donc… ça tombe bien que tu sois là. Regarde un peu la couverture de presse dans laquelle mon tableau apparaît ! T'es fier de ton ex, j'espère ?

D'un geste leste, Ulysse parcourut les pages des revues en les faisant crisser, sans vraiment s'attarder sur ce qu'il voyait.

— Ouais, c'est super, je suis très content pour toi.

— Et c'est tout ? lui demandai-je, déçue.

— Mais je le connais, ton tableau, t'inquiète. Tu m'as assez bassiné avec tout le temps où tu étais en train de le peindre.

Cette fois, c'est lui qui rigola, mais je ne trouvais pas ça drôle. Décidément, on ne partageait vraiment pas le même humour.

Soudain, je le vis se figer, et fixer attentivement une photo. Il colla son nez dessus, leva des yeux ronds vers moi, replongea sur le cliché.

— Mais… qu'est-ce que c'est que cette horreur ?

— Quoi ? Où ça ? demandai-je naïvement, croyant qu'il parlait d'un accessoire haute couture ridicule, ou du lifting raté d'une comédienne trop tirée.

— Mais ton tableau ! Il est atroce ! Qu'est-ce que t'as foutu avec ?

— Quoi ? Mais… je…

— Allez, avoue, c'est une blague ? C'est une photo gag, c'est ça ?

Une vague d'humiliation et de honte me submergea.

— Voilà, c'est ça, répondis-je d'une voix à peine audible.

— Ha, ha ! Les cons ! Ils ont shooté la caricature de ta croûte, plutôt que l'original ! Ha, ha ! Tu dois être dégoûtée…

— Ben non, écoute. C'est pas très grave. L'important c'est que le tableau ait plu. Tiens, regarde.

D'un geste vif, je pianotai sur mon écran, j'accédai à ma messagerie et lui montrai mon portable, pour qu'il lise les messages que j'avais reçus. La plupart étaient des félicitations, il y avait quelques commandes, un message de Tadeusz disant qu'il voulait travailler avec moi et, au milieu de toutes ces petites bulles de miracles, quelques propositions d'expo à l'étranger, qui commençaient à arriver.

Mais Ulysse ne s'y attarda pas. Il consulta sa montre dernier cri, et conclut :

— Tant mieux pour toi, ma belle. Écoute, je ne peux pas rester, je dois filer. Mais le plus important... Tu prends bien soin de mon nez rouge, d'accord ? Tu me le promets ? Je te le donne, mais il est précieux.

J'acquiesçai, heureuse qu'il s'en aille et qu'il me laisse enfin.

— Oui, je te le promets.

— Super. On reste en contact ?

— Sauf si je bloque ton numéro ! Ha, ha !

Il rit aussi, en me déposant un baiser sur le front.

— J'adore ton humour, mon Ava. Bye, bye !

Cette fois, je le regardai quitter le café avec un soulagement que je ne cherchai même pas à dissimuler.

Lorsqu'il eut disparu de ma vue et de ma vie, je laissai mon menton s'affaisser sur mon décolleté et mes cheveux libres dégringoler sur mon visage, dans une attitude de relâchement maximal. Puis, d'une main tâtonnante, j'attrapai mon verre, le fis passer sous ma cascade de mèches, et but quelques gorgées de mon thé glacé. Elles me rafraîchirent, me soulagèrent, m'apaisèrent. Heureusement que je n'avais pas pris un café. Ça m'aurait énervée.

Un crissement de chaise me fit lever le nez. C'était Roger, qui, après avoir discrètement débarrassé la vaisselle d'Ulysse, s'était installé à ma table. Faites comme chez vous, surtout. Tiens ? Il avait apporté une assiette remplie de mignardises. Bon, d'accord, faites comme chez vous, ça a l'air chaleureux et accueillant, chez vous. Pour lui, il s'était pris une grande tasse de chocolat chaud.

— Permettez-moi de vous offrir quelques douceurs. Ce n'est pas tous les jours qu'on reçoit une star dans notre établissement.

— Une star ? Où ça, une star ?

Un sourire éclaira son visage. Il avait de jolis yeux noisette, perçants et magnétiques. De longs sourcils presque féminins, une silhouette sportive et, à vue de nez, deux ou trois ans de plus que moi.

— Alors, racontez-moi, ce tableau… Qu'est-ce qui vous l'a inspiré ?

— Oh… c'est une longue histoire.

Comme il semblait déterminé à ne pas bouger d'ici, je lui racontai les péripéties de mon week-end, en croquant dans un chou à la crème succulent. Il écouta mon récit avec attention. Ce qui le captiva particulièrement fut quand je lui expliquai comment, sur un coup de tête, j'avais customisé une toile conventionnelle et abîmée en œuvre d'art moderne, en y collant les faux cils de Régine sur les yeux de la vedette, en piquant et en fixant les fleurs en tissu des barrettes de Perla dans les cheveux peints sur ma toile, comblant ainsi le trou situé à cet endroit. En faisant briller les bijoux de l'actrice recouverts de vraies paillettes de maquillage chipées à mes nioutes. En placardant des morceaux de photos d'Ornella découpés dans le journal, telle une mosaïque autour de son visage soigneusement peint, aux lignes précises et inaltérées. En laissant les taches de sauce tomate qui n'avaient pas été effacées, telle une private joke souvenir. Pour finir par quelques effets de calligraphie effectués grâce à un pinceau à blush (celui d'Hannah) trempé dans de l'encre de seiche récupérée dans le restaurant que nous avions quitté.

Le résultat, qui avait conquis tout le monde, fut qualifié d'œuvre d'art hybride en trois dimensions, alliant plusieurs styles, depuis le classicisme le plus épuré jusqu'au délire moderne le plus assumé.

— Vous savez, me confia-t-il, un de mes sports préférés est de me perdre dans les expos, les musées, les centres culturels. J'aime l'art. J'aime les émotions qu'il provoque. Je ne prétends pas y connaître grand-chose. Je remarque simplement que votre tableau m'en inspire de belles.

— Merci, Roger, dis-je, reconnaissante. C'est gentil.

— Allez savoir, peut-être que si je n'avais pas fait ce job, j'aurais adoré tenir une galerie ?

— C'est bien aussi, garçon de café, fis-je en souriant.

Roger se tapa la main contre la cuisse.

— Oui, c'est bien ! Mais ce n'est pas mon métier. Moi, je suis producteur de musique. Cet établissement, c'est celui de mon fils. Il l'a ouvert avec une bande de copains à lui. Du coup, dès que j'ai un moment, je viens lui donner un coup de main. C'est l'avantage de travailler gratos. On peut faire autant de pauses qu'on veut !

Je l'observai en penchant la tête. Quel drôle de bonhomme. Chaleureux, sympathique et agréable. Je me sentais bien en sa compagnie, rassurée, tranquille et détendue. Impression troublante de le connaître depuis longtemps (sans avoir été en classe avec lui, cette fois). Et l'endroit, à deux pas de chez moi, ressemblait à l'annexe la plus confortable que l'on puisse trouver. Qui sait, peut-être ferais-je de ce café mon nouveau QG ?

Roger but une gorgée de son chocolat chaud et, les yeux sur un magazine, pointa une photo du doigt.

— Avec Iron Man ! Ça, c'est la classe.

— Pardon ?

— Cette photo, c'est pas vous et Robert Deuxnez Jr ?

J'attrapai la revue, la tournai, et cherchai avidement le cliché. Il était là, juste sous mes yeux. Une petite vignette qui me sembla immense. Robert, avec moi passant derrière lui, et le photobombant sans le savoir. Notre photo à nous !

Best souvenir de soirée *ever*.

Chapitre 36

Tom

Le soir…

Tom sonna à la porte de chez Régine, mais personne ne répondit.

Les traits tendus, des cernes violacés sous les yeux, une ombre de barbe, tout sur son visage révélait un état de grande fatigue émotionnelle. Cependant, il était prêt désormais à se confronter à elle.

Régine lui avait envoyé un SMS sibyllin :

Viens. Je veux que tu récupères tes affaires.

Aucune autre précision. Ni bonjour, ni au revoir, ni je t'aime, ni *fuck you*. Pas compliqué de comprendre qu'elle le larguait comme un vieux mégot de cigarette. Les affaires qu'il avait laissées chez elle, il n'en avait rien à foutre. Elle pouvait bien les balancer à la poubelle, pour ce que ça lui importait. Mais imaginer de lui qu'il puisse se comporter comme un lâche, ça, jamais. Ce n'était pas dans son ADN, à Tom. Il voulait s'entendre congédier de vive voix. Qu'elle lui dise, si elle en avait le courage, qu'elle le jetait pour rejoindre son ex-grand amour redevenu d'actualité, ce connard qu'elle n'avait jamais oublié. Ce putain de Jimmy de merde.

Tom ne sonna pas une deuxième fois. Il avait les clés, il s'en servit et entra dans l'appartement de celle qu'il aimait toujours comme un dingue.

Régine était là. Il aperçut ses jambes nues se balancer lentement sur l'accoudoir d'un des fauteuils du salon. Tout l'appartement était plongé dans le noir. Seule la lumière d'une petite lampe de chevet posée sur la table basse laissait poindre une source de clarté.

Il fit quelques pas vers elle, avant de frissonner. Un grondement colossal, suivi d'un éclair spectaculaire, venait de retentir. L'orage qui éclata fut aussitôt accompagné par le tambourinement d'une pluie battante, dont il perçut les millions de gouttes cogner violemment contre les carreaux. Quelle ironie. Les éléments déchaînés symbolisaient en temps réel ce qui se passait dans son cœur.

Dans le salon, sa silhouette se détacha de l'ombre et Régine, en tee-shirt long et culotte noire, leva enfin les yeux vers lui. Entre ses mains, un mug de café brûlant, qu'elle sirotait par petites gorgées. Dans ses oreilles, un casque diffusant de la musique, si fort qu'il pouvait l'entendre d'où il se tenait. Raison pour laquelle elle n'avait

pas ouvert, lorsqu'il avait sonné. Elle était déma-
quillée, les cheveux défaits, le visage tendu, les
traits accentués, comme plissés de lignes qu'il
n'avait jamais remarquées auparavant.

Elle retira les écouteurs de son casque.

— Bonsoir, fit-elle simplement, d'un ton
neutre.

— Bonsoir, Régine, lui répondit-il en la fixant
douloureusement. Tu voulais me voir ? Je suis là.

Elle posa son mug sur la table, se redressa,
et demeura un instant assise, les yeux perdus
dans le vague. Puis elle se leva lentement, tira
machinalement sur son tee-shirt qui lui arrivait
à mi-cuisse. Il sembla à Tom que c'était un des
siens. Mais il n'eut pas le temps d'y réfléchir, car
elle se planta devant lui et lui assena une gifle
magistrale.

Tom ne broncha pas. Il ne fit aucun geste, sa
tête ne vacilla même pas. Seule, sur sa joue mal
rasée, l'empreinte des doigts de Régine commença
à apparaître. Elle le fixait avec dédain, la bouche
déformée par un rictus haineux. Alors qu'elle
relevait la main pour le gifler une seconde fois, il
lui saisit le poignet et le serra, mais sans lui faire
mal. Calmement, il lui abaissa le bras.

— J'imagine que Bianca et toi n'êtes plus très
amies, désormais, lui lança-t-il, narquois, sans
faire semblant d'ignorer la raison de son geste.

Elle recula d'un pas et croisa les bras contre
sa poitrine, une détermination farouche faisant
briller son regard.

— Non, en effet. Je ne veux plus la revoir, ni toi non plus. Je veux que tu sortes de ma vie à tout jamais.

— Et c'est pour ça que tu m'as fait venir ? Parce que Sa Seigneurie a décidé qu'elle me remerciait et souhaitait me le signifier en face ? Vous auriez pu vous épargner cet ultime effort, madame la comtesse. Votre laquais n'en méritait pas tant. Un simple coup de fil aurait suffi à sa flagellation.

Et sans prévenir, il fit un pas vers la table du salon, sur laquelle reposait un vase contenant le bouquet de Jimmy, une assiette, un verre ainsi qu'un saladier et des couverts. D'un geste large, il envoya tout valser au sol. Quelques secondes après le fracas de la vaisselle et du vase qui explosèrent contre le parquet, un éclair déchira la pénombre, précédant le grondement d'un coup de tonnerre impressionnant.

Régine ne broncha pas. Peu lui importait son cinéma, elle lui jeta un regard transpirant de mépris.

— Comment ai-je pu aimer un connard pareil ? Tu me dégoûtes. Casse-toi.

Puis elle lui tourna le dos, et regagna son fauteuil. Elle attrapa son casque et pianota sur son appareil pour sélectionner la musique qu'elle allait écouter. Mais Tom n'en avait pas fini avec elle. Il s'approcha, la mâchoire crispée, le regard noir, les émotions à fleur de peau.

— Ah bon, tu m'as aimé ? Je croyais que le seul homme de ta vie, c'était Jimmy ? Cette enflure avec lequel tu es partie te faire sauter à Rennes ?

Régine, qui s'apprêtait à enfoncer les embouts de son casque dans ses oreilles, cessa net son mouvement. Elle le contempla, abasourdie, se leva de son siège et s'avança vers lui en murmurant :

— Non, ne me dis pas que c'est à cause de ça… Non, ce n'est pas possible, t'as pas pu être assez dingue pour croire une chose pareille ?

— T'es pas partie avec lui, peut-être ? Et les fleurs, et les capotes ? Tu me prends pour un débile incapable de comprendre ce qui se passe ? rugit Tom, perdant à nouveau ses nerfs.

Cette fois, c'est Régine qui saisit son mug, et le lui balança à la tête. Il n'eut aucun mal à l'esquiver. La tasse alla se fracasser contre le mur, et le café qu'elle contenait laissa une large trace brunâtre sur la peinture.

— Casse-toi, pauvre imbécile ! s'époumona Régine. OUI, j'ai effectivement passé deux jours avec Jimmy. C'est vrai, voilà ! T'es content ? Je t'ai trompé, houuu, je suis une vilaine ! Méchante fille !

Elle se mit à s'agiter comme une folle, secouant les bras en l'air, tournant sur elle-même. Une des fenêtres du salon, mal fermée, s'ouvrit d'un coup, déchirant le haut d'un rideau, et laissant entrer un voile de pluie qui se mit à goutter sur le parquet.

Tom détesta voir Régine dans cet état. Il eut envie de la prendre dans ses bras pour la calmer, mais ça aurait été comme de saisir une bourrasque. Elle était devenue incontrôlable. D'un bond, elle s'approcha de la bibliothèque, et se mit à balancer ses livres un à un, en direction de Tom.

— Espèce de connard ! hurla-t-elle. J'ai pas pu lui rendre la bague de sa petite mamie ! Grand amour mon cul, oui ! Je ne l'ai même plus ! Je l'ai balancée il y a des années ! Alors tu sais quoi, hein, tu sais quoi ?

Elle s'approcha de lui en éructant, les yeux exorbités :

— Il m'a demandé en échange de lui rendre un service. Un SERVICE ! C'était pour plaider, que nous sommes partis ensemble… et tu sais quoi encore, couillon ? J'ai remplacé au débotté l'avocat de sa femme, qui était avec nous ! OUI ! Nous avons passé deux jours au tribunal lui, moi et SA PUTAIN DE FEMME ! Qu'est-ce que tu dis de ça, hein ?!

Tout en parlant, elle bondit sur son téléphone, cliqua sur la galerie, et afficha le selfie dans le train qu'ils avaient pris tous les trois ensemble. Elle y figurait assise à côté d'une jeune femme qui se tenait pelotonnée contre le Jimmy en question. Menaçante, elle le colla sous le nez de Tom, avant de jeter son portable sur le canapé. Puis elle fondit en larmes, tout en continuant à l'invectiver. Il tenta de s'approcher d'elle, mais reçut un bibelot en porcelaine en pleine face. Il en esquiva de justesse un second en levant le bras pour se protéger.

— Les fleurs ? C'était pour me remercier d'avoir accepté de m'occuper de l'affaire de sa femme en urgence. Les capotes ? T'as dû tomber sur une vieille boîte qui traînait dans mes affaires. Et tu sais quoi ? Si tu fouilles dans mes tiroirs, tu trouveras PLEIN d'autres indices qui montreront à monsieur le grand enquêteur de mes deux que j'ai une vie sexuelle ! (Elle l'imita en le caricaturant.) « Bonté divine, un porte-jarretelles, mais avec qui l'utilise-t-elle ? Oh, son épilation du maillot a changé de forme ? Il y a anguille sous roche ! Elle sourit ? C'est un indice ! À qui pense-t-elle ?... »

— Arrête...

— Le problème, dans tout ça, c'est pas moi. C'est toi. Toi et ta jalousie maladive. C'est toi qui as tout gâché !

— Régine, calme-toi...

— Tu n'avais qu'une seule chose à faire, c'était de me demander, au lieu d'aller tringler cette connasse de Bianca, qui crève de jalousie de nous voir si heureux parce qu'elle meurt d'ennui dans son couple ! Alors, maintenant que t'as tout fait foirer, tu te barres !

Elle lui indiqua d'un geste vif la direction de la porte. Tom hésita. Elle avait raison, il avait tout gâché. Il fit un pas vers elle, mais elle lui assena des coups sur le torse, affaiblis par l'énergie qu'elle mettait à crier et à pleurer en même temps.

— Tu te casses ! Dégage ! Sors de ma vie ! Barre-toi, je t'ai dit !

Rester n'aurait servi à rien. Elle n'était pas en état de l'écouter. Le cœur serré, il fit ce qu'elle lui demandait et quitta l'appartement, la laissant sangloter derrière lui. Il demeura un moment le dos contre la porte fermée, séparé d'elle par cette épaisseur de bois, l'oreille aux aguets, le temps que les pleurs de Régine s'éteignent doucement. Quand elle se fut calmée, au bout d'un temps infini, il se détacha de la porte et descendit l'escalier d'un pas lourd.

La nuit était sombre, et la pluie toujours drue. Lorsqu'il sortit dans la rue, il ne fallut que quelques secondes pour que les gouttes du ciel se mêlent à celles qui ruisselaient depuis ses yeux. Il enfourcha sa moto, passa son casque, mit le contact, démarra dans une gerbe d'écume et s'enfonça dans l'obscurité d'une ruelle peu éclairée.

Chapitre 37

Lutèce

Par un bel après-midi d'été, Lutèce franchit le portail gris de la maison de retraite située en plein cœur de la capitale, dans un parc ombragé où l'on pouvait croiser des poules évoluant en toute liberté. À l'exact opposé des pensionnaires du lieu, souvent tristes, amorphes et entravés par eux-mêmes.

À l'accueil, une réceptionniste feuilletait un magazine, l'air absolument pas concerné par ce qui se passait autour d'elle.

— Bonjour, mademoiselle.

L'employée leva les yeux vers Lutèce, et répondit à son salut sans esquisser de sourire.

— Je viens voir Thérèse…

Elle n'eut pas le temps de préciser son nom de famille, que la fille lui indiquait d'un mouvement de menton l'étendue d'herbe verte que l'on apercevait par la baie vitrée derrière elle.

— Elle prend le soleil.

— Merci, dit Lutèce en s'éloignant.

Elle détestait ce genre d'endroit, aussi avait-elle prévu de ne pas s'y attarder. De toute façon, l'idée même de revoir la sœur cadette de son mari n'était pas une partie de plaisir, loin de là.

Très vite, elle repéra sa silhouette, assise sur un banc, solitaire, les yeux mi-clos. Menue, décharnée, mais familière. Elle refréna une envie violente de quitter les lieux. Impossible. Pas après toutes ces nuits sans sommeil, à se torturer l'esprit sur des centaines de questions sans réponses. Il fallait se rendre à l'évidence : à son âge, elle ne voyait personne d'autre que Thérèse susceptible, peut-être, d'être encore capable d'éclairer sa lanterne.

Lutèce fit quelques pas pour rejoindre le banc de la vieille dame, et s'installa simplement à ses côtés.

L'air était frais, le soleil partiellement masqué par des nuages épars, qui en adoucissaient les rayons. Une poule rousse s'approcha un instant, curieuse, avant de s'éloigner dans un fourré.

Thérèse tourna lentement la tête vers Lutèce. Lorsqu'elle reconnut sa visiteuse, ses yeux s'agrandirent, et elle émit un petit hoquet d'étonnement.

— Bonjour, Thérèse. Ça fait bien longtemps que nous ne nous sommes pas vues.

Un silence.

— Oui, bien longtemps. Bien longtemps.

Elle avait prononcé cela sans la moindre trace de nostalgie dans la voix. Juste une froide constatation. Son ton était même empreint d'une certaine sécheresse.

— Comment te portes-tu ?

Le regard de Thérèse s'égara dans une direction opposée.

— Oh, comme si cela t'intéressait de le savoir. Que me vaut l'honneur de ta visite ?

Lutèce essaya de se montrer affable. Elle lui tendit le sac en toile qu'elle avait apporté. L'autre ne fit aucun geste pour s'en saisir.

— Tiens, je t'ai apporté toutes sortes de choses, des douceurs, une tarte aux abricots faite maison, une quiche, enfin, tu verras. Il y a de quoi te régaler, et partager avec tes amis, ici.

— Je n'ai pas d'amis, ici.

La grand-mère de Félix ne releva pas. Elle était venue dans un but bien précis, et n'avait aucunement l'intention d'en dévier.

— Je dépose le sac là, à côté de toi, dit-elle gentiment.

La pensionnaire des lieux n'y prêta pas attention, ne la remercia même pas. Une longue natte de cheveux blancs descendait dans son dos, sa jupe était plissée et un chemisier austère à col montant épousait son torse frêle. Ses mains posées sur un livre de prières fermé, elle continuait de fixer un point invisible, quelque part, loin devant elle. Cette visite ne lui procurait visiblement aucun plaisir. Elle ne se donnait pas la peine de faire semblant. Les deux femmes n'avaient jamais été proches. Pire, elles se supportaient à peine. Et le temps n'avait pas altéré cet état de fait.

— Thérèse, je ne vais pas t'ennuyer très longtemps.

Silence de la belle-sœur, qui semblait se passionner pour le vol d'une abeille, près de son genou.

— Es-tu au courant, pour Saül ?

— Saül ? répéta l'autre, soudain intéressée. Tiens donc… C'est pas un des prénoms que tu as donnés à ton fils, ça, « Saül » ?

Lutèce prit une grande inspiration.

— Oui, mais pas seulement… Il s'agissait d'un homme, que j'ai connu, il y a cinquante ans. Le temps est passé, peut-être ne t'en souviens-tu pas, ou n'en as-tu jamais entendu parler ?

Thérèse se tourna vers elle et, cette fois, la fixa longuement.

— Mais si, bien sûr, que je m'en souviens… Mon pauvre frère t'avait laissé donner à son fils le prénom de ton amant. Sans doute en hommage à celui dont il avait piqué la femme ! Ha, ha, ha !

Le rire de Thérèse glaça le sang de Lutèce. Ainsi donc, cette sorcière savait. Qui d'autre avait été dans la confidence ? Son estomac se tordit de douleur. Elle n'en montra rien, et continua à l'interroger sur le ton le plus aimable et le plus détaché qu'elle puisse employer.

— Oh, il y a prescription, maintenant. Mais je me demandais… tu étais donc au courant, pour cette lettre de rupture qu'il avait remise à Saül ?

— Oui. Et alors ?

Les yeux de Lutèce s'écarquillèrent.

— Tu étais au courant ? répéta-t-elle, sidérée.

— Mais tout le monde dans la famille était au courant que mon Antoine, mon grand frère chéri, t'aimait comme un fou ! Et toi qui te moquais de lui, toi qui le repoussais… C'était à se demander pour qui tu te prenais, à la fin ? Des comme toi, il aurait pu en avoir autant qu'il voulait. Des mieux que toi, même ! Avec sa fortune, sa prestance, son niveau d'études. Mais va savoir pourquoi, il n'avait d'yeux que pour sa petite Lutèce, sa petite souillon sans grâce. Et toi, hein, toi, égoïste, insensible, immature, toi, tu lui as brisé le cœur !

Des larmes affleurèrent dans les yeux de Thérèse, à l'évocation de son frère adoré.

— Mais je ne… je ne voulais pas de lui ! J'avais beaucoup d'amis, à cette époque. De tous âges, et de toutes conditions. Mais je ne voulais pas de lui ! répéta Lutèce en bafouillant, ce qui déchaîna soudain la colère de Thérèse.

— Et alors ?! Tu en as souffert, peut-être, de cette vie dorée qu'il t'a offerte ? Sale ingrate ! Tu n'as manqué de rien, tu as vécu dans l'aisance ! Regarde-toi, tu venais d'une famille sans le sou ! Il a payé les dettes de ton incapable de père ! Tu n'oserais pas avoir le culot de venir te plaindre, tout de même ?

Lutèce se leva d'un bond. C'était nécessaire. Soit elle quittait ce banc, soit elle giflait son ex-belle-sœur. Elle tremblait de tous ses membres. Pourtant, c'est d'une voix calme qu'elle assena :

— Un menteur. J'ai passé ma vie auprès d'un menteur, qui a donné la lettre que je lui avais écrite à celui que j'aimais.

Thérèse éclata de rire si fort, que des oiseaux s'envolèrent des arbres alentour.

— Ah, mais je te rassure ! Lui n'a rien fait, à part se laisser humilier par une petite péronnelle sans cervelle. C'était MON idée ! Ta lettre de mise au point l'avait dévasté. Il m'a permis de la lire. J'ai immédiatement remarqué que tu n'avais pas mis de prénom, sur cette missive. Je lui ai alors suggéré de te suivre et de voir où habitait celui avec qui tu forniquais. Il lui a suffi ensuite de glisser ton mot d'amour dans sa boîte aux lettres, et le tour était joué. L'autre se ferait mordre par le venin que tu destinais à mon frère bien-aimé. Il pouvait ensuite te récupérer à bras ouverts.

Lutèce en eut le souffle coupé.

— C'était… ton idée ?

— Pour sûr ! Mon grand frère était bien trop gentil pour imaginer pareil stratagème. Mais moi, oh, moi, je connais les femmes ! Leurs vices, leur perfidie… les femmes sont toutes des roulures, des pouffiasses, des débauchées ! Ha, ha ! C'est moi aussi qui lui ai suggéré d'aller voir un imprimeur dans la ville voisine, pour fabriquer un faux faire-part de mariage, histoire que tu la boucles une bonne fois pour toutes et que tu offres enfin à mon frère le bonheur qu'il méritait, puisqu'il avait décidé que ce bonheur devait passer par toi. Ha, ha, ha !

Lutèce figée, glacée, contempla la vieille folle qui lui faisait face. Elle fut étonnée de n'éprouver pour elle qu'une profonde pitié. Cette femme aigrie, rongée par la jalousie, seule au monde, qui n'avait jamais vénéré que son grand frère Antoine, qui fut l'unique homme de sa vie.

Lutèce avait obtenu les réponses qu'elle était venue chercher, elle n'avait plus rien à faire ici. Bouleversée, elle tourna les talons et commençait à s'éloigner quand l'autre la retint :

— Hé, Lutèce ! Tu ne soignais pas les gens, à ce que mon frère m'avait dit ? Un super pouvoir, ou je ne sais quoi... Lutèce, j'ai mal aux jambes, et aussi aux dents, et j'ai des douleurs aux articulations, est-ce que tu peux m'aider ?

Lutèce s'arrêta. Lentement, elle revint vers la femme qui l'appelait. Thérèse la contemplait tête penchée, regard de chien battu. Elle tendit vers elle ses doigts déformés par l'arthrite pour que Lutèce les saisisse et la soulage. Ses mains étaient dans un triste état. Lutèce approcha les siennes, capta son regard, et sursauta. Il était rempli d'ironie, de provocation et d'une sourde méchanceté. Elle pensa à toutes ces années perdues à cause de cette femme, et son ventre se serra. Alors, elle retira ses mains sans la toucher.

— Je suis désolée. C'était une légende. Adieu, Thérèse.

Elle entendit le rire de l'autre accompagner ses pas hors de l'établissement gris qu'elle se jura d'effacer de sa mémoire, et sa pensionnaire avec.

Le temps n'était plus aux regrets ou à la haine. Désormais, le temps était à la vie.

Et cette vie, elle avait bien l'intention d'en profiter en compagnie de celui qui patientait dans un bistrot.

Il se leva en la voyant franchir le seuil du café. Telle l'adolescente qu'elle n'avait jamais cessé d'être, Lutèce lui sauta dans les bras.

— Alors ? demanda-t-il.

— Alors, nous avons assez perdu de temps comme ça.

Elle saisit les paumes de Saül, et les serra un instant en plongeant son regard dans le sien. Puis, lentement, les mains miraculeuses de Lutèce glissèrent jusqu'à ses poignets, et Saül ressentit une chaleur l'envahir jusqu'aux avant-bras.

Lorsqu'il posa les yeux sur l'endroit que Lutèce avait étreint, il remarqua que ses vieux stigmates, pourtant profonds, s'étaient considérablement estompés, au point qu'il eut du mal à les localiser.

— Mais comment as-tu fait ça ?

— Ça ? sourit Lutèce, ça, c'est juste l'amour que j'éprouve pour toi. (Silence.) Et toi, Saül, à ton tour, pourras-tu effacer mes cicatrices ?

Il la contempla avec adoration. Ses cheveux dont une des mèches était retenue par une pince de lycéenne. Ses joues ridées fardées de rose. Son regard doux et ému. Sincère.

— Oh oui, mon amour, murmura-t-il d'une voix ardente. Et je te promets d'y consacrer chaque jour de ma vie.

Avec une immense tendresse, il la serra contre lui, et déposa un long baiser sur ses lèvres fuchsia.

Chapitre 38

Tom

10 heures.

Régine, dans son ancien bureau, empaquetait ses affaires. Elle enverrait ensuite trois gros bras chercher les caisses ainsi constituées. Mais avant cela, le tri de son bordel, c'était elle qui s'en chargeait.

Assise en tailleur sur la moquette, en jean, bottines et pull large, elle s'activait avant le retour de Bianca. S'il y avait bien une personne qu'elle n'avait pas envie de croiser aujourd'hui, c'était cette traîtresse d'ex-collègue et amie.

À quatre pattes entre ses piles de dossiers qui menaçaient de s'effondrer d'un instant à l'autre, elle héla son assistante :

— Olympe ? Vous êtes sûre qu'elle est partie pour toute la matinée ?

— Certaine. Elle ne sera pas revenue avant au moins trois heures. Et comme en plus les rues sont bloquées à cause de la manif et qu'aucune voiture ne peut circuler, il est possible qu'elle annule tous ses rendez-vous et ne vienne même pas de la journée.

— Parfait. Louées soient les manifs qui nous préservent du chaos dans nos bureaux !

— Ah oui, mais bon… il paraît que ça chauffe, vers la gare Saint-Lazare.

— Bah, d'ici à ce qu'ils arrivent par ici, la foule se sera clairsemée. Merci, Olympe, dit Régine avec un sourire, pour clore leur échange.

L'assistante s'effaça, et Régine plaça un classeur dans un grand carton. Puis un dossier à la couverture rouge. Ensuite, toujours assise sur la moquette, elle ouvrit son premier tiroir, et plongea la main dans le fatras qu'il contenait. Elle en exhuma divers objets, certains qu'elle balança dans la corbeille près d'elle à la manière de dunks de basket-ball, d'autres qu'elle déposa dans son carton. À un moment, sa main qui palpait à l'aveuglette dans le tiroir en retira une boîte de préservatifs entamée. Elle la contempla, marmonna une injure énervée, et la propulsa dans la poubelle.

10 h 45.

La porte de son bureau s'entrebâilla. Sans se retourner, Régine demanda :

— Hé, Olympe, vous voulez bien me faire un petit café ? Ce serait gentil de votre part. Merci.

— Bonjour, Régine.

L'avocate tressaillit au son de la voix de Bianca. Olympe, penaude, passa la tête dans l'embrasure de la porte, et murmura :

— Je suis désolée, Régine, elle a menacé de me virer…

— Eh bien, maugréa l'avocate, voilà que je me fais piquer par tout un nid de félonnes…

L'assistante referma la porte sur elle, laissant les deux femmes seules dans la pièce.

Régine, toujours assise par terre, se releva. Elle fit mine de saisir sa veste et son sac, posés sur sa chaise, mais Bianca s'avança d'un pas en tendant la main.

— Non, attends ! S'il te plaît, je voudrais te parler.

— Je n'ai rien à te dire, coupa Régine sèchement.

— Mais moi, si ! Je t'en prie, accorde-moi cinq minutes. Juste cinq minutes, pas une de plus.

La brune avocate réajusta le nœud du foulard en soie qui maintenait ses cheveux en queue-de-cheval, en lui lançant un regard de givre aiguisé comme un pic à glace.

Debout derrière son bureau, bras croisés contre sa poitrine, elle attendit.

Bianca toussa dans sa main pour se donner du courage. C'était une avocate offensive, d'habitude, qui ne craignait pas de monter au front. Mais les circonstances étaient inédites. Aussi, aujourd'hui, se passerait-elle d'effets de style. Il lui faudrait jouer la carte de la sincérité la plus abrupte. Alors, elle prit une inspiration, et attaqua :

— Tout ça, c'est ta faute.

Régine demeura imperturbable. Nullement impressionnée par sa petite technique minable d'entrée en matière, elle ne l'interrompit pas et plissa de dédain le coin de sa bouche.

— C'est ta faute, Régine, tu m'entends ? insista Bianca, dont le visage s'empourpra sous le coup d'une violente émotion. Tu es un monstre d'égocentrisme. Tu t'es prétendue mon amie, mais tu t'es toujours comportée comme une étrangère vis-à-vis de moi.

— Faut croire que j'ai eu raison de m'entraîner, car maintenant je vais réellement en être une. C'est tout ?

— Non. J'ai besoin de te dire tout ce que j'ai sur le cœur. Tout. Même si c'est désordonné. Même si ça te paraît vain. (Un silence.) Quand mon fils est né prématuré, tu n'es même pas venue le voir à la clinique. J'ai juste eu droit à un misérable coup de fil, parce que les gosses t'indiffèrent…

Régine secoua imperceptiblement la tête, mais ne répliqua pas.

— Quand j'ai fêté mes trente-cinq ans, tu as zappé la soirée que j'avais organisée, simplement parce que tu avais envie de rester traîner chez toi en pyjama. Et tu ne t'es même pas excusée le lendemain.

L'avocate brune leva les yeux au ciel, exaspérée.

— Je ne comprends même pas pourquoi je ne suis pas en taule, pour un délit aussi grave, ironisa-t-elle.

La blonde ne se démonta pas, et poursuivit, les poings serrés :

— Quand je t'ai confié ce douloureux secret sur mon enfance, je t'ai entendue un jour le raconter à Olympe ! Quelle humiliation, pour moi qui en avais parlé à si peu de monde…

— Je n'ai pas vu le mal ! Olympe avait vécu la même chose.

— Je te le répète, Régine, s'obstina-t-elle. Tout cela ne serait pas arrivé si tu avais été un peu plus attentive à notre amitié !

Crispée, la brune fronça les sourcils et se mit à ranger des documents dans son sac, signe de décollage imminent. Bianca ne diminua pas son débit pour autant. Une clameur retentit au loin, dans la rue, mais aucune des deux n'y prit garde.

— Tu m'écoutes, quand je te parle ? Je n'en pouvais plus, que tu me serines en permanence les détails de ta passion incroyable. Ça me rendait dingue ! Et Tom m'a sautée sur le carrelage de la salle de bains, et Tom m'a prise dans ses bras quand je pleurais… Et moi ? Tu y as pensé, à moi ? Si tu étais vraiment mon amie, tu te serais rappelé d'à quel point je suis malheureuse avec Anselme !

— Pardon ? l'interrompit Régine, excédée par cette logorrhée pénible à écouter. Et en quoi ça me concerne, que tu sois frustrée avec ton mec ? C'est ma faute, peut-être ?

— Non, bien sûr, mais... C'est comme de te goinfrer d'une pâtisserie délicieuse, de t'extasier sur sa saveur, de gémir sur son moelleux, de lécher la crème sur tes doigts, à côté de quelqu'un qui n'a pas eu un seul repas consistant depuis des jours.

Régine commença à l'applaudir.

— À quel moment je dois me mettre à pleurer ? Pauvre petite fille défavorisée, enfermée dans son duplex au cœur de l'île Saint-Louis, payé par un mari qui pourrait aisément lui offrir l'immeuble entier. Petite Cosette dans sa robe Givenchy à deux mille balles, ses bijoux de luxe et ses hauts talons Jimmy Choo. T'as pas eu de gâteau pour ton quatre-heures ? Bouh ! (Elle fit semblant de s'essuyer une larme.) Alors tu voles celui des autres ?

Bianca perdit le peu de sang-froid qui lui restait. Elle monta d'un ton.

— Ma... ma robe à deux mille balles ? MAIS IL ME L'A FLINGUÉE, ton mec, ma robe à deux mille balles ! Il a gerbé dessus ! C'est ÇA que je voulais te dire !

Régine ne broncha pas, ses traits n'exprimèrent rien du bond que venait de faire son cœur dans sa poitrine. Bianca continua :

— Tu m'as donné à voir un idéal auquel j'ai eu la faiblesse de vouloir goûter. Tant pis pour moi ! Il n'aura été qu'un mirage. Et tu sais ce que c'est qu'un mirage ? C'est un rêve qui m'aurait donné la force d'avancer vers lui, pour quitter un instant mon désert, ma vie de couple aride avec un homme dont les qualités humaines rivalisent avec celles d'un chameau !

— Un chameau ? Tu n'exagères pas un tout petit peu l'inoffensif côté soporifique d'Anselme ?

— Mon mari est inscrit sur des sites de rencontres de cougars ! À cinquante balais, monsieur fantasme de se taper des femmes de l'âge de sa mère ! Voilà ! Tu m'obliges à te révéler ça !

— Ah oui. Là, je confirme le chameau. Le dromadaire, même.

— Tout ce que je voulais, moi, c'était un type qui me traite comme une princesse ! Parce que ça, je ne connais pas. Et à quoi ai-je eu droit ? À un pauvre baiser, avant que ton grand tatoué ne soit pris d'un spasme d'angoisse et ne repeigne ma robe. Tu ne comprends donc pas ?

— Je ne comprends pas quoi ?

— Il ne s'est rien passé entre nous, pauvre crétine !

Régine se mordit la lèvre. Elle lâcha, crânement, précipitamment :

— Je m'en fous, qu'il se soit passé quelque chose entre vous ou pas. Peu importe. Le résultat est le même.

En prononçant ces mots, elle prit conscience de ce qu'elle ressentait. Les types infidèles, elle connaissait bien leur profil habituel. Et Tom n'en était pas un. Lui, c'était juste un fieffé idiot doublé d'un imbécile impulsif. Un parano, aussi. Et un con qui se noyait d'anxiété dans son manque de confiance en lui. Mais il l'aimait sincèrement. Elle le savait. Jamais un homme n'avait autant pris soin d'elle. Jamais elle ne s'était sentie aussi apaisée auprès de quelqu'un. Et le plus important, c'est qu'elle l'aimait aussi, plus que tout.

— Tu sais, reprit Bianca en se tordant les mains, j'ai espéré que ce ne soit que partie remise. Que nous allions nous revoir. Sauf que ça n'a pas été le cas. Tom m'a jetée, quand j'ai essayé de le relancer. Tu parles… entre-temps, il avait dessoûlé. Alors oui, ce que j'ai fait était dégueulasse, et je ne m'attends pas à ce que tu passes l'éponge. Je voudrais simplement que tu acceptes de reconsidérer ton départ du cabinet, et qu'on continue à travailler ensemble. Parce que toi et moi, on formait une super équipe, et… Où vas-tu ?

Régine avait attrapé sa veste, qu'elle commençait à enfiler. Elle prit son sac, qu'elle passa à son épaule. Lorsqu'elle s'adressa à Bianca, plus de trace de mépris ou de haine dans sa voix. Juste une envie pressante, une impatience.

— Je vais rejoindre Tom, déclara-t-elle simplement. Il me manque. Terriblement.

Bianca baissa les yeux.

— Tu as raison. Et en ce qui nous concerne ?

Régine hésita.

— Je ne pardonne rien, ne compte pas là-dessus. Notre amitié est brisée, je ne te ferai plus jamais confiance.

— Je comprends, murmura Bianca.

— Mais c'est à Tom que j'en veux, avant tout. C'est pour ça qu'il faut que j'aille lui parler. On doit régler nos comptes, une bonne fois pour toutes.

— Et qu'il règle aussi ce petit problème de boisson, si je peux me permettre.

— Quant à notre collaboration, je vais y réfléchir. Si je décidais de revenir, ce serait sur de nouvelles bases, strictement professionnelles et totalement dénuées d'affect.

— Bien sûr, bien sûr, accepta Bianca avec empressement.

Régine fit un pas vers la porte, puis s'arrêta et se tourna à nouveau vers sa collègue.

— Moi aussi, des bêtises, j'en ai fait, il n'est même pas question de le nier. Mais concernant ton petit, sache que si je ne suis pas venue à la maternité, ce n'était pas par indifférence, mais parce que l'idée de voir un nourrisson bardé de tuyaux m'était insoutenable. Pour cette lâcheté-là, je te demande pardon.

— Excuses acceptées, répondit Bianca avec un demi-sourire.

Le bruit et les cris en sourdine étaient devenus si forts derrière les doubles vitrages qu'elles ne purent plus les ignorer. D'autant que des sirènes de police les accompagnaient. Bianca s'approcha de la fenêtre, tira le rideau, et regarda ce qui se passait dans la rue. Le spectacle de fureur qu'elle découvrit fut si inattendu qu'elle en sursauta.

— Mon Dieu, viens voir, Régine… Qu'est-ce que c'est que ce bordel ? Tous ces gens qui courent, ces fumées…

Régine était toujours près de la porte de son bureau, la main sur la poignée.

— Oh, ça doit être les excités de la manif.

— Tu ne vas pas sortir maintenant ? Reste ici, à l'abri. Dehors, c'est trop dangereux !

— Non, je dois aller retrouver Tom. Ce ne sont pas trois gugusses sous leurs banderoles qui vont m'en empêcher.

— Mais c'est du délire, viens voir à la fenêtre ! fit Bianca en la pressant d'un signe de la main de s'approcher.

— Non, non, c'est bon. Le métro est juste à deux pas. À plus tard.

11 h 15.

Régine quitta le cabinet d'avocats, descendit deux par deux l'escalier de l'immeuble, se retrouva dans le hall, poussa la lourde porte qui donnait sur l'extérieur, et avança d'une dizaine de mètres dans la rue. Les policiers s'étaient mis à tirer des grenades lacrymogènes sur les manifestants. Régine comprit enfin dans quelle panade elle venait de se jeter, mais il était trop tard.

Elle tenta de faire machine arrière vers son bureau, sans succès. Car soudain, une armée de casseurs débarqua en hurlant et lui barra le passage. Visage masqué par une écharpe, capuche sur la tête, ils arrivaient de partout, armes à la main, aussi déchaînés qu'incontrôlables. Les cris autour d'elle redoublèrent d'intensité. Son cœur s'accéléra au point qu'elle en eut le vertige. Un homme qui courait la bouscula. Puis un autre lui frappa l'épaule en s'enfuyant.

Et soudain, Régine se fit emporter par un irrépressible mouvement de foule.

Chapitre 39

Ava

— … Quand on a pris un verre ensemble, Tom m'a confié que c'était tendu, avec Régine. Mais je n'en sais pas beaucoup plus.

— Ah bon ? Faudra que j'appelle Régine, alors, ça fait plusieurs jours qu'on ne s'est pas parlé. En fait, depuis qu'on est rentrées du week-end… Ah ? Merci !

Dans ce café qui était devenu mon lieu de rendez-vous quotidien, Roger venait de nous apporter nos boissons. En les déposant sur notre table, il remarqua le dessin sur le tee-shirt de Félix, et ne put s'empêcher de lui lancer :

— Porter un dinosaure à votre âge ? Vous assumez ?

— Pire que ça, j'exhume !

— Roger ? Permettez-moi de vous présenter mon cousin Félix ! Il est paléontologue, et il veut que ça se sache. Mais je vous rassure, ce n'est pas du tout pour cela qu'il me fréquente !

— Enchanté, Félix. Un jour, je ferai peut-être appel à vos services. Les copains de mon fils ont récupéré des banquettes vintage, qu'ils ont installées au fond de la salle. Je ne serais pas étonné qu'en creusant sous les coussins, on retrouve des strates d'objets qui auront traversé les époques.

— Je serais tout de même surpris qu'on remonte jusqu'aux dinosaures ! rigola Félix.

Le père du vrai patron de l'établissement se tourna vers moi, et me demanda, sur un ton prévenant :

— Tout va bien, Ava ? Vous n'avez besoin de rien d'autre ?

— Tout va bien, Roger, merci.

— S'il vous fallait quoi que ce soit, vous me faites signe, d'accord ? Vous n'hésitez pas. Je suis là, pas loin de vous.

— Promis, répondis-je dans un sourire, en me disant que le service ici était tout de même particulièrement agréable.

D'autant que la salle commençait à se remplir, et qu'il y avait des gens qui attendaient que l'on passe prendre leur commande. Mais notre hôte semblait avoir choisi de rester dans les parages immédiats de notre table. Ce qui, devais-je l'avouer, n'était pas pour me déplaire…

Félix avala une gorgée de son Pan Galactique Gargle Blaster, un cocktail de geek dont lui seul connaissait la composition. Et désormais Roger, à qui il l'avait expliquée pour que son barman le lui concocte. Moi, je sirotais plus classiquement un thé glacé à la rose-amande. Le maître des lieux, qui avait remarqué ma passion pour le thé glacé, en avait récemment ajouté de toutes sortes à sa carte, le deal étant que j'accepte de venir tous les tester. Il y en avait à la pêche, au citron, à la lavande-hibiscus, au thé blanc, au thé matcha, aux agrumes, à la fraise-menthe, au coquelicot, à la pastèque-melon, à l'abricot-vanille, à la rhubarbe… Reconnaissante, je lui avais promis d'en commander ici chaque jour un nouveau.

— Je crois qu'il te drague, marmonna Félix, sa paille entre les dents.

— Qui ça ?

— Roger. J'ai bien vu comment il te regardait.

— Non, tu te fais des idées… Comment il me regardait ?

— Comme ça.

Félix se mit à loucher de toutes ses forces. J'éclatai de rire, au moment où mon serveur préféré revenait déposer délicatement une assiette de petits choux à la crème pâtissière sur la table, et s'en allait sans un mot, mais avec un clin d'œil à mon endroit. Aussitôt, j'en attrapai un, croquai dedans, et gloussai devant la tête ahurie de mon cousin.

— C'était quoi, ça ?

— Ça ? Rien. C'est juste, tu sais, comme quand on t'apporte un verre d'eau avec ton café. Ou un petit chocolat. Ou une amande enrobée. C'est simplement une convenance, rien de grave, tentai-je, de pure mauvaise foi.

— Ava, regarde autour de toi. Tu es la seule à avoir reçu cette assiette qui, en langage des cœurs, doit signifier un truc du genre : « Je suis chou de vous ! »

Pas besoin de regarder, je savais bien que Roger n'apportait cela qu'à moi. Et je faisais mine de ne pas me rendre compte du privilège de cette attention.

— Il te plaît ? reprit mon cousin, dévoré de curiosité.

— Je dois avouer qu'il est charmant. Chaque jour, il vient s'asseoir avec moi pour bavarder pendant que je dessine, et on s'entend si bien que ça pourrait durer des heures. Mieux encore, il parvient à me faire rire sans verser de poivre dans mon café, ou sans surgir de derrière ma chaise avec un masque de Godzilla sur la figure.

— Et alors ?

— Je ne sais pas, j'hésite… Si je continue à venir ici, je ne vais bientôt plus pouvoir fermer mon jean, dis-je en reprenant un petit chou que j'engloutis d'une bouchée.

Félix se frotta un œil, jeta l'autre sur l'écran de son portable, et remit la paille entre ses dents, ce qui ne l'empêchait pas de me titiller.

— Comme si ça te gênait, d'habitude. (Je lui mis une petite tape sur le bras.) Donc, c'est le patron de l'établissement ?

— Pas exactement. C'est le bistrot de son fils et des copains de son fils. Lui est l'ancien bassiste d'un groupe de rock français hypercélèbre... en Laponie !

— T'es sérieuse ? s'esclaffa Félix.

— Juré. En France, personne ne les connaît, mais en Finlande, c'étaient des stars.

Félix se pinça l'arête du nez, cherchant à ne pas rire trop fort. Sans succès.

— Et pendant les concerts, les filles leur balançaient leurs moufles ? Ils faisaient leurs tournées à dos de renne ? Ils ont amassé une fortune en boules de neige ?

— Et c'est un homme qui gagne sa vie en analysant le caca de lézards géants disparus, qui dit ça, ricanai-je. Bref, après des années de succès et quelques titres classés numéro 1 des charts au Danemark, au Royaume-Uni et au Japon, il a décidé de quitter le groupe et de rentrer vivre en France, où il est devenu producteur. Et le temps du lancement de cet endroit, il donne un coup de main à son rejeton.

— Et vous ne vous rencontrez qu'ici ?

— Eh bien... Il m'a invitée à une expo, demain soir. Il sait que j'adore le Caravage, du coup il a dégoté deux billets pour la nocturne exceptionnelle, en compagnie d'invités prestigieux. L'idée étant que je le laisse organiser toute la soirée, car, m'a-t-il dit, il a prévu quelques surprises.

— Cool ! Et t'es pas contente ?

— Si, si, c'est juste que demain, Jean-Jacques Supermangold, son chanteur préféré, donne un concert intimiste et exceptionnel dans une salle minuscule. Je connais son attachée de presse, et j'ai réussi à lui arracher deux places. Ça m'embête. Si j'insiste pour me charger de ce premier rendez-vous, il risque peut-être de me trouver trop directive ? Mais d'un autre côté, ce serait tellement dommage de louper Supermangold… Je ne sais pas quoi faire.

Félix retira la paille de sa bouche en secouant la tête, et me balança, ironique :

— Si ça se trouve, dans ce pays, il y a des gens qui ont des problèmes plus graves que les tiens. Mais ça m'étonnerait. T'es quand même au max, là.

J'éclatai de rire, trempai un doigt dans mon thé glacé, et lui en balançai une pichenette sur le museau.

Chapitre 40

Tom

11 h 25.

Bianca, qui n'avait pas quitté la fenêtre, avait été témoin de toute la scène.

Elle avait vu Régine s'avancer dans la rue, faire face à la foule déchaînée, et avoir un mouvement de recul avant que la masse de gens ne la bouscule, ne l'absorbe et ne la digère, au point qu'il ne soit désormais plus possible de la localiser précisément.

Choquée, elle se précipita jusqu'à son bureau en criant à Olympe de venir avec elle. L'assistante la suivit. Bianca fondit sur son portable, et tenta d'appeler Régine. Mais son téléphone sonnait, puis elle tombait sur son répondeur.

— Régine est sortie dans cette cohue, et je n'arrive pas à la joindre… merde, merde…

Il ne lui restait qu'une chose à faire : contacter Tom afin de le mettre au courant de ce qui venait de se passer. Elle s'y attela. Mais cette fois encore, personne ne décrocha. Seulement, dans ce cas précis, elle savait très bien pourquoi. Refrénant la brûlure de son amour-propre meurtri, elle sut qu'il lui fallait insister, cette fois en lui envoyant un SMS. Elle rédigea : *Urgent ! Appelle-moi tout de suite, ça concerne Régine. Elle est en danger. Vite !*

Tom ne mit que quelques secondes avant de faire sonner l'appareil de Bianca.

« Salut, Bianca. J'espère que ce n'est pas un prétexte fumeux pour que nous nous parlions, parce que je t'ai déjà dit que... »

« Non, écoute-moi ! l'interrompit fébrilement la blonde avocate. La manif, tu sais, celle qui est en train de dégénérer ? Elle passe juste sous les fenêtres de notre cabinet ! C'est le chaos, en bas. Il y a des jets de fumigènes, des gens qui se sauvent, qui crient, c'est abominable... »

« Où est Régine ? »

« Elle... elle est passée au bureau, annonça Bianca avec un tremblement dans la voix qu'elle ne put maîtriser. Nous avons eu une discussion, je crois que c'est en train de s'arranger entre nous, et... »

« Où est-elle ?! » gronda Tom, qui perdait patience.

« Elle est descendue dans la rue ! Elle n'a pas voulu m'écouter ! »

« Tu l'as laissée descendre ?! Pourquoi tu ne l'as pas empêchée ? Où est-elle, maintenant ? »

« Mais non… je… je… Je n'en sais rien ! Je lui ai dit de rester ! bafouilla Bianca, émue. Elle est partie te rejoindre ! Je la surveillais depuis la fenêtre, mais elle n'a pas pu atteindre la station de métro… Il y a eu un mouvement de foule et… et puis une meute de délinquants, ensuite je l'ai perdue de vue… Allô ? allô, Tom ? »

Il avait raccroché.

Bianca posa son téléphone sur son bureau, et se tourna vers Olympe, qui s'inquiéta :

— Qu'est-ce qu'on fait, maintenant ?

L'avocate se prit la tête entre les mains, complètement déboussolée.

— Rien… Je crois qu'on ne peut rien faire d'autre que de prier très fort pour que tout s'arrange.

11 h 35.

Le chaos était total. La bande qui s'était incrustée dans la manifestation pour en découdre n'était évidemment ni délicate ni timorée. Plutôt brutale, alcoolisée et virulente. La manifestation n'était qu'un prétexte pour casser et piller sans vergogne. Des bouteilles vides de bière commencèrent à pleuvoir. D'abord juste quelques-unes, puis de plus en plus nombreuses, tels de petits missiles percutants. Les gens, épouvantés, couraient dans une précipitation de fin du monde. Les rideaux de fer des boutiques se baissaient, mais trop tard. La curée avait commencé. À leurs fenêtres, les riverains assistaient impuissants à ces scènes d'immense n'importe quoi en plein Paris. Et puis, très vite, de violentes bagarres éclatèrent.

11 h 50.

Il n'y avait plus une minute à perdre.

Sur les routes impraticables, barrées, détournées, les voitures ne pouvaient plus circuler. La manifestation venait de prendre une ampleur inédite, on ne rigolait plus. Tom abandonna l'auto qu'il conduisait et se mit à courir comme un dératé. Ramsès, qui le suivait en voiture, se gara lui aussi d'un coup de volant brusque sur un trottoir et bondit à sa suite. Sur la manche de leur blouson, un brassard orange de police leur permettait de franchir les barricades des CRS, mais en faisait également des cibles de choix dans la foule des casseurs.

La terrasse d'un café fut prise d'assaut, et des chaises volèrent dans les airs. Au sol, un homme que l'on tentait de dépouiller de son blouson en cuir se débattait contre trois voyous qui le rouaient de coups. Tom le repéra, mais Ramsès lui fit comprendre qu'il s'en chargeait et lui enjoignit de continuer son chemin. Alors l'amant fou d'inquiétude reprit sa course éperdue, tandis que Ramsès fonçait sur les agresseurs, dégainait son insigne, son arme, et stoppait l'attaque. Deux

CRS, qui s'étaient approchés au pas de course, arrivèrent pour menotter les voyous. Le type, à terre, s'en tira avec de larges bleus, mais échappa au pire. Et il conserva son blouson.

12 heures.

La foule peinait à être maîtrisée, et les rues envahies de violence dépeignaient presque des scènes de guerre civile. Un vélo brûlait au milieu d'une rue jonchée de débris. Il fallait que tout cela s'arrête, personne parmi les civils ne savait se battre ! Les forces de l'ordre commençaient à sortir les canons à eau, face aux caillasseurs les plus enragés qui ne craignaient pas de se mouiller. Plusieurs passants, en panique absolue, se réfugièrent en criant dans des boutiques qui n'avaient pas encore été dévastées, ou des entrées d'immeuble ouvertes par des habitants compatissants. Arrivés dans des camions hurleurs, des pompiers en bondirent et commencèrent à évacuer des blessés.

12 h 15.

Les forces de l'ordre, déployées en nombre, gagnaient du terrain, éteignaient les fureurs, maîtrisaient les déchaînements, coffraient ce qu'elles pouvaient de férocité. La masse compacte des manifestants commençait à se clairsemer. Les rues reprises au peuple offraient un spectacle de désolation, avec des tables de café renversées, des chaises fracassées par terre, et quelques personnes qui erraient dans l'air saturé de fumées multiples, hagardes, pour certaines sanguinolentes, pour d'autres assises par terre attendant les secours.

Régine quitta l'abri derrière lequel elle s'était tenue recroquevillée, à savoir une barrière en métal qui avait protégé également une femme et son jeune enfant terrifié.

Il lui sembla qu'elle pouvait s'aventurer à faire quelques pas, et sans doute se mettre à courir, si la rue était vraiment dégagée. Mais à peine avait-elle entamé quelques foulées, qu'elle aperçut un homme blessé à la jambe, au sol, implorant de l'aide. Elle se dirigea vers lui, même si un autre homme se tenait à ses côtés, le surmontant tout en restant étrangement immobile.

Il ne lui fallut que quelques secondes pour comprendre que l'homme debout filmait le blessé avec son téléphone portable, au lieu de lui porter secours.

Régine, arrivant derrière lui, fut si choquée par ce manque d'humanité, par cette absence totale d'empathie, par cette cruauté qu'il fallait voir pour croire, que, sans réfléchir, elle prit son élan et lui envoya de toutes ses forces un immense coup de pied à l'arrière du genou. L'homme cria de douleur, perdit l'équilibre et s'effondra. Dans sa chute, il lâcha son téléphone qui se fracassa par terre, vitre explosée et éléments éparpillés.

Fou de rage, il se retourna, vit la jeune femme, se releva d'un bond et entreprit de lui régler son compte. Régine se mit à courir, le caméraman amateur sur ses talons. Seulement il était plus grand qu'elle, plus sportif, aussi. Il la rattrapa en quelques enjambées, en l'empoignant par sa queue-de-cheval.

12 h 30.

Tom arriva essoufflé dans le quartier où se trouvait le bureau de Régine. La rue tout entière ressemblait à un champ de guerre. Objets cassés, bris de verre, fumées irritantes. Il scruta partout, affolé, hagard, éperdu, la chercha, arrêta les gens qu'il croisait, la leur décrivit, tout en avançant à petites foulées, son taux d'adrénaline coincé à un niveau explosif.

Lorsque soudain il la repéra, étalée derrière un arbre au milieu des débris. Au sol. Piétinée. Ouverte.

La besace de Régine.

Il courut vers l'objet, le saisit, et constata qu'il contenait toutes ses affaires, ses papiers, son téléphone. Sa tension monta d'un cran supplémentaire. Régine avait disparu et, si elle gisait quelque part inconsciente, il serait compliqué de l'identifier. Une sueur froide coula sur sa nuque.

Soudain, il avisa un groupe de garçons en habits de sport, un peu plus loin, le visage partiellement masqué. L'un d'entre eux était blessé à la main, qu'il avait bandée avec un carré de soie. C'était le carré qu'il avait offert à Régine, qu'elle aimait utiliser pour nouer sa queue-de-cheval à la mode rétro.

Son sang ne fit qu'un tour. Il fondit sur lui comme un tigre à l'assaut, le saisit par la gorge, l'écrasa contre un mur, et hurla en lui collant sa plaque sous le nez :

— Où est la fille ? La fille à qui tu as pris ce bout de tissu ? RÉPONDS, CONNARD !

La réponse, ce furent ses amis qui la lui donnèrent, en tombant sur lui à dix contre un.

Chapitre 41

Ava

— Vous partez maintenant, Ava ? s'enquit Roger, qui me voyait me lever de ma chaise.

— Oui, dis-je, j'ai rendez-vous, pour déjeuner. Mais on se voit toujours demain soir ?

— Je compte les minutes, sourit-il.

Je glissai mon sac à l'épaule, et me tournai vers Félix.

— Tata Lutèce m'a invitée à passer manger chez elle. Elle voudrait que je lui fasse un tableau, je vais lui en peindre un magnifique. Il faut juste que je sache ce qu'elle a précisément en tête.

— Tu ne le lui factures pas trop cher, hein ? C'est ma grand-mère ! s'insurgea Félix.

— T'es fou ? Elle va rien payer du tout, je le lui offre ! Tu me prends pour qui ? C'est ma petite Lutèce à moi aussi !

Roger ne s'était pas éloigné. Il restait là, près de nous, l'air soucieux. Autour de lui les gens bavardaient dans la plus parfaite indifférence. Il désigna du pouce le petit poste de radio situé derrière le bar.

— Sans vouloir me mêler de ce qui ne me regarde pas, Ava, permettez-moi de vous suggérer d'être prudente. Je viens d'entendre à la radio qu'il y a une manif qui dégénère en ce moment, dans le centre de Paris. On compte les blessés par dizaines, les forces de l'ordre sont dépassées, les rues sont bloquées, certains métros aussi…

— Ah bon ? fis-je en me rasseyant, interdite. J'y allais justement, vers le centre. Vous savez ce qui se passe, exactement ?

— C'est au sujet de cette loi, les gens sont devenus dingues. Il semblerait que ce soit le chaos, des rues dévastées, des établissements pillés. Mais sans doute que sur nos téléphones, on en saura plus, dit-il en sortant son Smartphone de sa poche.

Félix attrapa également le sien, lut son écran, et m'annonça :

— Je viens de recevoir un texto de Perla. Les hôpitaux sont débordés, des blessés ont été dirigés vers sa clinique. Tom doit être sur place, en service. J'appelle tout de suite Lutèce, pour vérifier qu'elle est bien restée chez elle ! Et ma mère aussi, tant qu'à faire.

Mon sang se glaça. Je fouillai mon sac à la recherche de mon portable, le trouvai, et commençai à envoyer des SMS à mes filles, à mes proches, pour vérifier que tout le monde était bien à l'abri. Peu à peu, les réponses immédiates de chacun me rassurèrent. Je respirai plus calmement. Il ne m'en manquait qu'une seule, celle de Régine. Félix, lui aussi, s'apaisait doucement au fil des signaux positifs qu'il recevait. Alors, je me tournai vers Roger, et lui demandai :

— L'épicentre de ces émeutes, il est situé où, exactement ?

Un coup d'œil sur son portable. Du doigt, il fit défiler quelques articles de presse.

— Le plus gros du bordel, c'est surtout aux alentours d'Opéra.

Je regardai les deux hommes alternativement, me sentant frémir d'angoisse et de chair de poule.

— Le cabinet d'avocats de Régine est à Opéra. Et c'est la seule qui n'a pas répondu.

Chapitre 42

Tom

— Laisse-moi partir… ARGH…

— Bouge pas, bouge pas ! lui intima Ramsès, en le maintenant fermement sur le lit d'hôpital dont il cherchait à s'échapper.

Tom tenta de repousser les bras de son ami, mais il fut submergé par une violente douleur et retomba sur son oreiller en gémissant, les mains agrippées à son crâne.

— Faut que j'aille chercher Régine… Tu comprends pas. Faut que…

— Arrête, c'est fini. C'est fini, pour Régine. Il n'y a plus rien à faire.

Le géant reposa lentement ses mains sur le matelas du lit, visage pâle et yeux ouverts comme des soucoupes. Comprenant sa maladresse, Ramsès précisa très vite :

— Je veux dire, on l'a retrouvée !

— Elle est… ? Elle… Elle va… ?

— T'inquiète pas pour ta meuf, mec. Celui qui doit se reposer ici, c'est toi. Tu t'es quand même pris une sacrée branlée par une équipe d'amateurs de castagne. Si les collègues n'étaient pas intervenus, tu passais un quart d'heure encore plus sale que celui auquel tu as goûté.

— Mais elle ?

On toqua doucement à la porte.

— Elle ? répéta Ramsès. J'imagine que pour te raconter ce qui s'est passé, tu préféreras sa voix que la mienne. On se demande bien pourquoi, d'ailleurs.

Régine ouvrit la porte et pénétra dans la chambre. Ramsès l'accueillit en allant l'embrasser, et lui souffla à l'oreille, à voix haute afin que Tom n'en perde pas une miette :

— Bonjour, monsieur ! Vous venez voir votre épouse ? Elle vient d'accoucher d'un nouveau nez cassé. Il est beau et rouge, comme la côte fêlée de sa maman. Et prenez garde à sa tête, qu'elle a failli perdre. Mais pas à cause des coups qu'on lui a portés, plutôt en raison d'un coup de foudre, qui dure depuis qu'elle vous a rencontré.

— Merci docteur, répondit Régine en lui pressant affectueusement le bras. Je prendrai soin de ne plus la lui prendre. La tête, je veux dire.

— Et le plus important, monsieur, termina Ramsès en actionnant la poignée de la porte. Apprenez-lui à se défendre, nom d'une pipe ! Cette petite se bat comme une fille !

Il ricana, tandis que Tom, depuis son lit de souffrance, lui gémit :

— Tu n'es qu'un macho !

Régine fit un clin d'œil au collègue de Tom.

— Crois-moi, Ramsès. S'il se battait comme une fille, il ne serait pas dans cet état-là.

Et elle passa le bout de ses doigts serrés le long de sa silhouette intacte, avec une moue de fierté assumée. Ramsès lui sourit, jeta un dernier regard à son partenaire, et les quitta.

Régine demeura un instant debout face au lit médicalisé de Tom, l'observant sans oser s'approcher de lui. Son look négligé péchait, pour des retrouvailles : ses vêtements étaient sales, le col de son tee-shirt déchiré, sa peau éraflée par endroits, et ses cheveux étaient défaits. Elle avisa son sac à main, posé sur une chaise.

— Oh, tu as retrouvé mon sac ? s'exclama-t-elle, un peu précipitamment pour masquer son émotion.

Elle alla s'en saisir et fouilla dedans, ravie de constater qu'elle n'avait rien perdu.

— C'est mon métier, tu sais, de retrouver les trucs et les bidules, lui répondit Tom en la dévorant du regard. Comment vas-tu ? Tu n'es pas blessée ?

— Blessée, non… juste un peu secouée. Un admirateur trop collant m'a alpaguée et m'a plaquée au sol. S'il voulait se coucher avec moi, il aurait au moins pu m'inviter à dîner avant, tu ne crois pas ?

— Et tu lui as fait une de tes prises de krav-maga ?

— J'ignore ce que je lui ai assené dans le feu de l'action, mais ça a eu l'air efficace. J'ai bien eu raison de vouloir suivre ces cours d'autodéfense, quand toi tu prétendais que la seule arme à avoir sur moi, c'était toi…

— Tu avais raison, comme toujours.

Tom tapota légèrement son drap d'une main couverte de bleus. Régine s'approcha de lui. Elle posa les doigts sur sa jambe recouverte, et le fixa avec inquiétude.

— Tu as mal ?

— C'est moi qui pose les questions, ici, répliqua-t-il avec un sourire. Pourquoi ce type avait-il ton carré de soie ?

— Ça y est, ça recommence, ta jalousie ? le taquina-t-elle.

— Plus jamais, promis. Si tu restes à mes côtés, plus jamais.

Régine avança d'un pas, sa main à présent posée sur la cuisse de Tom. Elle baissa le visage, émue, et éluda sa dernière phrase.

— Il m'a tirée par les cheveux et m'a fait tomber. J'ai eu le temps d'attraper mon trousseau de clés dans ma poche et, une fois au sol, je lui ai planté la main avec. Ensuite, je me suis relevée et j'ai couru aussi vite que j'ai pu.

— Et moi, je n'étais pas là pour te protéger, soupira Tom, crispé.

— Moi non plus, je n'étais pas là pour te protéger, sourit Régine, en posant cette fois la main

sur son torse, le long de son cou, puis, délicatement, jusqu'à effleurer son visage tuméfié.

Tom ferma les yeux, savourant le plaisir de
sentir cette main aimée caresser ses blessures, et
lui rappeler combien il était vivant. Régine s'enquit :

— Je te fais mal ?

— Non, continue... Ta peau m'a manqué.

— Tu es sûr ? Tu ne vas pas me vomir dessus
d'excitation ?

Tom ouvrit brusquement les paupières, et se
mit à rire.

— Je vois. On vient piétiner l'ego d'un pauvre
blessé.

— Ça tombe bien que tu m'aies rapporté mon
sac, je t'avais justement acheté des cachets contre
les nausées, insista-t-elle.

Elle fit mine d'aller les chercher, mais il lui
attrapa le poignet.

— Et des gélules contre les ex-enflures persis-
tantes, tu en as pris, aussi ?

— Tu ne vas pas recommencer, avec cette histoire ? le menaça-t-elle.

Tom se redressa dans son lit, sans lui lâcher le
bras.

— Comment je pouvais savoir, moi, que ce
type que tu as aimé comme une dingue n'allait pas
te toucher ?

— Mais précisément parce que c'est moi qui
décide de qui je laisse me toucher, triple idiot !

Elle retira son bras d'un geste sec, des éclairs dans le regard. Il haussa le ton.

— Tu m'as menti en me cachant que tu le revoyais !

— Mais mais mais… je n'ai pas à te rendre de comptes sur qui je vois, monsieur le maton immature ! Je suis encore libre de fréquenter qui je veux !

— Donc, il faudrait que je te fasse confiance les yeux fermés ?

— Parfaitement ! Espèce de dictateur !

Il poussa un soupir, et se replia sous son drap.

— Tu as raison. Je n'ai été qu'un pauvre con. Bien sûr que tu ne m'appartiens pas. Et pardonne-moi d'avoir levé la voix.

— Je vais y réfléchir. Et au sujet de la morue sur laquelle tu as dégobillé aussi.

— Oh, ça… Ça ne compte pas, puisque tu m'avais trompé.

— Pardon ? s'exclama Régine, en faisant un pas en arrière de surprise.

— C'était totalement de ta faute ! renchérit Tom, en se redressant.

— Non mais je rêve ! Dites-moi que je rêve !

— Je suis l'homme le plus fidèle du monde, moi, madame !

— Ah, parce que moi je ne suis pas fidèle, peut-être ? s'énerva-t-elle en lui plantant son index tendu sous le nez.

Il lui saisit le bras et l'attira vers lui. Elle gigota pour le repousser.

— Arrête de mentir et tout ira bien entre nous ! lui lança-t-il.

— Laisse-moi… Je mens si je veux ! Surtout si c'est pour protéger l'ego d'un imbécile qui n'a pas compris que c'était lui que j'aimais !

— Je n'ai pas besoin que tu me protèges ! Je suis capable d'entendre la vérité, si tu n'as rien à te reprocher !

— Tu n'es rien capable d'entendre du tout ! dit-elle en parvenant à s'éloigner de lui. Ton manque de confiance en toi est abyssal ! Tu n'as pas remarqué, peut-être, que j'étais heureuse avec toi ? Apaisée dès que tu t'adresses à moi, comblée par toutes tes attentions, avide de ton corps et de ce qu'il fait au mien, attachée à ton esprit lumineux ?

— Ouais. Mais qu'est-ce qui me dit, au fond, que c'est pas l'autre que tu aimes ?

Elle s'assit sur le lit, et se pencha vers lui pour lui caresser les cheveux.

— Mon tendre crétin. Dans ton job, tu es dur comme un parpaing. Mais dans ta vie privée, tu n'es qu'une éponge à émotions. Et les éponges, si elles ont une capacité d'absorption infiniment supérieure à celle d'un parpaing, ce qui les enrichit, sont en revanche dépourvues de coquille, ce qui les fragilise.

— Façon de me dire que je me noie dans un verre d'eau ?

— Façon de te dire que je ne serai jamais ta coquille. Je ne peux pas l'être, il y a trop d'eau autour de nous. Il va falloir que tu trouves en toi les ressources pour résister à ces vagues de sentiments qui te bousculent et te submergent, si tu veux continuer à naviguer à mes côtés.

Elle était penchée vers lui, il lui enlaça doucement le dos et l'attira contre son visage, qu'il nicha au creux de son cou. Il ferma les yeux, béat, malgré la douleur qui le lançait sous ses pansements.

— J'aime t'écouter parler. Tu sens si bon, murmura-t-il en la respirant. La fragrance de ta voix enveloppe délicieusement ma vie.

Régine posa les doigts sur la nuque de Tom, ferma les yeux elle aussi et perdit son nez dans ses cheveux en bataille. Sensation animale de retrouver son refuge. Des larmes lui montèrent aux yeux. Jamais elle n'avait autant aimé un homme que cet abruti.

— Ne me quitte pas, souffla-t-il d'une voix sourde. Ne me quitte plus jamais.

— Toi non plus. Ne t'éloigne plus de moi. Je te l'interdis.

— Idiote.

— Imbécile.

— Ne me refais plus jamais ça.

— Non, toi ne me refais plus jamais ça.

— Reste avec moi.

— Je reste avec toi.

— Épouse-moi.

— Quoi ? dit-elle en se redressant.

— Tu as parfaitement entendu. Épouse-moi.

Elle voulut se dégager de l'étreinte de ses bras, mais il l'en empêcha, la serrant contre lui, et lui embrassant la bouche pour l'empêcher de répondre. Et pour cause, il la connaissait par cœur et savait ce qu'elle allait s'écrier. Elle y parvint tout de même :

— Jamais !

— Dis oui !

— Dire oui à quoi ? C'est même pas une question que tu m'as posée, c'est un ordre !

— C'est juste un ordre de grandeur de l'amour que j'éprouve pour toi !

— Je me contenterai d'un amour plus petit. Là, c'est trop grand, ça passe pas.

— Je t'en prie, protesta Tom, t'es pas obligée de t'asseoir dessus !

— On parle toujours de ta demande en mariage, là ?

Tom la regarda en secouant la tête, avec un sourire en coin qui faisait apparaître deux discrètes fossettes sous sa barbe de trois jours.

— Je prends ça pour un oui ! décida-t-il, en lui caressant le dos.

— Mais pas du tout ! Absolument pas ! Je refuse énergiquement de me faire menotter l'annulaire ! On n'est pas à ton travail, là. Tu ne me mets pas en état d'arrestation.

— C'est mon cœur que tu arrêtes, si tu n'acceptes pas.

— Le chantage, ça marche pas avec moi.

— Dis oui, femme ! Dis oui, ma femme !

— Jamais ! Jamais… Non mais ça va pas bien, là ? Jamais ! s'écria-t-elle en changeant plusieurs fois de ton, pour bien marquer sa motivation à la dénégation.

— Remarque, j'aurais dû m'en douter. D'où je perds mon temps à te poser la question ?

— Ah, voilà. Tu vois ? Tu as enfin compris.

— Je vais directement demander ta main à ton père. Hop, une négociation entre hommes. J'imagine que la dot ne sera pas bien élevée, vu ton âge, mais soit, je serai magnanime, je m'en contenterai.

Elle leva les yeux au ciel, consternée, tandis qu'il commençait à lui bisouter le cou.

— Je mettrai ça sur le compte de ton traumatisme crânien, fit-elle.

— Vas-y ! Ne réfléchis pas, sois spontanée !

— Spontanément je te dis jamais ! Jamais de ma vie entière !

— Jamais ?

Tout en parlant, elle entreprit de lui rendre ses baisers, y compris sur les endroits douloureux de son visage tuméfié, mais il se laissait faire en affichant une expression ravie.

— Jamais ! Jamais ! Jamais ! Je t'aime ! Jamais ! Je t'aime… Oh oui, je t'aime… Je t'aime… Je t'aime tellement…

— Je t'aime encore plus. C'est oui, alors ?

— C'est non ! Non, comme « je préfère encore rester célibataire » !

— Mais tu veux pas dire oui, avant ?

— Ah, je n'ai pas été assez claire ? Alors lis sur mes lèvres : ènne hooo ènne ! Mais enfin, en quelle langue il faut te le signifier, pour que tu comprennes ?

Épilogue

Le couple s'avança dans la grande allée de la synagogue. Elle cramponnée à son bras, frémissante et impressionnée, lui la contemplant, ému et le regard embué.

— Voyons, mon amour, lève la tête et sois fière de devenir ma femme ! murmura-t-il gentiment à son intention.

— Je me demande si je ne suis pas en train de faire la plus grande erreur de mon existence, lui souffla-t-elle tendrement en retour.

Au loin, derrière son orgue, un chanteur klezmer faisait monter les notes de sa mélodie jusqu'aux plus hautes voûtes du temple. À ses côtés, un clarinettiste et une violoniste accompagnaient cette musique d'une autre époque, poignante et belle.

— Ne dis pas de sottises. Tu épouses l'homme de ta vie, le vrai…

— Et je perds ma liberté.

— Je t'offre toute ma fortune.

— Pour quoi faire ? J'ai déjà plein de sous économisés sur mon assurance vie !

Ils firent trois pas de plus, et s'arrêtèrent quelques secondes, avant d'avancer à nouveau.

— Je vais t'honorer de nuits de luxure à n'en plus finir, lui susurra-t-il à l'oreille, tandis qu'ils marchaient lentement, saluant leur famille et leurs amis d'un signe de tête, de part et d'autre de l'allée.

— Et je vais t'honorer de quoi, moi, de ronflements, peut-être ?

Des enfants jetèrent des pétales de rose sur leur passage.

— Ô, mon amour. Tu es si belle, dans cette robe blanc cassé…

— Me casser, c'est exactement ce à quoi je pense en ce moment.

— Allez, souris ! Tu n'as qu'un seul mot à dire, et nous serons unis à jamais !

— « *Help* ? »

— J'aime ton humour.

— Ça vaut mieux. Tu vas y avoir droit tous les jours du reste de ta vie.

— Du moment que je la passe avec toi… lui dit-il en la dévorant d'un regard éperdu de passion.

— Et moi avec toi… lui répondit-elle en cessant de plaisanter, et en le couvant d'un regard transi d'adoration.

Ils stoppèrent un instant devant les quelques marches menant à l'autel, derrière lequel un rabbin les attendait.

— Alors, prête ? demanda Saül.

— Pas vraiment, plaisanta Lutèce. Mais allons-y, avant que je ne réalise que je m'apprête à te sacrifier mes plus belles années !

Saül rabattit le voile de tulle couleur neige sur le visage de sa promise, puis ils montèrent lentement les marches, et se présentèrent devant le rabbin, qui entama ses bénédictions.

Parmi la famille et les amis du couple se trouvaient Régine et Tom, qui assistaient, concentrés et émus, à la cérémonie. Elle, portant une jolie robe noire sous une veste en cuir rouge. Lui, arborant une chemise blanche, une cravate rouge, une veste grise et un jean en toile brute.

Il se pencha, et chuchota à l'oreille de sa compagne :

— Tu as vu comme elle est éblouissante ? Tu n'aimerais pas être à sa place ?

— Si, bien sûr ! Atteindre le même âge que Lutèce, c'est mon objectif de vie. Et même plus.

— Non, je veux dire, porter la même robe qu'elle.

— Une robe blanche ? Une autre ? J'en ai déjà plein mes placards.

Tom se rembrunit. Régine s'en aperçut, et s'accrocha tendrement à son bras.

— Ne fais pas cette tête-là, mon amour. Remercie-moi, au contraire. Je sauve notre vie de couple, en lui évitant de la considérer comme acquise. Je t'offre l'opportunité de t'obliger à me séduire tous les jours, pour ne pas oublier que c'est moi que tu as envie d'aimer. Je m'offre le rappel quotidien du fait que tu ne m'appartiens pas, et qu'il tient à moi de te donner envie de rester à mes côtés.

— Et c'est bien, ça ? demanda-t-il d'une petite voix déçue.

— C'est super, tu verras.

Il poussa un profond soupir.

— Bon… peut-être que c'est toi qui as raison. Après tout, ça ne nous empêche pas de rester ensemble quand même.

— Mais oui, mon cœur. Mais oui.

— C'est dommage. Je t'aurais bien emmenée te marier à Las Vegas.

Régine tourna brusquement la tête vers lui.

— Comment ça, à Las Vegas ? Mais tu ne m'en as jamais parlé ?

— À quoi bon ? Tu ne veux pas, de toute faç…

— Ah non mais attends, là, c'était mon rêve de gamine, de me marier à Las Vegas ! À la sauvage, juste à deux, avec une robe courte louée pour l'occasion et deux témoins ramassés dans la rue… mais sans Elvis, attention. Là, c'est trop kitsch.

Il secoua la tête, consterné.

— Oui, enfin, Las Vegas, c'était juste pour le fun. Tu l'avais compris. Moi, sans ma famille, je ne bouge pas.

Régine soupira. Dommage. Un mariage de pacotille, ça aurait pu la rassurer assez pour qu'un jour, peut-être, elle se laisse aller à franchir le pas de côté qui lui permettait de changer de nom.

Devant eux, Félix se retourna, Perla à ses côtés. Il leur fit « chut » du doigt. Un peu de tenue, c'était tout de même sa grand-mère, qui se mariait.

Puis le paléontologue me toucha l'épaule, pour savoir s'il me restait des kleenex, car il avait épuisé toute la réserve de sa douce infirmière. Je lui tendis mon dernier mouchoir intact, et m'essuyai le nez discrètement sur ma manche. Dans mon portable, il y avait un message de Roger, qui me rejoindrait tout à l'heure. Il me prévenait qu'il comptait me faire danser toute la nuit, charge à moi de choisir des chaussures adaptées ! Un peu plus loin, mes nioutes, joliment apprêtées. Orion, le fils de Tom, ne quittait plus Mona, et Max viendrait en avion retrouver Lotte à la fête de ce soir. Hannah et Tobias sortaient enfin ensemble et ne le cachaient pas. Il y avait même les enfants de Perla, dans leurs plus beaux habits, qu'ils n'avaient pas encore salis ou abîmés. Alors, je pris quelques photos. Des clichés des sourires, de la lumière, de la musique. De mille et un détails émouvants. De la beauté de ce moment. Et puis des jeunes mariés, collés l'un contre l'autre, leurs mains serrées, leurs doigts entrelacés, de leur joie qui irradiait et faisait pleuvoir sur l'assistance des pétales d'allégresse, d'enchantement et de félicité.

Lutèce et Saül feraient de beaux modèles pour un prochain tableau, illustrant le bonheur.

REMERCIEMENTS

Merci à celles et ceux qui m'ont si bien entourée, en premier lieu les exceptionnelles équipes du Livre de Poche. Je suis fière que mes œuvres soient abritées par une si grande maison d'édition. Toute ma gratitude à Véronique Cardi, Audrey Petit, Sylvie Navellou, Anne Bouissy, Anne Boudart, Florence Mas, Véronique Perovic, Bénédicte Beaujouan, Vincent Maillet…

Merci à mes lectrices et à mes lecteurs si fidèles, pour les mots doux dont vous comblez mes romans lorsque nous nous rencontrons.

À mes proches, pour leur tendresse constante qui est mon carburant premier. Qu'ils sachent combien je les aime. Mes parents, merci d'être toujours là pour moi. Mon frangin, je t'embrasse fort. Mes filles, mes lumières, nos vannes sont pour moi une source constante d'inspiration ! À mon Ashkénaze, pour mes mains entre tes mains qui s'apaisent. À Linda, parce que ton amitié précieuse est celle d'une sœur. Un énorme baiser aussi à Michel et à Yvette.

Agnès Abécassis
au Livre de Poche

Au secours, il veut m'épouser !   n° 30943

Après avoir expérimenté *Les Tri-bulations d'une jeune divorcée*, Déborah découvre avec son nouveau compagnon les joies et les déboires de la famille recom-posée. Tout irait pour le mieux, si ce prince charmant ne s'était pas mis en tête de vouloir officia-liser… Osera-t-elle replonger ?

Assortiment de friandises pour l'esprit
ou l'art de positiver au quotidien   n° 34158

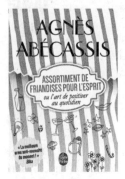

Ceci est un bouquet de pensées positives, une déclinaison de citations inspirantes, un éventail d'activités relaxantes, une palette de rires et de sourires, un journal d'intimité, un enivrant parfum de détente, des miscellanées de choses à savoir, un cadeau à s'offrir à soi-même. Ceci n'est pas un roman. Ceci est votre livre.

Chouette, une ride !   n° 31659

La vie d'un écrivain, vue de l'intérieur. Glamour, vous croyez ? Les lecteurs, les éditeurs, les autres auteurs, et la crise d'angoisse qui se profile, lorsqu'elle découvre sa première ride, réalise que son argot est has-been ou qu'on ne l'appelle plus mademoiselle… Elle a le choix : déprimer ou positiver ?

Soirée Sushi n° 32063

Une soirée entre copines fraîchement célibataires, qui évoquent la fin de leurs relations respectives en faisant leur autocritique devant un dîner japonais. Ça rit, ça pleure, ça crie, ça vit. Quand le cœur est à nu, rien ne vaut le poisson cru !

Le Tendre Baiser du tyrannosaure n° 34198

Dans cette (pré-)histoire, il y a un paléontologue qui a peur de son ombre, une institutrice qui ne veut pas avoir d'enfants, un flic impressionnant qui fond devant une furie, et une vendeuse qui décide de changer de vie quand on lui offre une rivière de diamants. Que vient faire un tyrannosaure là-dedans ? Accompagner le rythme trépidant de cette comédie en vous donnant un tendre baiser !

Déf : Deux lignes parallèles ne se croisent jamais. Sauf si elles sont faites l'une pour l'autre. Adélaïde est exubérante, mais elle fuit les histoires d'amour. Philéas est timide, mais voudrait trouver la bonne. Ils sont faits l'un pour l'autre, mais ne se connaissent pas… enfin, c'est ce qu'ils croient !

Elle court, elle court, la maladie d'humour, surtout dans ce cabinet médical. Une dentiste gaffeuse vous y soignera, un gynécologue misogyne vous examinera, et vous vous piquerez du bel acupuncteur. Un jour, Yohanna, la généraliste, décide d'aller se faire hypnotiser. Mais cela lui déclenche de surprenantes aptitudes…

Les Tribulations d'une jeune divorcée n° 33245

Depuis son divorce, le quotidien de Déborah n'est pas facile-facile. Car en retrouvant sa liberté, cette femme au foyer soumise et assistée a découvert une vie de chef de famille, de femme active et d'objet sexuel qu'elle avait ignorée jusqu'ici. Avec beaucoup d'humour, Déborah fera l'apprentissage de sa nouvelle indépendance…

Week-end surprise n° 33379

Elle, c'est Brune. Lui, c'est Léonard. Ils s'adorent, en toute amitié. Enfin, Léonard l'adore, mais Brune n'y voit que de l'amitié… Une semaine dans la vie d'une femme, entre crises de nerfs, crises de rire, et crise tout court. Vivement le week-end !

Le Livre de Poche s'engage pour
l'environnement en réduisant
l'empreinte carbone de ses livres.
Celle de cet exemplaire est de :
400 g éq. CO_2
Rendez-vous sur
www.livredepoche-durable.fr

PAPIER À BASE DE
FIBRES CERTIFIÉES

Composition réalisée par PCA

Achevé d'imprimer en août 2017, en France sur Presse Offset par
Maury Imprimeur – 45330 Malesherbes
N° d'imprimeur : 220272
Dépôt légal 1re publication : mai 2017
Édition 03 – août 2017
LIBRAIRIE GÉNÉRALE FRANÇAISE – 21, rue du Montparnasse – 75298 Paris Cedex 06

67/5437/7